우리 집은
저 산 너머

우리 집은 저 산 너머

테레사 덩 사후 10년의 진실

아리타 요시후 지음 ㅣ 한경식 옮김

차 례

* 문장 중의 경칭은 생략했습니다.
* 사진 제공 (財)鄧麗君文教基金會

제1장

추억의 여백

1

프랑스의 가을은 빨리 찾아온다.

공기가 건조한 여름이 끝나고 9월이 되면 청명한 가을 하늘이 펼쳐진다. 세계에서 가장 관광객이 많은 이유는 갖가지 문화유산은 말할 것도 없고 자연의 혜택 또한 매력적이기 때문이다. 시인 아르튀르 랭보가 '얼마나 멋진가. 너의 아름다움은…….'이라고 칭송한 땅이 여기에 있다.

플라타너스와 마로니에로 둘러싸여 있는 샹젤리제 거리와 유유히 흐르는 센 강. 그 주변을 혼자서 산책하는 테레사 덩鄧麗君(덩리쥔)의 모습이 목격된 것은 1989년부터 1993년까지 약 4년간이다. 핑크빛 재킷을 입은 테레사가 거리를 걸어도 그녀가 아시아의 인기 가수라는 것을 아는 사람은 거의 없었다.

　개선문을 기점으로 샹젤리제 거리에서 콩코르드 광장 방면으로 향하면 곧바로 프랭클린 루스벨트 거리와 교차한다. 거기에서 오른쪽으로 꺾어져 센 강에 설치되어 있는 알마교橋에 이르는 길을 몽테뉴 거리라고 한다. 이는 파리의 20구區 가운데 8구에 해당한다. 이 거리에는 샹젤리제 극장과 담쟁이덩굴이 휘감겨 있는 새빨간 차양이 인상적인 고급 호텔 플라자 아테네가 있고 길 양쪽에는 샤넬, 루이비통, 크리스찬디올, 프라다, 페라가모 등의 고급 부티크가 많이 늘어서 있다. 파리에서도 가장 화려한 쇼핑가이다.

　주소를 확인하면서 신록이 우거진 마로니에 가로수 길을 천천히 걷는다. 몇 개의 건물을 지나쳤을 때 찾고 있던 산뜻한 아파트를 발견한다. 몽테뉴 거리 8번지. 관리인에게 인사를 하고 그다지 넓지 않은 로비로 곧장 나아간다. 막다른 곳에서 오른쪽으로 돌았더니 엘리베이터 홀이 나온다. 엘리베이터를 타고 6층 표시를 누른다. 문이 닫히고 천천히 상승한다. 정지할 때도 진동이 거의 없다. 조용히 문이 열리자 바로 앞에 도어가 있다. 테레사 덩이 살았던 두 개의 방에 식당 겸 부엌과 거실이 하나씩 딸려 있는 집이 그곳에 있었다.

　테레사는 1987년 홍콩의 츠주赤柱(스탠리Stanley라고도 함)에 주거를 구입하고 음악 활동의 거점으로 삼았다. 여성 TV프로듀서였던 앤젤라 맥과 1981년에 설립한 「TNT 프로덕션」도 새로운 주거로 이전했다. 이 회사는 녹음 원반과 영상을 관리하고, 회계 처리를 하는 것을 목적으로 했다.

　홍콩은 언어도 자유롭고 좋아하는 중화요리도 풍부하기 때문에 유유히 살아갈 수 있다. ─그녀는 언제나 그렇게 말했다. 1988년에는 영

화 모정慕情으로 유명한 첸수이완淺水灣(리펄스 베이Repulse Bay라고도 함)
바다를 바라다볼 수 있는 맨션에 음악스튜디오를 만들 계획을 세우고
새로운 장르의 일에도 몰두하려고 했다.

그런데 테레사는 갑자기 홍콩을 떠나 파리에 거처를 마련했다. 가장
믿는 어머니와 상의도 하지 않고 4개월간 이런저런 고민 끝에 내린 결
론이었다. 1989년 11월에 홍콩을 떠난 그녀는 개선문에서 걸어서 10
분 정도의 거리에 있는 포부르 쌩 또노레 거리 230번지에 있는 가구 딸
린 원룸을 빌렸다. 몽테뉴 거리의 아파트를 구입한 것은 1990년 6월이
었다.

진심으로 좋아한 홍콩을 떠나 말도 통하지 않는 파리에서 살기로 결
심하기까지 도대체 무슨 일이 있었던 것일까.

도어를 연다. 입구의 중앙에는 둥근 대리석으로 만들어진 작은 탁자
가 놓여있다. 그 위에는 중국 도자기의 왕좌에 올라 있는 징더전야오景
德鎭窯에서 제작한 항아리 모양의 청백자가 놓여있다. 곁방으로 들어간
다.

다다미 열두 장 정도 넓이의 거실로, 우선 눈에 들어오는 것은 한가
운데 놓인 표범 무늬의 소파식 침대이다. 가까이에는 일렉트릭 피아노
와 흰색의 오디오가 있고 많은 CD가 늘어서 있다. 고동색이 섞인 연둣
빛 소파가 두 개, 그 옆에 있는 흰색의 작은 탁자에는 전화기와 청자 항
아리가 있다. 테이블 위에는 테레사 앞으로 온 우편물이 산더미처럼
쌓여있다.

거실 다음 방은 침실이다. 산뜻한 보랏빛 침대 커버로 덮여있는 더
블침대에는 핑크빛 베개가 놓여 있다. 보조 탁자에 있는 고풍스러운

조명 아래에는 『증엄법사정사어證嚴法師靜思語』라고 하는 불교 서적이 있다. 잠자리에서는 뚜껑이 열린 전용 케이스로부터 하얀 레이스의 띠가 둘러 있는 핑크빛 맥고모자가 그 모습을 드러낸다.

테레사가 가장 좋아한 색은 핑크빛이다. 그녀는 이 색을 행복을 부르는 색이라고 믿었다. 침실의 창문에 걸려 있는 레이스로 장식된 커튼도 핑크빛이고 방과 방을 연결하는 도어, 벽의 창살, 욕실의 타일과 목욕 수건 등도 모두 핑크빛이다. 하얀 벽을 바탕으로 한 방 어디에나 그녀의 취향이 배어 있다. 지하 주차장에 멈춰있는 이태리제 스쿠터의 도장도 핑크빛이었다.

다다미 여섯 장 정도 넓이의 작업실에 들어간다. 창을 통해서 푸르디푸른 포플러 가로수와 조용한 뒷골목이 내려다보인다. 이 방의 의자와 1인용 침대 시트도 핑크빛이다. 창가에 있는 테이블 위에는 오른쪽에 흰색 전화기, 한가운데에 매킨토시 컴퓨터, Power Book 170 멀티컬러 소수 한정판이 놓여 있다. 그 왼쪽에는 작은 중국어 사전이 세워져 있고, 바로 앞에는 청나라 시대에 쓰인 고전소설 『홍루몽紅樓夢』의 작자의 일생을 그린 『조설근별전曹雪芹別傳』과 찰리 브라운의 만화책 3권이 쌓여 있다. 수첩 모양의 탁상 계산기, 호치키스, 잉크, 스탬프, 수정액, 투명한 펜꽂이에 들어 있는 볼펜, 풀, 보랏빛 구두 등도 아무렇게나 놓인 채로 있다.

흰색 서가의 한쪽으로 눈을 돌린다. 파랑과 보라색으로 구별된 서류 홀더와 모자를 쓴 토끼 인형과 섞여서 쓰모토 요津本陽의 『게텐은 꿈인가下天は夢か』(게텐げてん : 천상계 중에서 가장 낮은 곳에 위치해 있는 공간―옮긴이), 오토모 가쓰히로大友克洋의 만화 『AKIRA』, 프랑스로 망명한 학자가 쓴 『정치다마간단政治多麼簡單』, 프랑스어 사전, 그리고 대만의 작

가로 청조 시대를 묘사한 가오양高陽의 역사소설 『연릉검延陵劍』, 『오릉유五陵遊』, 『무릉추茂陵秋』도 늘어서 있다. 책상 위에 있는 『조설근별전』의 작자이기도 하다. 서가 중에서 특히 눈길을 끈 것은 화려한 장정의 고전시집 열 권이다.

『송시선宋詩選』, 『당시선唐詩選』, 『청시선淸詩選』ㅡ. 가수 테레사 덩이 찾고 있던 자신만의 세계가 이러한 시집 가운데 숨어 있다. 그녀는 이십대 후반 무렵부터 언젠가 자신이 작사한 작품을 노래하고 싶어 했다. 테레사에게 여기에 늘어서 있는 고전 시집은 필생의 사업을 실현하기 위한 길잡이이기도 했다.

그녀가 중국의 고전사에 큰 관심을 갖게 된 계기는 「담담유정淡淡幽情」이란 앨범 제작이었다. 남당南唐과 송나라 시대의 고전사古典詞에 현대의 작곡가가 곡을 붙인다는 기획을 염두에 두고 이 타이틀을 고안한 것은 광고회사 사장인 시에홍중謝宏中이었다. 1979년 가을 어느 날 밤, 시에홍중은 서재에서 남당의 이후주李後主가 쓴 사詞를 베껴 쓰고 있었다. 그곳에 알고 지내는 한 여성이 찾아와서 그 사를 손에 들고 낭독하기 시작했다. 억양이 있는 리듬을 듣고 기분이 좋아진 시에홍중의 마음에 어떤 착상이 떠올랐다. 고전사를 현대적인 음악으로 노래하는 것이었다. 그래서 이후주의 〈오야제烏夜啼〉라는 사에 곡을 붙여 노래해보기로 했다. 녹음한 후 다시 들어보았더니 그렇게 나쁘지 않았다.

얼마 안 있어 시에홍중은 열 편의 시詩와 사에 곡을 붙이고 「담담유정」이라는 이름을 짓는다. 시는 4언, 5언, 7언으로 이루어지는 운문이고, 사는 한 구의 숫자가 정해지지 않고 속어를 많이 사용하는 중국 고전 문학의 한 장르이다. 시에홍중은 즉시 몇 사람의 음악 관계자에게 이 기획을 제안하고 그때마다 〈오야제〉를 불렀지만 반응은 냉담했다. 시에홍중은 그래도 포기하지 않았다. 그리고 1년이 지났다.

1980년 가을, 시에홍중은 어떤 파티에서 테레사를 만났다. 그곳에서「담담유정」의 구상을 말하자 그녀는 큰 관심을 보였다. 시에홍중은 곧바로 홍콩 폴리돌(Polydor)의 책임자인 정둥한鄭東漢(노먼 찬)에게 제안했고 기획안이 받아들여졌다. 계절은 겨울로 접어들고 있었다. 테레사, 시에홍중, 정둥한, 그리고 레코딩 프로듀서 덩시취안鄧錫泉 네 사람은 리펄스 베이 호텔의 테라스에서 앨범을 구체화하기 위한 모임을 가졌다. 송나라 시대의 사를 현대풍의 음악으로 어떻게 표현할 것인가, 아주 잊혀져 가고 있는 중국문화를 어떻게 보존할 것인가—논의는 거기에 집중되었다. 대만과 홍콩의 음악가가 각각의 사에 작곡을 하여 녹음이 진행되었다. 이렇게 하여 1983년 2월 2일에 발매된 것이「담담유정」이다.

애수를 띄우며 속삭이듯이, 그러나 편안하게 부르는 첫 번째 곡은 송나라에 의해 멸망한 남당의 왕 이후주가 지은 〈독상서루獨上西樓〉이다. '무언독상서루無言獨上西樓'(묵묵히 혼자서 서루에 오르다)로 시작되는 사는 '이수離愁'(이별의 슬픔)의 마음을 절절하게 전해주는 서정적인 작품이다. 앨범에는 송나라 시대의 소식蘇軾, 류영柳永, 구양수歐陽修의 작품 등 12편이 수록되었다. 그 중의 세 편이 이후주의 작품이다. 중국 화가 산저친單柘欽이 12수의 정신을 수묵화로 묘사하고, 역사를 느낄 수 있는 의상을 입은 테레사의 사진과 함께 특제 부클릿에 게재된 것도 화제가 되었다.

앨범이 발매되었을 때 대만 텔레비전 방송국에서는「담담유정」특

집을 꾸몄다. 테레사는 노래의 시대상에 어울리는 의상을 입고 노래를 부른다는 기획으로 본인이 의상 선택에도 참여했고, 녹화하는 데도 사흘이 걸렸다. 그녀는 젊은 세대가 이 앨범을 듣고 남당과 송나라 시대의 사를 자연스럽게 익히게 될 거라는 사실을 알고 기뻤다. 교과서에 나오는 사를 노래로 배우는 것에 의미를 느낀 것이다. 서른 살이 된 직후의 이 작품은 홍콩 레코드 대상에 해당하는 '그해의 앨범(Album of the year)'에 빛났고, 일본에서는 1991년에 발매되기까지 '환상의 명반'이라고 불렸다. '음악적으로 테레사의 최대 걸작이자 대표작'(나카무라 도요中村とうよう)이라는 높은 평가를 받은 작품이다.

그녀는 언젠가 「담담유정」의 속편을 만들어 내겠다고 염원하며 1990년에는 앨범의 타이틀에 「춘몽추운春夢秋雲」이라고 손수 이름을 붙였다. 거기에는 당나라 시대의 융성함을 뽐낸 이백李白의 〈청평조淸平調〉 3수에 곡을 붙이는 등 금나라 말기와 북송北宋의 시인 열다섯 작품이 준비되었다. 작곡이 끝나고 연주만을 수록한 데모 테이프까지 완성되었다. 더구나 그 열다섯 작품 중의 한 곡으로 예정되어 있던 〈문세간정시하물問世間情是何物〉(〈가르쳐 줘, 정이란 뭔지〉, 금나라 시대의 원호문元好問이 작사)만은 이미 테레사의 녹음을 마친 상태였다. 그럼에도 불구하고 완성되지 못한 이유는, 그녀가 선정한 사는 마음에 들어 했지만 곡조를 납득하지 못했기 때문이었다. "「담담유정」에서는 중국의 운치를 드러냈지만 이번 앨범에서는 현대성現代性을 집어넣고 싶다." —스태프에게는 그렇게 말했다. 테레사는 이 앨범을 자마이카에서 레코딩하고 싶어 했다.

자신이 손수 작사하려는 시도도 실제로 진행했다. 테레사가 쓴 사의 일부는 파리의 아파트에 몇 편이 남겨져 있었다. 예를 들면, B4용지에 연필로 쓴 〈동야리취래일진춘冬夜裡吹來一陣春(겨울밤, 한줄기 봄바람이 부네-옮긴이)〉이라는 타이틀의 사랑을 테마로 한 사가 있다. 하지만 가사로서 빛을 본 것은 홍콩에 있는 집에서 발견된 한 편의 작품뿐이었다. 테레사는 완성한 16행의 사를 오렌지색의 라인마커로 노트에 깨끗하게 옮겨 적었다. 이 가사는 그녀가 세상을 떠날 당시에 묵었던 태국 치앙마이의 호텔에 남겨져 있던 베이지색의 카르티에 가죽 수첩에 적혀 있었다.

往事不堪思,
世事難預料,
莫將煩惱著詩篇,
夢短夢長同是夢

一切都是爲了年少的野心,
身世浮沈兩打萍,
天涯何處有知己
只愁歌舞散化作彩雲飛.

一切都是爲了如水的柔情,
不妨常任月朦朧,
爲何看花花不語,
是否多情換無情,

燭火無語照獨眠,

愛情苦海任浮沈,
無可奈何花落去,
唯有長江水默默向東流.

지나간 일은 바랄 수 없고
세상사 예측하기 어려우니
번뇌로 시를 쓰지 말지어다
짧든 길든 다 꿈일 뿐이니

모든 건 젊은 날의 야망이었고
나의 신세는 정착할 곳이 없으니
하늘 끝 어디에 나의 지기가 있을까
그저 나의 노래와 춤이 하늘 높이 퍼져가기를 바랄 뿐

모든 건 물과 같이 부드러운 마음을 위한 것
달이 흐리면 어떤가
왜 꽃은 바라봐도 내게 말을 걸어오지 않는가
다정함이 무정함으로 변해버렸나

촛불은 말없이 고독한 잠자리를 비추고
나는 사랑의 고해에서 부침한다
꽃잎이 지는 걸 막을 도리는 내게 없고
장강의 물만이 조용히, 조용히 동쪽으로 흘러간다

애수를 띤 이 사에는 나중에 세 사람의 작곡가에 의해 〈성원星願〉이
라는 곡명이 붙여진다. 이 내용이 테레사 자신의 심정이라면 왜 이 정

도까지의 고독감, 적막감에 사로 잡혀 있었던 것일까.

　일본에서 '테레사 덩'이라고 하면 가라오케의 엔카 부문에서 베스트 10에 반드시 들어갈 정도의 인기 가수였다. 〈속죄つぐない〉는 테레사가 죽은 뒤에도 역시 1년간 약 3백만 회는 불려질 정도이다. 하루에 8천 명 이상이다. 그녀에게는 이 작품보다 판매가 많았던 〈시간의 흐름에 몸을 내맡겨라時の流れに身をまかせ〉와 〈애인愛人〉, 〈이별의 예감別れの予感〉과 같은 수많은 히트곡이 있다. 이러한 작품의 인상 때문에 테레사 덩은 엔카 가수라는 좁은 장르에 국한되는 평가를 받았다. 하지만 테레사의 세계는 중국어권 전체로 넓혀져 있었다. 일본에서의 활약상에만 얽매이면 그 전체상을 왜곡하게 된다.

　더구나 현실의 그녀는 음악뿐만 아니라 정치에도 큰 관심을 갖고 있었다. 홍콩에 사는 테레사의 친구는 그녀가 정치를 화제로 삼는 것을 자주 들었다. "미국 대통령의 연설은 잘못된 것이 많네요."라고 말한 적도 있었고 중국과 대만을 둘러싸고 있는 국제 정치를 화제로 삼는 경우도 아주 보통이었다. 일본에서도 자민당 정권이 붕괴되었을 때 "호소카와 모리히토細川護熙(일본신당 대표로서 자민당의 55년 지배 체제를 무너뜨리고 1993년에 일본 총리에 올랐던 정치가—옮긴이) 씨는 좋아요. 자민당은 마음에 들지 않거든요."라고 스태프에게 이야기를 건넨 적도 있었다. 그녀는 자신이 살아온 대만의 국제적, 시대적인 위치로 인해 자연스럽게 정치에 대해 흥미를 가졌다.

　아시아의 톱스타로서 화려한 활약을 펼쳤던 테레사 덩. 수면 위에 떠있던 그녀의 정신세계는 우리들이 상상하던 것과는 상당히 달랐을 지도 모른다.

2

1992년 7월 22일, 테레사가 신곡 〈사랑의 햇살 아모레 미오愛の陽差しアモーレ·ミォ〉의 프로모션과 24일에 히로시마에서 거행되는 평화음악제에서 노래하기 위해 일본에 왔을 때 나는 신주쿠 구新宿区 가와다조河田町에 있던 후지 텔레비전의 지하 응접실에서 1시간 정도 인터뷰할 기회가 있었다.

프로그램 녹화를 마치고 모습을 보인 테레사는 오른손으로 V자 사인을 하고 아주 환한 미소를 지으며 악수를 청했다. 핑크빛 팬츠 룩, 어깨까지 늘어뜨린 머리칼에 보동보동한 용모의 대단히 밝은 사람. 그것이 첫인상이었다. "체중이 늘어서 다이어트하느라 애쓰고 있어요." 더듬거리는 일본어로 그렇게 말하는 테레사의 음성에는 투명함이 느껴지는 부드러운 울림이 있었다.

음악을 통하여 평화의 소중함을 호소하기 위해 열리는 히로시마 평화음악제는 19회째를 맞이하고 있었다. 테레사 이외에도 와다 아키코和田アキ子, 이루카イルカ, 고다이 나쓰코伍代夏子, 헤티 쿠스 엔당(Hetty Koes Endang : 인도네시아), 마리완 지메나(태국) 등 아시아의 여성 아티스트들만의 무대가 마련되었다. 당일은 고다이 나쓰코, 이루카가 원폭병원을 방문하여 기부금을 전달하기로 되어 있었다. 평화음악제의 에피소드를 테레사는 이렇게 말했다.

"금년 여름의 최고의 추억은 히로시마에서 열린 평화음악제에서 노래한 것입니다. 〈사랑의 햇살 아모레 미오〉라는 신곡을 부를 때 "전쟁 피해자에게 바치고 싶다."고 말했습니다. 평화를 기원하는 마음을 노래에 실어 전하고자 했습니다. 지금까지 없었던 가슴 뜨거운 무대였습니다."

테레사는 신곡 이외 〈하일군재래何日君再來〉, 〈시간의 흐름에 몸을 내맡겨라〉, 〈속죄〉를 불렀다.

일본에 원자폭탄이 투하되었다는 사실을 알게 된 것은 초등학생 때이고, 히로시마를 방문한 것은 이번이 두 번째라고 했다. 그녀는 원폭 위령비에 헌화할 때 손자를 데리고 온 원폭 피해 여성과 대화를 나눌 기회가 있었다. 그 여성은 켈로이드(Keloid : 화상·궤양 등이 아문 후에 생기는 게 발 모양으로 불거지는 융기—옮긴이)가 너무 심하여 처녀 때는 반소매를 입을 수 없었다고 말했다. 그 이야기를 듣고 있던 테레사는 그녀의 켈로이드를 어루만지며 소리 높여 울었다.

"위령비에 꽃다발을 바치고 원폭 돔을 보고 있는 중에 눈물이 나왔습니다. 히로시마, 나가사키의 원폭 희생자가 30만 명, 지금도 몸과 마음에 입은 상처로 고생하고 있는 사람들이 있다는 말을 듣고 정말 슬펐습니다. 원폭 자료관은 언제 보아도 생명의 소중함을 절실히 느끼게 해줍니다."

일본에 오기 전에 히로시마, 나가사키에 떨어졌던 원자폭탄을 테마로 삼은 영화를 텔레비전에서 보고 두려움과 슬픔을 느꼈다고 말했다. 원자폭탄에 대해 말하는 테레사는 눈을 피하지도 않았고 표정에는 진지함이 넘쳐흘렀다.

최근의 생활로 화제를 돌려 "홍콩을 떠난다고 해도 어째서 파리로 갔습니까?"라고 묻자 "역시 파리밖에 없지 않나요? 아티스트의 입장에서 보면요."라고 기쁜 듯이 미소를 지었다.

"파리는 세련되다 말할까, 아니면 마음을 붙이기가 너무 힘들다고 말할까? (웃음) 이탈리아나 스페인 사람들만큼은 밝지 않은 것 같습니다. 프랑스 사람들은 약간 스노브(Snob)하다고 할까요. 하지만 아티스트로서는 좋은 공부를 할 수 있는 곳이고 게다가 언어가 멋져요. 그래서 파리를 택했습니다. 가장 좋아하는 곳은 칸이 있는 프랑스 남부입니다. 날씨도 좋구요."

평상시 그곳에서 어떻게 살고 있는지 물었다. 대답하는 테레사의 표정은 그다지 밝지 않았다.

"파리에서도 특별한 것은 없습니다. (웃음) 매일 프랑스어를 공부하고 가끔 레코딩을 하는 정도입니다. 그래요, 예를 들어 가장 바쁜 날이라면 아침 6시 정도에 일어나서 풀에 가는 날일까요. 일주일에 4,5일은 가지요. 1시간 정도 수영하고 돌아와서 9시 반 정도부터 서너 시까지 프랑스 언어 학교에 갑니다. 그리고 집 근처에서 CD를 찾거나 가끔 영화, 하지만 영화는 그다지 보러 가는 편이 아네요."

이러한 이야기를 듣는 동안 앞으로의 가수 활동을 위하여 파리에서 충전 중이라는 인상은 받지 못했다. 이미 마음 내키는 대로 살고 있었다. 정말로 유유자적한 생활을 보내고 있는 것 같았다.

"그밖에는 집에 있는 시간이 많아요. 피아노 레슨을 받거나 책을 읽는다든가 하죠. 매일 노래하지는 않지만 피아노 앞에는 꼭 앉습니다. 최근에는 송나라 시대와 한나라 시대의 사를 읽고 있습니다. 머지않아 작사도 해볼 작정입니다. 중국 소설도 많이 읽고 있습니다. 토요일과 일요일에는 한가로이 지내요. 일찍 일어나는 것을 좋아해서 가능하면 4시 반 정도에 일어나는 것이 가장 좋은데. 조용하고 공기도 맑아서 천천히 이런저런 일을 할 수 있으니까요."

홍콩에서 파리로 거점을 옮긴 테레사는 두 곳의 도시를 어떻게 생각할까. 그것을 물으면 가장 듣고 싶은 테마로 분명히 들어가는 계기가 될 거라고 생각했다. 왼손으로 턱을 괸 그녀는 생각에 잠긴 듯 보였다.

"홍콩은 아름다워요. 우선 말이 통하지요. 게다가 신선한 해물요리가 최고로 맛있어요. 정말로 한가롭다고나 할까, 사치스러운 생활이에요. 파리는 말도 통하지 않아 너무 쓸쓸해요. 그래서 홍콩에 있는 것이 좋지만 그대로 인생이 끝나버릴 것 같은 생각이 들어서, 조금 아까운 느낌이 들어서 도전해 보려고 생각했습니다. 더구나 톈안먼天安門 사태가 있어서 어쩐지 꿈에서 깨어난 것 같아요."

'톈안먼 사태'라는 말이 나온 김에 다음 질문으로 화제를 돌리기로 했다. 나는 테레사 덩이 톈안먼 사태에 항의하는 음악회를 파리에서 열 것이라는 얘기를 이미 들어 알고 있었다. 그 계획의 진척 상황에 대해 묻자 파리에서의 생활 방식을 즐겁게 말하던 그녀의 표정이 일순 어두워졌다.

"앞으로는 레코딩을 메인으로 하고 콘서트는 예정하고 있지 않습니다. 콘서트는 하고 싶지 않아요. 톈안먼 사태 이후 쭉 마음이 어두워요. 그 사태 전에는 우리들은 참으로 열심히 지원했지요. 만일 그렇게 열심히 지원하지 않았다면 학생들은 죽지 않았을지도 몰라요. 노래하고 있으면 눈물이 자꾸 나요. 마음이 안정되질 않아요. 저, 울보예요. 금방 눈물이 나요. 그런 일도 있고, 왠지 노래하는 일이 몹시 나쁘다는 생각이 들어서."

테레사는 첫 대면한 나를 앞에 두고 눈물을 글썽거렸다. 잠깐 침묵이 흘렀다. 나는 아무것도 묻지 않았다. 이윽고 그녀는 말을 가다듬더니 천천히 이야기를 이어갔다.

"중국 공산당 정권이 생기고 나서 이제 40년입니다. 하지만 40년 동안 중국 인민들이 어떤 생활을 해왔는지 모두 알고 있어요. 참으로 힘든 생활이었지요. 그러나 앞으로의 중국은 새로운 희망을 갖고 있습니다. 우리 해외 중국인이 (톈안먼 학생 운동을) 지원한 이유는, 그런 중국을 우리가 지원하지 않으면 누가 하겠습니까. 그때 좀 더 좋은 정부가 되었다면 모두 보다 나은 생활을 할 수 있었겠지요. 중국이 민주화될 거라고 생각했는데. 하지만 그런 바람도 중국 정부가 탱크로 사람들을 죽이기 전이었습니다.”

테레사가 홍콩에서 거행된 톈안먼 학생들을 지원하는 집회에 참가한 것은 1989년 5월 27일의 일이었다.

“탱크로 사람들을 죽이기 전, 홍콩 해피 밸리(Happy Valley) 경마장에서 베이징의 학생들을 지원하는 자선콘서트가 있었습니다. 초대를 받았지만 자신을 선전하는 것이라 여겨지기 싫어서 가지 않았습니다. 하지만 텔레비전에 생중계되고 있는 것을 보고 있자니 그대로 앉아있을 수도 없고 서있을 수도 없어서 달려가서 노래를 불렀습니다. ‘내가 말하고 싶은 것은 이 노래에 들어있으니 제발 들어주세요.’라는 마음이었습니다. 콘서트에 나간 것을 후회하지는 않아요. 지금도 후회하지는 않습니다.”

그러나 파리에서 예정되었던 톈안먼 사태 추도 콘서트는 3주년에 해당하는 6월 4일에 거행되지 않았다. 왜 그랬을까. 그 의문을 던졌을 때 그녀는 이렇게 설명했다.

“저는 가수이니까 콘서트로 중국의 민중에게 할 수 있는 것을 하고 싶었어요. 하지만 어딘지 모르게 나쁘다는 생각이 들었어요. 그 사건으로 학생들이 죽었기 때문에 콘서트에서 노래하는 것은 어쩐지 나쁘다는 생각이 들었어요. 저도 마음이 괴로웠고요.”

사실 톈안먼 사태에 항의하는 콘서트는 상당히 구체화되어 있었다. 그래서 뉴스로 보도되고 국제적으로도 주목을 받았다. 그 주최를 왜 중지했던 것일까? 테레사는 계획을 포기한 진짜 이유를 여기에서 말하려고 하지 않았다. 물론 슬픈 마음이 노래를 멀리하게 만든 것도 사실일 것이다. 하지만 그녀의 괴로움을 단지 그러한 개인적인 감정 수준으로 판단해서는 안 된다는 것처럼 들렸다. "괴로웠고……."라고 말을 머뭇거린 후에 어떤 이야기를 계속하려고 했던 것일까. 그때는 전혀 알 수 없었다.

많은 이야기를 들려준 테레사는 왜 홍콩을 떠났는가라는 질문을 받자 이렇게 설명했다.

"정부를 전혀 믿을 수가 없었기 때문이지요. 만일 그것을 무시하고 저 좋은 대로의 생활을 그대로 했다면 아마 그 후 큰 재난이 닥쳤을 거라고 생각합니다."

테레사의 입장에서 볼 때 '큰 재난'의 예감은 무엇이었을까. 그녀는 여기에서도 그 이상 말하지 않았다. 그러나 이야기의 흐름으로 판단해 보면 톈안먼 사태가 짙은 그림자를 드리우고 있다는 것은 분명했다.

홍콩이 중국에 반환되기로 정해진 것은 1984년 12월 19일에 체결된 중·영 공동성명에 의해서였다. 1국 2제도 방식에 의한 반환이 합의된 것을 계기로 1987년 무렵부터는 미국, 캐나다, 호주 등 해외로 이주하는 사람들이 늘어나기 시작했다. 중국 공산당의 일당 지배에 대한 불안감이 있었기 때문이다. 그러한 걱정과 의구심이 단번에 현실로 나타난 것이 바로 톈안먼 사태였다. 중국에 대한 불신은 더욱더 해외 이민을 재촉하는 꼴이 되었다.

테레사의 마음에도 중국 지배하의 홍콩에서는 무슨 일이 벌어질지 모른다는 불안이 커지고 있었다. 더구나 중국의 체제를 비판하는 의사를 공공연히 표명했던 자신의 생활에 조만간 직접적으로 영향이 미칠 거라는 것을 심각하게 생각했을 것이다. 테레사 덩의 마음속에 중국이란 국가가 큰 파문을 던졌다는 것은 이러한 발언에도 나타나 있다.

"최근 홍콩에서 레코딩한 중국어 노래도 3일간 리허설을 하고 겨우 완성했습니다. 금방 울음이 나서 시간이 걸렸어요. 빨리 중국이 민주화되면 좋겠어요. 그때는 축하의 노래를 많이 부르겠습니다. 지금은 제 감정을 컨트롤할 수가 없어요. 금방 울어버리거든요."

테레사 덩에 대한 인터뷰는 내 입장에서 보면 예상 이상의 전개가 되었다. 톈안먼 사태 등의 정치적인 문제에 대해서도 주저하지 않고 말해 주었기 때문이다. 질문에 대해 언어를 골라서 말하려는 머뭇거림도 거의 볼 수 없는 아주 자연스러운 대응이었다.

테레사가 말한 신곡을 포함한 앨범 「난망적難忘的」은 그해 10월 28일에 중국어판 베스트 「막망금 소莫忘今宵」로서 일본에서도 발매된다. 당시 테레사는 홍콩이나 대만에서도 1년에 몇 번만 텔레비전에 출연하는 정도의 일밖에 하지 않고 있었다. 내가 이야기를 들은 것은 톈안먼 사태에 심하게 정신적 타격을 입은 테레사가 의식적으로 일을 제한하고 있던 시기였다.

3

그로부터 2년이 지난 1994년 10월 24일, 센다이仙台 시 미야기宮城 현민縣民회관 지하에 있는 대기실 앞에서 다시 테레사 덩을 만났다. 결과적으로 최후의 일본 방문이 되어버렸을 때의 일이다.

"영광입니다."

내 눈을 뚫어지게 보던 테레사가 작은 목소리로 중얼거렸다. 그녀의 인생을 중국과 대만의 역사와 연관시켜 글을 쓰고 싶다는 뜻을 전했을 때의 대답이었다. 그리고 뜻밖의 이야기를 입에 담았다.

"지금부터 저의 인생 테마는 중국과 싸우는 것입니다."

이 말을 들었을 때 나는 놀라움과 함께 '역시'라고 이해했다. 지난번 취재할 때 테레사는 "작은 폭력이 큰 전쟁이 됩니다. 나는 폭력은 정말 싫습니다. 따라서 평화를 위해서라면 무슨 일이든 하지 않으면 안 되겠다고 생각합니다."라고 말했기 때문이다. 테레사가 '중국과 싸운다.' 라는 감정을 솔직히 털어놓고 이야기한 것은 아마도 이것이 처음이자 마지막일 것이다. 이러한 얘기가 자연스럽게 나오기까지 많은 갈등이 있었을 것이다. 더구나 자신이 마음속으로 남몰래 확신하고 있는 것과 그것을 타인에게 전하는 것은 의미가 완전히 다르다. '중국과 싸운다' —테레사가 이렇게 말한 것은 중국과 대만을 둘러싼 현대사의 '불화' 가 한 여성의 정신 형성에 짙게 반영되었다는 것을 나타냈다.

그녀는 다음해 홍콩에서 긴 시간을 할애하여 이야기를 하겠다고 약속했다. 하지만 그 취재는 실현되지 못했다. 반년 남짓 후인 1995년 5월 8일 테레사가 태국 치앙마이에서 급작스럽게 세상을 떠났기 때문이다.

테레사 덩은 살아있는 동안 몇 번인가 '사망설'에 휩싸인 적이 있었다. 첫 번째는 1990년에 아버지 덩수웨이鄧樞爲가 세상을 떠났을 때이다. 장례식에 참석하지 않았기 때문에 '쇼크로 위장병이 악화되어 파리의 병원에서 사망했다.'라는 소문이 자자했다. 두 번째는 한참동안 매스컴에 얼굴을 내밀지 않았던 1991년의 일이다. 이때는 테레사가 예전부터 톈안먼의 학생들을 지원하는 입장을 표명했고, 실제로 지원 콘서트에도 참가했기 때문에 '암살설'이 떠돌았다. 홍콩에서 흘러나온 소문은 일본의 여성주간지에서도 다뤄져 「테레사 덩 '급사', '암살' 흉문凶聞의 불가사의」 등과 같은 특집이 실렸다.

테레사는 1991년에 신곡 〈슬픔과 춤을悲しみと踊らせて〉의 캠페인을 위하여 1년 9개월 만에 일본을 방문했다. 그때 약간 어처구니없다는 듯이 이렇게 말했다.

"홍콩의 주간지가 만들어낸 낭설, 추잡해요. 2천 부 정도밖에 팔리지 않는 주간지가 스캔들로 판매 부수를 늘리기 위해 제멋대로 썼어요."

그 뒤 4년, 그녀가 태국 치앙마이에서 세상을 떠났을 때 이전보다 한층 더 '모살謀殺설' 등이 퍼질 거라는 것은 충분히 예측되었다. 치앙마이라는 지역과 연관지어 얘기가 될 때에는 '마약 사망설', '에이즈설', 장례를 국장國葬으로 치른 사실과 연관지어서는 '군의 스파이설'과 같은 소문이 퍼졌다. 특히 크게 보도된 것이 바로 이 '스파이설'이었다.

세상을 떠나기 전 5년 정도, 대만 텔레비전의 출연 의뢰는 거절하면서도 군위문은 사례도 받지 않고 열심히 참가한 것이 소문의 근거가 되었다. 대표적인 위문 콘서트로는 미국에서 1년 7개월 정도 머물고 대만으로 돌아왔을 때 진먼다오金門島 구닝터우古寧頭에서 열린 「군재전초君在前哨」(1981년), 타이중臺中 칭취안깡淸泉崗에서의 「영원적정인永遠的情人(영원의 연인)」(1993년), 가요슝펑산高雄鳳山에서의 「황포건군칠십년黃埔建軍七十年」(1994년) 등이 있다.

'테레사 덩은 군의 스파이였다.'라고 처음 보도한 것은 《독가보도獨

家報導》(1995년 6월 18일~6월 24일호)라는 대만의 대중잡지였다. 테레사가 '특급첩보원이었다.'라고 증언한 사람은 대만 정보국의 고관이었던 구정원谷正文이었다. 그는 기자의 질문에 이렇게 대답했다.

기자 : 일본의 매스컴은 테레사 덩은 중화민국 군부를 위해 공작을 했던 인물이라고 대담하게 추측하고 있습니다만.

구정원 : 내가 알기로는 테레사 덩이 군 측의 사람이라는 건 틀림없다. 만일 기억이 잘못되지 않았다면 국가안전국 제3처의 관리로 돌려보낼 예정이었다.

6월 23일에는 홍콩의 《신보信報》지가 《독가보도》의 기사를 보도했다. 게다가 공동통신 홍콩지국이 《신보》의 보도를 기사로 흘리는 통에 일본에서는 《마이니치신문每日新聞》(6월 24일자)이 '테레사 덩, 스파이였는가?', '대만 국가안전국 퇴역 중장(실제로는 정보국 출신의 소장)이 폭로'라는 칼럼기사를 보도했다. 《독가보도》 기사가 일본에서 큰 반향을 불러일으키자 《주간현대週刊現代》(7월 8일호)가 증언자인 구정원에 대한 취재도 하지 않고 '테레사 덩은 대만의 "김현희"'라는 기사를 게재했다. 거기에서는 대만 주재 저널리스트라는 프레드 요시노フレッド吉野가 '테레사 덩의 타깃은 동아시아, 특히 일본이었을 가능성이 있다.'라는 등의 이상한 코멘트를 했다.

이 문제를 더욱 더 크게 다룬 것이 '테레사 덩은 20년간 비밀 첩보원이었다!!'라는 특집기사를 게재한 《주간보석週刊宝石》(1995년 7월 20일호)이다. 증언자로 나선 것은 여기에서도 구정원이었다. 기사는 '충격의 진상'이라는 제목 하에 첫줄부터 구정원의 발언을 소개했다.

"내가 통치국을 그만두기 얼마 전에 덩리쥔이 스파이로서 스카우트되었습니다. 나는 그녀가 열세 살일 때 처음 만났습니다."

이 발언의 상세한 내용을 구정원은 덧붙여 이렇게 설명했다.

"그녀의 아버지 고故 덩수웨이 씨는 본래 국민당군의 육군 중위로 저와 안면이 있어서 테레사를 소개받았습니다. 그래서 스카우트 시 서면 상으로 그녀를 보았을 때 금방 알아보았습니다. 그녀는 내가 퇴역한 후에도 안전국의 멤버였습니다. 물론 1989년 톈안먼 사태 때에도 마찬가지구요. 태국에서 사망할 때까지 줄곧 스파이, 즉 비밀 첩보원이었습니다. 스파이 경력은 20년 이상입니다."

《주간보석》의 기사는 《독가보도》의 내용만으로는 진위를 알 수 없기 때문에 '독자적으로 구정원 씨 본인에게 인터뷰를 요청하여 대만의 자택에서 자세한 내용을 전달받았다.'고 했다. 도대체 무엇이 진실인가. "나는 국제난민이다."라고 말했던 그녀의 인생에는 많은 수수께끼가 풀리지 않은 채 그대로 남아 있었다.

테레사의 유족으로부터 연락을 받고, 머지않아 처분할 거라는 파리의 아파트를 방문한 것은 1998년 5월 19일이었다. 핑크빛 세로 줄무늬가 들어있는 시트로 덮인 1인용 침대의 머리맡에는 프랑스 전국지도, 1991년에 발매된 〈슬픔과 춤을〉의 선전 포스터, 다이어트에 관한 내용이 실려 있는 신문 스크랩 등이 붙어 있었다. 나는 그 가운데 어쩐지 한 장의 사진에 신경이 쓰여 참을 수가 없었다. 모서리 부분이 약간 말려 올라간 컬러 사진에는 검은 테두리의 밀짚모자를 위로 치켜 쓴 테레사의 전신이 찍혀 있었다. 검은 원피스에 꽃무늬가 들어 있는 흰색 재킷, 진주목걸이를 하고 레이스가 달린 스톨을 손에 든 테레사의 입가는 살짝 미소를 짓고 있고, 눈매는 온화했다.

아주 새까맣게 그림자가 생긴 그녀의 배경에는, 프랑스 건축의 영향을 받은 접는 문 방식의 창문과 줄무늬 의장의 차양 등 동남아시아의 식민지 도시에서 흔히 볼 수 있는 콜로니얼 리바이벌 풍의 흰색 건물이 있었다. 처마 끝에는 짙은 녹색으로 우거진 나뭇잎 중에서 하얀 꽃을 피운 유카가 우뚝 솟아있고, 조금 떨어진 곳에는 약간 짙은 진홍색 꽃이 산뜻하게 피어있는 보로니아 화분이 눈에 들어왔다.

앨범에 넣지 않고 일상생활의 공간 속에서 항상 보이는 곳에 아무렇게나 놓여 있는 한 장의 사진, 거기에는 날짜도 촬영 장소도 적혀있지 않았다. 그녀는 그저 마음에 드는 풍경을 항상 바라보고 있었던 것일까. 아니면 무언가 특별한 의미가 담겨져 있는 것일까. 나는 이 사진의 의미를 꼭 알고 싶었다. 도대체 언제, 어디에서 촬영되었는가. 그리고 그때 테레사의 마음속에는 어떤 풍경이 비쳐지고 있었을까. 테레사 덩의 발자취를 더듬어 마침내 그 현장에 고생 끝에 이르렀을 때 그곳에 펼쳐져 있는 것은 그녀가 앞질러간 아시아의 파란만장한 역사의 단편이었다.

테레사의 첫 무대는 초등학교 2학년 때

제2장

다시

1

자오쑤구이趙素桂는 자주 딸의 꿈을 꾼다. 홍콩의 레스토랑에서 아주 좋아하는 중화요리를 먹으면서 이야기를 나누는 경우도 있지만 드레스를 입고 콘서트에서 노래를 부르고 있을 때도 있다. 서른 살 정도의 모습이라고 한다. 꿈에서 깨어났을 때 현실로 돌아와 쓸쓸함에 사로잡히는 경우도 자주 있다. 미국이나 일본에 갔을 때 '아, 여기에 함께 왔었네.'하며 어느새인가 감개에 잠긴 적도 있다. 그런 감정이 밀려드는 이유는 지금까지도 여기저기에 많은 추억이 남아 있기 때문이다.

"저는 딸의 CD를 듣는 것이 습관이 되어버렸습니다. 특히 10대 후반부터 20대에 불렀던 노래를 듣고 있자면 딸아이가 너무나 그리워서 어쩔 줄을 모르겠어요. 대만에서 데뷔하여 홍콩과 일본에서 노래하기 시작했던 무렵의 추억이 정말로 선명하기 때문이겠지요. 일요일에는 앨범을 8장 듣는 일도 있습니다. 노랫소리를 들으면서 가구 위에 놓여 있는 사진을 보면 아직 어렸을 때의 딸이 미소 짓고 있습니다.

진산궁무金山公墓에 있는 딸의 묘에는 한 달에 몇 번 가는데 꿈속에서 만난 다음날에는 꼭 갑니다. 진보산金寶山의 묘는 대만에서도 일본이 가장 가까운 곳이고 제 인생에 있어서도 추억이 깊은 거리 지룽基隆 가까이에 있습니다."

자오쑤구이의 일족은 중국 산둥山東 성 둥핑東平 현 출신이지만 그녀가 태어난 곳은 헤이룽장黑龍江 성 하얼빈이었다. 민국 15년, 서기로 말하면 1926년 6월 20일이다. 쑤구이는 다섯 살 때까지 그곳에서 살았다. 아버지는 자오서우예趙守業로 하얼빈 시의 우정국에서 국장을 지냈으며 어머니 자오장스趙張氏는 주부였다. 일본과의 전쟁이 일어나자 가족은 장시江西 성, 허난河南 성으로 계속 피난을 다녔다.

남편이 되는 덩수웨이와 자오쑤구이가 만난 곳은 허난 성 뤄양洛陽이다. 덩수웨이는 민국 4년, 1915년 1월 10일에 허베이河北 성 다밍大名 현에서 태어났다. 어머니는 곧 세상을 떠났다. 군인이었던 아버지도 네 살 때 세상을 떠났다. 국민당 군대가 각지를 전전하면서 마을의 남자들을 군인으로 차출하던 시대였다. 친척이 없는 수웨이가 열네 살에 군대에 들어간 것은 그곳에 가면 생활에 대한 걱정이 없기 때문이었다. 그리고 스무 살 때 자오쑤구이를 만난다. 쑤구이의 할머니 친구가 근처에 살고 있던 인연으로 소개해 준 것이다. 아직 아홉 살이었던 쑤구이는 부끄러워서 할머니의 등 뒤로 숨었다고 한다.

약혼한 것은 열한 살 때이다. 어머니가 "이 사람은 네 남편이 될 사람이다."라고 말한 것은 기억하고 있어도 당시에는 그 의미를 전혀 몰랐다. 아버지는 딸을 군인에게 시집보내려고 했던 것 같다. 쑤구이는 장제스蔣介石의 부인 쑹메이링宋美齡이 설립한 육영학교에서 공부하기 위해 뤄양에서 산시陝西 성의 시안西安으로 옮긴다. 결혼한 것은 1943년, 열일곱 살 때였다. 뤄양에서 식을 올리고 시안에서 살게 된다. 남편은 결혼을 계기로 군인을 그만두고 뤄양 근교에 있는 쉬안양宣陽에서 세무국 일을 시작했다.

쑤구이는 열여덟 살에 장남을 출산하자 그 아이를 '샤오고우小狗(강아지라는 뜻)'라고 불렀다.

이름을 짓지 않고 기른 것이다. 그러나 당시는 먹을 것이 턱없이 부족한 시절이라 아이는 겨우 10개월 만에 영양실조로 세상을 떠나버리고 만다. 1945년, 시안에서 둘째 아들이자 사실상 장남인 창안長安이 탄생한다. 시안은 옛날의 장안長安(수도라는 뜻—옮긴이)으로, 거기에서 이름이 붙여졌다. 그 후 남편은 허난 성 정저우鄭州에서 군인으로 복귀했고, 1948년에는 차남 창쑨長順이 태어난다. 전쟁이 치열해지고 있던 때라 순탄하게 생활할 수 있기를 바라며 붙인 이름이었다.

1949년 9월, 일가는 공산군에 쫓기는 장제스 군의 일원으로 광둥廣東 성 산터우汕頭에서 군선을 타고 수백 명의 병사들과 함께 대만으로 향했다. 부부와 네 살과 한 살 된 아들은 아는 병사 두 사람과 함께 갑판에 있는 구명보트 뒤에 앉았다. 대부분의 사람들은 배 밑바닥에 들어가 있었기에 갑판에 사람은 적었다. 쑤구이는 뱃멀미가 심하여 물을 마셔도 금방 토했다. 그런 몸 상태라 3일 후 지룽에 도착했을 때는 결국 쓰러졌다. 얼마 동안 누워서 쉬고 몸을 움직일 수 있게 된 다음에 타이베이臺北의 베이터우北投로 이동했다. 지금은 대만에서 일급 온천이 있는 요양지로서 알려진 지역이다. 여기에서 2주일 정도 머물렀다.

충칭重慶을 거점으로 하던 장제스가 대만으로 도망친 것은 1949년 12월이었다. 얼마 안 있어 군이 해산되고 재편성되었기에 수웨이는 예비병으로서 쉬안란宣蘭 현으로 향했다. 그 시기, 쑤구이는 누이동생을 찾으러 다녔다. 누이동생의 남편은 공군조종사로 1947년에 대만의 가오슝高雄으로 이동했다. 그곳에 공군기지가 있었기 때문이다. 이윽고 누이동생의 거처를 알게 되었고 쑤구이와 아들들은 당분간 가오슝의 강산岡山에서 살기로 했다.

쑤구이는 1951년에 쉬안란에서 셋째 아들을 낳았다. 가난한 생활이 계속되었기에 희망을 담아 부富라는 글자를 붙여 창푸長富라고 했다. 거기에서 1년 정도를 살고 원린雲林 현 바오중샹褒忠鄕 룽옌춘龍岩村으로 이동했다. 대문을 열면 토방 앞에 다다미방이 하나뿐인 주거는 붉은 벽돌로 지어진 집이었다. 여기에서 4년 정도 살게 된다. 일가는 중국 본토에서 건너온 외성 사람外省人(1947년 이래 중국 본토에서 대만으로 이주한 사람들—옮긴이)이라 좀처럼 말이 통하지 않았다.

1953년 1월 29일, 여기에서 넷째 아이가 태어난다. 이번에는 여자아이였다. 이때 셋집주인이던 장샤오시하張小霞 형의 부인이 산파역으로 출산을 도와주었다. 부부는 딸에게 리쥔麗筠이란 이름을 붙였다. 대나무를 쪼개면 얇은 막이 나오는데 '균筠'이라는 문자에는 그런 의미가 있었다. 기품이 있고 투명한 느낌. 베이징의 칭화淸華대학을 졸업한 친한 친구의 제안이었다. 첫째 딸이라 특별히 멋진 이름을 생각했다. 교회에서는 세례명으로 '테레사'를 받았다. 그러나 집안에서는 딸의 이름을 '샤오야토우小丫頭(어린 계집아이라는 뜻—옮긴이)'라든가 '야토우丫頭'라고 불렀다. 귀여운 아이에 대한 애칭이다. 이 무렵 남편은 정식으로 군대를 떠나 군에 협력하는 보도대輔導隊에서 급료를 받게 되었다.

다음해에는 넷째 아들 창시長禧가 태어났다.

"딸은 보통 아기였습니다. 노래를 흥얼거리게 된 것은 두세 살 무렵부터였는데 라디오에서 흘러나오는 음악에 맞춰 노래를 잘 불렀습니다. 특히 인상적인 것은 세 살 때의 추억입니다. 딸이 근처에 있는 사진관에 혼자 찾아간 것입니다. '엄마가 사진을 찍으라고 했으니 부탁드려요.'라고 말했다고 합니다. 아는 사람이라 기꺼이 사진을 찍어 주었지만 나는 딸에게 그런 말을 한 기억이 없습니다. 지금도 남아있는 사진에는 작은 백을 목에 건 딸아이가 물방울무늬 원피스를 입고, 오른손을 사진관의 장식품에 얹어 놓고, 왼손에는 무언가를 쥔 채 천진난만한 표정으로 카메라를 뚫어지게 보고 있는 모습이 기록되어 있습니다.

딸을 가수로 만들려는 목적이었던 건 아닙니다. 단지 딸이 한 명이라 원하는 것은 무엇이라도 들어주려고 생각하여 네 살이 됐을 때에는 발레를 배우게 했습니다. 선생님이 '어머니, 이 아이 잘하네요. 다리선도 예쁘고요.'라고 칭찬해준 것을 기억합니다."

일가는 리춴이 다섯 살 정도일 때 주거를 여기저기 옮겨 다녔다. 동남부의 타이둥臺東, 가오슝에서 가까운 핑둥屛東, 그리고 타이베이의 쏭산松山이다. 지금 국내선 전용의 쏭산 공항이 있는 부근이다. 부부는 타이둥으로 옮겼을 때부터 식당일을 시작했다. 샤오츠小吃(간단한 식사, 또는 간식거리라는 뜻―옮긴이)를 팔기로 한 것이었다. 장사를 시작했을 때는 면류를 주로 팔았으나 타이베이에서는 그 외 만두 등도 만들어서 학교나 가게에 도매를 하게 되었다.

그 무렵 유치원에 들어간 리춴이 졸업식에서 고별사를 담당한 일이

있었다. 아직 글을
읽을 줄 몰랐기 때
문에 아버지에게
배우던 모습이 인
상적이었다고 한
다. 유치원에서는
왼쪽 가슴에 클립
으로 손수건을 달
고 흰 앞치마를 하
는 규칙이 있었다.

테레사의 일족이 모두 모여 찍은 사진
아버지 덩수웨이(중앙 양복 차림), 어머니 자오쑤구이(중앙
줄 오른쪽 끝), 남동생 창시(앞 줄 오른쪽 끝), 테레사(앞 줄
오른쪽부터 두 번째)

리췬은 동생 창시에게 손수건을 달아주고 언제나 함께 밖에 나갔다.
집 주변은 논이 죽 이어져 있는 전형적인 농촌 지역이었다.

리췬이 여섯 살이던 무렵, 산충三重 시의 루저우蘆洲로 이사를 갔다.
루저우 초등학교에 다닐 때 하나의 계기가 찾아온다. 근처에 살았던
리청칭李成淸은 수웨이와는 같은 고향 사람으로 군음악대에 소속된 호
궁胡弓 연주가였다. 일가는 그의 집에 자주 놀러갔는데 그때마다 리췬
에게 노래하는 법을 가르쳐 주었다. "재능이 있으니 노래하는 길로 나
아가면 좋겠다."라고 말했는데 이윽고 군 위문에 리췬을 데리고 가게
된다. 초등학교 2학년 때로 이것이 그녀의 첫 무대였다. 라디오에서 흘
러나오는 미소라 히바리美空ひばり의 노래를 듣던 것도 그 무렵으로
〈빈과화蘋果花〉(미소라 히바리의 히트곡 〈링고오이와케リンゴ追分〉의 대만
버전—옮긴이)란 곡을 가장 좋아했다. 가사는 책에 실려 있었지만 악보
는 없었다. 그래서 그녀는 어쩔 수가 없어서 라디오에서 나오는 노랫

소리에 맞춰 연습을 했다. 노래하는 일이 밤의 즐거움이기도 했다.

"딸이 열 살일 때 〈양산백홍축영대梁山伯興祝英臺〉라는 영화가 유행했습니다. 나는 딸아이를 데리고 그 영화를 보러 갔습니다. 그 애는 10여 곡의 삽입곡을 전부 외워버렸습니다. 황매조黃梅調라는 안후이安徽성의 지방 극에서 불리는 민요였습니다. 딸에게 재능이 있다고 생각한 나는 중화라디오방송국의 아마추어 노래자랑에 참가 신청을 했습니다. 연령 구별 없이 50명 정도가 겨루는 대회로 딸은 〈방축영대訪祝英臺〉라는 영화 주제가를 불러 우승했습니다. 그리고 '우승상장'을 받은 것을 대단히 기뻐했습니다. '앞으로도 콘테스트가 있을 때는 참가하고 싶다.' 딸은 그런 소감을 내게 말했습니다. '상장을 받아서 올 테니 집에서 기다리고 있어.' 그렇게 말하고 나가서 우승하고 돌아오는 일이 많아졌습니다.

학교 국어 시간에 낭독으로 칭찬을 받은 것도 그 무렵이었습니다. 발음이 분명하다고 평가받은 것입니다. 학교에서 열렸던 베이징어 연설 콘테스트에서 우승한 것은 열한 살 때였습니다."

노래대회에 참가하는 일을 아버지는 기뻐하지 않았다. 아니 오히려 반대했다. 노래하는 길로 가는 것보다 공부를 해야 한다고 생각했기 때문이었다. 사회적인 풍조도 좋은 학교에 진학하는 것에 가치를 두었고, 근방에서도 아이가 어느 학교에 가는가가 화젯거리로 자주 이야기되었다. 그래서 리춴은 가톨릭계 진링金陵여자중학교에 진학했다.

1966년, 열세 살이 된 그녀는 대만 텔레비전 방송국의 전속이 되어 주1회 방영되고 있던 유일한 노래 프로그램에 때때로 출연하게 되었다. 당시 대만에는 이 텔레비전 방송국밖에 없었고, 테레사는 《군성회群星會》라는 30분간 진행되는 프로그램에서 상하이의 대표적인 가수인 저우쉬엔周璇의 흘러간 옛 노래 등을 불렀다.

이 프로그램에서 한달에 한 번이라도 노래할 수 있게 된 것은 굉장한 일이라고 어머니나 딸이나 모두 그렇게 생각했다.

학교가 끝나는 것은 오후 4시경, 6시 정도까지 보충수업이 있었고, 집에 돌아온 다음에는 군 위문에 가는 일이 많았다. 강악대康樂隊에 소속되어 있었기 때문이다. 귀가는 밤 11시 정도, 다음날 아침은 5시쯤 일어나 7시에는 등교를 했다. 그런데 이런 행동을 학교에서 알게 되었다. 생활지도 교사에게 불려간 리쳔은 '네 행위는 받아들일 수 없다.' 라고 엄한 주의를 받았고, 이대로 노래를 계속할 건지 아니면 학교를 그만둘 건지 아버지와 상의하라는 선택을 강요받았다.

리쳔은 중학교 2학년생이었다. 성미가 급한 수웨이는 다음날 학교에 가서 '왜 그런 식으로 말했는가.'라고 선생에게 호통을 쳤다. 그래도 수웨이는 학교를 중퇴하는 것은 반대했다. 그러나 쑤구이는 그만두어도 좋다고 생각했다. 딸이 콘테스트에서 우승했을 때 노래에 소질은 있지만 프로가 될 거라는 따위의 생각은 전혀 하지 않았다. 하지만 라이브 하우스에서 노래할 때의 인기를 보니 혹시나 하는 마음이 생겼다. 친구들도 '이 길을 가게 하는 편이 나아.'라고 찬성했다.

리쳔은 가능한 공부를 하면서 노래를 계속하고 싶었다. 하지만 학교 측의 태도는 강경했다. "학교를 그만두는 것은 싫어요."하며 슬퍼하는 딸을 보고 쑤구이는 메이얼둔美爾頓이란 영어학원에 다니게 했다.

"딸은 중국 텔레비전 방송국의 전속이 되어 본격적으로 가수의 길을 밝기 시작합니다. 《매일일성每日一星》은 매일 한 사람의 탤런트를 소개하는 10분간의 프로그램인데 주1회 거기에서 노래하게 되었습니다. 첫 번째 정규 프로그램입니다. 그 무렵 '리췬'이란 이름을 '리쥔麗君'으로 바꾸기로 했습니다. 본명은 발음이 어려웠기 때문에 획수도 적고 보기에도 멋진 '쥔君'으로 바꾼 것입니다. 제 아이디어였습니다.

　얼마 안 있어 우리 가족의 생계는 딸의 수입에 의존하게 되었습니다. 아침 4시경부터 음식 재료를 들여놓기 시작하는 식당일은 월수입이 2천 위안 정도였습니다. 그런데 딸의 수입은 한 달에 6천 위안에서 8천 위안이나 되었습니다. 텔레비전 출연으로 받는 수입은 적었지만 라이브 하우스에서의 수입이 많았습니다. 딸의 인기는 점점 높아졌습니다. 그러나 딸의 태도에는 특별한 변화가 없었습니다. 달라졌다면 전보다 훨씬 예뻐졌다는 것일까요."

　당시 마당에서 닭을 한 마리 기르고 있었다. 하루에 한 개 정도밖에 낳지 않는 계란을 딸에게만 준 이유는 가수로서 돈을 벌고 있기 때문이라기보다도 고생을 시키고 있다는 생각이 쑤구이에게 있었기 때문이었다. 계란을 먹는 누이를 동생 창시는 부러워했다. 그 창시가 중학교에 입학할 때였다. 라이브 하우스에서 노래하고 돌아오는 길에 리췬이 시계점에 들르고 싶다고 말했다. 동생의 입학 축하 선물로 세이코(SEIKO) 자동 손목시계를 사기 위해서였다. 창시에게 있어 첫 번째 손목시계였다. 그 무렵 장남은 인쇄공장에서 일을 하고 있었는데 얼마 안 있어 자신의 공장을 경영하게 되었다. 둘째는 선원이었고, 셋째는 군관학교에 다녔다. 딸의 수입이 늘어남에 따라 가족은 넓은 집을 빌리는 일이 가능하게 되었다.

1967년 9월, 위저우宇宙 레코드사에서 데뷔 LP가 발매되었다. 「봉양
화고鳳陽花鼓」라는 타이틀의 앨범에는 상하이의 유행가 〈도화강桃花
江〉, 민요 〈봉양화고〉, 나중에 〈하일군재래〉라는 타이틀이 되는 〈기
시니회래幾時你回來〉 등이 수록되었다. 그 LP에는 「등려군지가제일집鄧
麗君之歌第一集」이란 일련번호가 붙었는데 마침내 19장까지 발매하게
된다.

타이베이에는 ‘예빠리夜巴黎’라는 클럽이 있었다. ‘밤의 파리’라는
의미이다. 한 번의 무대가 90분 정도이고, 15명 정도가 노래를 불렀다.
이 무대에서 열네 살의 덩리쥔은 70일간 롱런하는 기록을 달성했다.
그녀가 노래를 부르면 관객으로부터 ‘앙코르’하는 소리가 몇 번이나
들려왔다. 두 곡, 세 곡, 네 곡까지 부르는 일이 있어 나중에 나오는 가
수가 싫어하게 되자 가장 메인이라고 할 수 있는 마지막 무대를 맡아
달라는 요청을 받았다. 쑤구이가 “딸은 아직 어리니 나이가 지긋한 가
수가 마지막 무대를 맡아 주세요.”라고 부탁해도 받아들여주지 않았
다. 이미 레코드를 낸 덩리쥔은 자기 노래뿐만이 아니라 〈수제상어랑
手提箱女郎(달빛의 나폴리)〉이나 비틀즈(Beatles), 민요 등도 불렀다. 어느
날, 동갑내기 여자 한 명이 친하게 지내던 매니저에게 부탁하여 덩리
쥔을 내보내려고 한 일이 있었다. 그때 쑤구이는 “그렇게 슬퍼할 일이
아냐. 재능이 있으면 어디에서도 살아갈 수 있거든.”이라는 말로 딸을
위로했다.

4장 째로 발매한 레코드에 처음으로 자신의 노래가 수록되었다.
〈정정晶晶〉이다. 그전까지의 레코드에서는 모두 다른 가수의 작품을

불렀다. 대만의 첫 번째 텔레비전 연속 드라마인 《정정》이 방영된 것은 1968년, 일본에서 활약하고 있던 주디 옹(Judy Ongg)의 아버지가 제작한 프로그램으로 이 드라마의 주제가를 부르게 된 것이었다. 노래를 작곡한 구웨古月는 이 레코드를 사기 위하여 많은 사람들이 줄서 있는 것을 목격했다. 그 정도로 화제가 되었다. 그런데 덩리쥔은 레코드를 내는 일보다 텔레비전에 출연하는 일을 더 기뻐했다.

1969년, 열여섯 살이 된 덩리쥔은 「사사총경리謝謝總經理(고맙습니다, 사장님)」라는 영화에 출연한다. 젊고 유망한 사장 아래에서 일하는 사원 역으로 회사가 안고 있는 문제를 해결하는 것이 계기가 되어 사랑이 싹튼다는 줄거리였다. 타이베이에서는 영화를 상영하기 전에 20분 정도의 무대가 마련되었다. 10일간으로 한정된 1일 2회의 무대에는 많은 관객이 입장했다. 그 중에는 덩리쥔의 노래가 끝나면 영화를 보지 않고 그대로 돌아가는 이들도 있었다.

싱가포르 수상 부인이 후원하는 자선콘서트에 참가한 것도 그해였다. 덩리쥔에게 있어서는 첫 번째 해외여행이었다. 자신들이 일상적으로 먹는 요리맛과 똑같은 것에 놀랐는데 푸젠福建 성 출신 사람들이 많기 때문이라는 말을 듣고 이해했다.

1970년이 되자 홍콩으로 진출하여 '홍콩LEE시어터'와 계약을 맺고 처음 무대에 선다. 홍콩에서 노래하는 일이 정해졌을 때 세례명과 본명을 조합한 예명을 사용하기로 한다. 가수 테레사 덩(Teresa Teng)의 탄생이다. 레코드에도 '덩리쥔'이라는 표기와 함께 '테레사 덩'이라고 소개된다.

홍콩의 지룽九龍에 있는 '둥팡東方'이란 라이브 하우스에서 노래할 때의 일이다. 홍콩의 힐튼 호텔에 머물렀고, 아직 지하철이 없던 때라 언제나 페리를 타고 다녔다. 평일은 오후 2시 반부터 4시 반, 밤에는 7시 반부터 9시 반, 10시부터 0시까지, 하루 세 번의 무대가 있었다. 토요일과 일요일은 오후 1시부터 3시, 3시부터 5시, 게다가 밤 2회로 하루에 4회 공연을 했다. 10명 정도의 가수가 한 사람당 두 곡을 불렀다. 신인이었던 테레사는 처음에는 중간쯤에서 노래했지만 인기를 끌게 됨에 따라 차례가 뒤쪽으로 점점 내려갔다. "엄마, 오늘은 많은 손님들이 오셔서 기쁘네요." 테레사는 이런 말을 자주했다.

이 무렵 〈정정〉을 내준 위저우 레코드사가 경영 부진으로 도산한다. 그래서 홍콩의 러펑樂風 레코드사와 1971년 12월에 계약을 맺는다. 이 회사는 본래 말레이시아를 본거지로 하여 싱가포르, 홍콩 그리고 대만에서도 영업을 했다. 쭤훙위안左宏元이란 닉네임으로 작곡을 하던 구웨가 덩리쥔의 레코드 프로듀서로 정해진 것도 이때였다.

구웨는 오우양페이페이歐陽菲菲가 대만에서 첫 발매한 레코드의 프로듀서였고 주디 옹의 곡 등도 제작했다. 덩리쥔을 담당하게 된 구웨는 또박또박 정성들여 쓴 악보를 건네줄 뿐만이 아니라 홍보를 위한 문장도 작성했다. 쑤구이는 딸을 집까지 바래다주는 구웨에게 종종 야식으로 교자(흔히 만두라고 부르는 음식이다. 정작 중국에서 만두는 속에 아무 것도 넣지 않은 밀가루 빵을 말한다.―옮긴이)를 만들어 대접했다.

그 무렵 덩리쥔이 빠른 멜로디의 노래만 불렀기 때문일까, 구웨는 이렇게 말했다.

"멜로디가 빠르면 발음이 짧아져 어린애처럼 느껴진다. 이제 열여덟 살이 되었으니 성인다운 노래를 부르는 편이 좋지 않을까."

열아홉 살 때 주연을 맡은 영화
「가미소저歌迷小姐」의 포스터 앞에서

덩리쥔은 이 말의 뜻을 이해
했다.

「사사총경리」는 그해 홍콩
에서도 상영되었다. '백화유白
花油 자선 황후(Charity Princess)'
에 역대 최연소인 열여덟 살에
선발되었고, 텔레비전 드라마
《천애공차정天涯共此情》에도
출연했다. 덩리쥔은 이름이 알
려지게 됨에 따라 어머니에게
"잘됐어요."라고 말하며 아주
기뻐했다.

1972년, 열아홉 살 때 홍콩의 10대 스타에 선발된 그녀는 1973년에
들어서자 「가미소저歌迷小姐」라는 영화에서 주연을 맡아 〈천언만어千
言萬語〉가 빅히트한다. 『채운비彩雲飛』라는 비련의 소설을 영화로 만든
것인데 그 삽입곡이었다. 이 노래가 만들어졌을 때 소설 작가는 어린
아이에게 성인의 러브 스토리를 부르게 할 수는 없다고 작곡가 구웨에
게 말했다. 그래서 구웨는 몇 명의 가수들에게 노래를 부르게 하여 그
테이프를 작가에게 들려주었는데 결국 선택된 것은 덩리쥔이었다. 그
해 그녀는 타이베이 교외의 베이터우에 별장을 구입했고, 아버지를 위
해 미국제 스포츠카를 선물했다. 수웨이는 매일 엔진을 작동시켜 보았
으며, 운전하다 벽에 부딪친 일도 있었다.

화교 세계에 이름이 알려지고, 각지로부터 출연 요청을 받은 덩리쥔은 어머니와 함께 홍콩, 베트남, 싱가포르, 말레이시아, 인도네시아, 태국 등의 동남아시아에 진출하게 된다. 회장은 중화요리점, 레스토랑, 나이트클럽 등으로 다양했다. 그 중에서도 베트남을 방문했을 때 회장까지 시클로(Cyclo : 동남아시아에서 택시 역할을 하는 여객용 3륜차—옮긴이)를 타고 갔던 일이 인상적이었다고 한다. 대통령 부인으로부터 초대를 받고 사이공에 있는 극장에서 미국 병사와 베트남 여성과의 사이에서 태어난 9백 명 정도의 아이들 앞에서 노래를 불렀을 때의 일이다.

덩리쥔은 선물을 사는 일을 결코 잊지 않았다. 출국할 때 동생 창시의 발 사이즈를 확인한 다음 스케이트 구두를 샀고, 아버지를 위해서는 롤렉스시계와 양복 천 등을 골랐다. 대만에 돌아와서는 자신이 갔던 나라의 여행담을 꼭 이야기했다. "싱가포르는 거리가 정말 깨끗해.", "대만은 택시나 오토바이가 무질서하고 난폭해. 좀 더 개선할 수 있는데 왜 하지 않는지 몰라." 누이가 이렇게 말하면 동생 창시가 반론을 제기하며 1시간 정도 옥신각신하는 일도 있었다.

2

1973년 3월, 일본 폴리돌의 사사키 유키오佐々木幸男와 나카무라 준료中村準良가 3박 4일간의 일정으로 홍콩으로 여행을 떠났다. 사사키는 사와다 겐지沢田研二, 나카무라는 노구치 고로野口五郎의 프로듀서를 담당했다. 회사로부터는 홍콩 폴리돌과 친목을 다지고 오라는 얘기만 들었다. 테마가 없는 여행은 평소 일에 대한 포상 차원이었다.

사사키와 나카무라는 홍콩에 도착하자 그 길로 홍콩 폴리돌을 방문했다. 제작부장 노먼 찬과 호텔에서 식사를 할 때 어디에 가고 싶은가에 대한 질문에 라이브 하우스라고 대답했다. 노먼 찬은 즉시 라이브 하우스를 예약했다.

식사를 마치고 라이브 하우스에 도착했을 때는 이미 오후 9시가 지나고 있었다. 손님은 2백 명 정도 있었을까. 술이 들어가면 무대 가까이에는 자리를 마련하지 않는 규칙이 있었다. 어쩔 수 없이 뒤쪽의 테이블에 앉아서 무대를 보고 있자니 여성 가수가 노래를 불렀다. 프로그램으로는 이날 10명의 여성이 노래를 부르게 되어 있었다. 5인조 편성의 혼합밴드는 리듬이 흐트러졌고, 음정도 맞지 않았다. 색소폰 주자는 다리를 아무렇게나 뻗고 연주했다.

한 사람이 두 곡씩 부르고 마지막 가수만이 세 곡을 불렀다. "어, 괜찮은 아가씨네." 사사키가 말을 꺼냈다. "목소리도 좋지만 표정도 좋아. 중국인 가수라는 느낌이 들지 않는데." 하지만 나카무라는 "아니, 요전에 노래했던 아가씨가 괜찮네요."라고 했다. 확실히 한 사람 앞에 노래했던 여성은 말솜씨로 관객들의 인기를 모았다. 하지만 노래는 마지막에 불렀던 여성이 발군이었다. 그녀가 테레사 덩이었다.

그때는 술을 마시고 있었던 데다가 멀리서밖에 볼 수 없었기에 다른 날 밤에 다시 한번 보기로 했다. 그렇게 생각하게 만드는 '뭔가'가 있었다. 사사키와 나카무라는 의견이 일치했다.

다음날 낮 동안은 노먼 찬에게 부탁하여 테레사의 레코드를 끌어 모았다. 그것을 듣고 있자니 목소리에서 온화함과 기품이 느껴졌다. 이는 일본에서도 충분히 인정받을 수 있는 캐릭터다. 사사키와 나카무라는 그렇게 판단했다. 일본에서는 홍콩 출신의 아그네스 찬(Agnes Chan)과 대만 출신의 오우양페이페이가 이미 데뷔해 있었다. 하지만 이 두 사람과는 전혀 다른 아티스트라고 서로 이야기했다.

그날 밤 라이브 하우스에서는 앞에서 네 번째 자리에 앉았고, 콜라를 마시면서 무대를 주시했다. 마지막으로 노래를 부른 테레사를 가까이서 보고 있자니 더욱더 마음에 들었다. 노래를 잘할 뿐만 아니라 지성미를 느낀 것이다. 사사키 측의 입장에서 볼 때 지성미를 느끼게 하는지 아닌지는 스타가 되기 위한 커다란 자질이었다.

'이 가수를 내가 직접 키워보고 싶다.' 그렇게 생각한 사사키는 노먼찬에게 계약을 맺고 싶으니 접촉을 시작해 달라고 부탁하고 홍콩을 떠났다.

도쿄에 돌아온 다음날, 메구로目黑 구 이케지리오하시池尻大橋에 있는 일본 폴리돌에서 이가라시 야스히로五大嵐泰弘 제작본부장 주관의 프로듀서 회의가 열렸다. 사사키는 출장 보고 중에서 레코드 재킷을 가리키며 테레사 덩을 꼭 스카우트하고 싶다고 주장했다. 실은 홍콩에서 돌아온 전날 밤, 사사키는 좀처럼 잠을 이룰 수가 없을 정도로 흥분해 있었다. 하루라도 늦으면 다른 회사에 계약되어 버릴지도 모른다고 생각했기 때문이다. 사사키는 강한 어조로 호소했다. 박력에 압도된 제작 본부장은 이렇게 말했다.

"알았네. 후나키舟木 부장, 내일 홍콩에 가서 계약하고 오게나."

당시 계약 제작 부장이었던 후나키 미노루舟木稔에게 테레사와 계약할 것을 지시했다.

교섭의 장으로 정해진 곳은 지룽의 젠사쥐尖沙咀에 있는 미라마美麗華 호텔이었다. 프로덕션에 소속되어 있지 않은 테레사의 일이 얼마나 번거로운지는 어머니 자오쑤구이가 잘 알고 있었다. 후나키는 웃는 얼굴로 이렇게 이야기를 시작했다.

"일본은 세계에서 두 번째로 큰 음악시장입니다. 그곳에서 공부하는 것도 좋다고 생각합니다. 어머님과 함께 일본에 오시지 않겠습니까?"

계약 조건 등을 설명했더니 테레사는 여유 있는 말투로 대답했다.

"일본에 한번 가보고 싶다는 생각은 했습니다."

후나키에게는 '의향이 있다'는 모습으로 보였다. 하지만 결국 끝까지 '하고 싶다'고 말하지 않는 것이 마음에 걸렸다. 아름답고 스타일도 좋다. 게다가 프레시하다. 과연 스타라는 분위기가 있다. 이것이 후나키의 첫인상이었다.

"식사 한 번 더 어떠신지요?"

그런 약속을 하고 첫 대면은 끝났다.

"어떻게 하면 좋을지 모르겠어요."

테레사는 후나키와 헤어진 뒤 어머니에게 느낌을 말했다. 그래서 쑤구이가 대만에 있는 남편에게 전화를 했더니 '반대'라고 했다.

"그럼, 가지 않겠어요."

"그렇게 하는 게 좋겠다."

딸이 말하자 그녀는 이렇게 대답했다. 그러나 테레사의 속마음은 동남아시아에서는 톱가수가 되었지만 좀 더 외국에서 도전해 보고 싶었다.

젠사쥐에 있는 다상하이大上海 호텔의 독실에서 식사를 할 때도 그녀의 대응에는 변화가 없었다. 흥미는 보였지만 "하겠습니다."라는 말은 끝까지 하지 않았다. 후나키는 홍콩 폴리돌이 얻은 정보를 통해 부모가 반대한다는 사실을 알았다. 홍콩에서 충분히 돈을 벌고 있는데 일부러 일본에서 모험할 필요가 없다. 그런 이유였다. 홍콩 폴리돌의 스태프는 테레사 덩은 안 될 것 같으니 다른 가수로 하는 것이 좋겠다는 말을 꺼냈고, 한 여배우를 추천했다. 노먼 찬도 "이젠 그만두시죠."라고 말했다. 그런 말을 들을 정도로 후나키는 대단히 집착이 강했다. 일본의 대만통에게 "테레사 덩은 대만의 미소라 히바리다."라는 말까지 들었기 때문에 더욱더 그런 기분에 빠져 들었다.

후나키는 일단 도쿄로 돌아가서 이번에는 대만으로 향했다. 아버지 덩수웨이를 설득하기 위해서였다. 타이베이 시 더후이제德惠街에 있는 프레지던트 호텔統一大飯店에서 접대를 하면서 서로 이야기를 나누었을 때, 홍콩 폴리돌의 정보가 정확하다는 것을 알았다.

"지금도 충분히 수입이 있는데 일부러 일본에 갈 필요는 없습니다. 더구나 알지도 못하는 나라에서는 딸아이도 적응하지 못할 것입니다."

수웨이는 이렇게 주장했다. 그렇지만 후나키는 포기하지 않았다. 그것은 테레사 자신은 일본에서의 데뷔에 관심을 갖고 있다는 것을 알았기 때문이었다.

후나키는 대만의 베이터우에 있는 자택으로 찾아가서 반대하고 있는 수웨이를 다시 한 번 설득했다. 이때 후나키가 지난번과 같은 강한 반대는 하지 않는다는 것을 눈치 챘다. 긴 시간의 설득에 수웨이는 마침내 이렇게 말했다.

"후나키 씨에게 맡기겠습니다."

그 결론을 전해들은 어머니도 딸의 뜻을 존중하기로 했다.

후나키는 일본에서의 거처, 계약금 등, 희망하는 조건을 모두 받아들였다. 테레사도 후나키에게 무슨 질문을 받으면 "어머니와 상의하세요."라고 말할 뿐, 그다지 불안을 느끼는 것 같지 않았다.

쑤구이는 일본에 가기 전까지 딸이 일본에서 인사 정도는 할 수 있

1973년 11월 처음 일본에 온 테레사는 어머니와 함께
일본의 각지를 돌아다녔다.

어야 한다고 생각했다. 그래서 싱가포르에서 일할 때 중국인을 가정교사로 고용하여 일본어를 가르치기로 했다. 그런데 테레사는 금방 졸음이 밀려와 "지금 공부할 마음이 없어."라고 말했다. 일본에 진출할 때의 이름을 어떻게 할 것인지도 생각해 두어야만 했다. 쑤구이는 중국 이름이 좋을 거라고 생각했다. 그러나 본인은 '덩리쥔'은 멋지게 들리지 않으니 싫다고 했다. 홍콩에서는 '테레사 덩'이란 예명으로 노래를 부르고 있었다. "엄마, 난 이대로가 좋아요." 딸이 그렇게 말하기에 처음부터 '테레사 덩'으로 데뷔시키기로 했다. 일본 회사도 그것을 인정했다.

일본에서의 활동은 영업은 와타나베 프로, 레코딩은 폴리돌에서 맡기로 되었다. 최초 계약은 2년으로, 1973년 4월 12일자 계약이 최초이다. 테레사와 어머니가 사인한 계약서에 의하면 첫해의 개런티는 한달에 25만 엔이었다. 대학을 졸업한 국가공무원 상급직의 초임이 55,600엔을 받던 시절이었다. 와타나베 프로의 자회사인 선즈가 테레사와 영업 계약을 맺고, 선즈와 폴리돌이 계약을 하는 형식을 취하게 되었다.
당분간은 아카사카에 있는 호텔 뉴재팬을 거처로 사용하며 그 비용은
와타나베 프로가 지불하고, 레코드는 폴리돌과 와타나베 음악 출판이
공동제작하고, 테레사의 인세는 2퍼센트로 하기로 결정했다. 일본 데
뷔가 착착 준비되었다. 그리하여 쑤구이와 테레사는 처음으로 일본을
방문하게 된다. 1973년 11월, 테레사 덩이 스무 살 때의 일이다.

3

테레사 일행을 하네다 공항으로 마중나간 사람 중에 사쿠라이 고로
桜井五郎가 있었다. 사쿠라이는 와타나베 프로에서 가수 이시다 아유미
いしだあゆみ, 오시다 레이코大信田礼子, 안 루이스(Ann Lewis) 등을 총괄
하는 매니저를 맡고 있었다. 그는 어느 날 상사인 이자와 겐井沢健의 호
출을 받았다. 테레사가 일본에 오니 담당을 하라고 했다. 그것을 계기
로 사쿠라이는 테레사의 레코드를 전부 듣고 어떤 노래로 데뷔시키면
좋을지 생각하기 시작했다. 하네다에서 만난 테레사의 첫인상은 '오카
메おかめ'라는 것으로 나쁜 인상은 아니었다. 일찍이 일본에서는 최고
의 미인이라고 평가된 '오카메(얼굴이 둥글고 복스럽게 생긴 옛날 헤이안
平安 시대의 대표적인 미인형. 하지만 현대적인 미인형은 아님―옮긴이)',
'이 아가씨, 제법 괜찮은데.'라고 순간적으로 느꼈다.
테레사의 말씨는 부드럽고, 차림새는 청초했다. 많은 가수들을 보아
온 사쿠라이는 거기에서 보통 아가씨로서의 좋은 점을 찾아냈다. 연예
인이 아니더라도 거리를 걷다 보면 가끔 깜짝 놀라게 만드는 사람이
있다. 테레사의 경우는 갈고 닦아서 빛이 나오는 타입이라고 생각했
다. 일본에서 어느 정도 통할까, 어떻게 표현하면 좋을까. 사쿠라이의

마음속에는 불안감도 있었다.

데뷔곡은 와타나베 프로가 주도하여 아이돌 노선으로 가기로 했다. 70년대 초의 가요계는 고야나기 루미코小柳ルミ子의 〈나의 성시わたしの城下町〉(성시城市 : 봉건영주가 사는 성을 중심으로 해서 발달된 도읍―옮긴이), 아마치 마리天地真理의 〈물빛 사랑水色の恋〉, 오우양페이페이의 〈비의 미도스지雨の御堂筋〉(御堂筋(みどうすじ) : 오사카의 남북을 잇는 중심 거리로 오사카를 대표하는 비즈니스 거리이자 번화가―옮긴이) 등 팝 계에 힘이 실려 있었다. 그래서 작사를 아마치 마리와 아그네스 찬의 작품을 만든 야마가미 미치오山上路夫에게, 작곡을 미나미사오리南沙織와 오우양페이페이 등의 히트곡을 낸 쓰쓰미 교우헤이筒美京平에게 의뢰하게 되었다.

사사키와 사쿠라이는 테레사를 텔레비전 방송국에 데리고 갔다. 월요일에는 《홍백가 베스트 텐紅白歌のベストテン》(니혼텔레비전)과 《밤의 히트 스튜디오夜のヒットスタジオ》(후지텔레비전), 화요일에는 《노래하자 팡파레歌えファンファーレ》(TBS)와 같이 매일 어느 방송국이건 간에 노래 프로그램이 방송되었다. 테레사는 월요일부터 금요일까지 각 텔레비전 방송국의 노래 프로그램을 견학하러 다녔다.

"일본 톱스타들이 모이는 이런 프로그램에 언젠가는 나갈 거예요."

사사키가 이렇게 격려하자 테레사의 눈이 빛났다. 우선 놀란 일은 음악 프로그램의 연주가 어디에 가더라도 풀밴드라는 것이었다.

"도쿄라는 곳, 굉장하네요. 시장이 크기 때문인지."

테레사는 더듬거리는 일본어로 인상을 말했다.

일본에서 일하는 것이 결정된 후에는 노트에 일본어를 쓰는 연습도

했다. 어머니는 "하이"라고 말을 걸면 "하이"라고만 대답할 뿐 일본어는 하지 않았다. 일에도 일절 입을 열지 않았다. 일상사는 돌봐주었지만 스테이지 마마(Stage Mamma : 매니저 자격으로 재능이 있는 아이를 서포트하는 어머니—옮긴이)는 아니었다.

사사키 일행은 가능한 값이 저렴한 가게에서 식사를 하도록 했다. 유라쿠 조有楽町 모퉁이에 있는 고기구이집에서 족발을 먹을 때 테레사는 "맛있다."라는 말을 여러 번 되풀이했고, 대단히 기쁜 듯한 표정을 지었다. 일식을 처음 먹은 것은 시부야의 도큐플라자 9층에 있는 '아지노 타야味の田や'라는 음식점의 샤케차즈케シャケ茶漬け였다. 샤브샤브와 차완무시茶碗蒸し도 즐기는 음식이 되었다.

1974년 2월 7일, 감기에 걸린 테레사는 열이 나서 온종일 몸져누워 있었다. 밤이 되어 침대에서 일어났는데 창밖에서 하얀 뭔가가 춤을 추는 듯한 모습에 정신이 들었다. 태어나서 처음 보는 눈이었다. 감동한 테레사는 작은 환성을 질렀다. 일본에서의 새로운 생활은 신선한 자극으로 넘쳐흘렀다.

일단 대만으로 돌아간 테레사 덩이 데뷔를 위해 다시 일본에 온 것은 1974년 2월 15일의 일이었다. 하네다에 도착한 테레사는 기자회견이 열리는 아카사카 프린스 호텔 구관 쪽으로 향했다. 회장에는 100명이 넘는 취재진이 기다리고 있었다. 테레사가 들어서자 카메라 플래시가 사방에서 터졌다. 이 정도의 반향이 있을 거라고는 생각지 않았기 때문에 그저 놀랄 뿐이었다. 테레사의 양옆에는 이가라시 제작 본부장과 와타나베 프로의 이자와가 앉았다.

데뷔하기 전 테레사는 '홍콩의 붉은 장미'라는 캐치프레이즈로 선전되고 있었다. '홍콩 최고의 거물급 아티스트'라는 의미였다. 나이는 스물한 살이 되었지만 열아홉 살이라고 발표되었다.

회장에서는 지난해 11월 처음 일본에 왔을 때 레코딩을 끝마쳤던 〈오늘 밤일까, 내일일까今夜かしら明日かしら〉란 노래가 흘러 나왔고, 미니스커트 차림의 테레사가 실제로 노래하는 것처럼 입을 움직였다.

기자회견이 끝나자 참석자들에게는 장미꽃 한 송이씩이 주어졌다. 사사키가 퇴장하려고 할 때 출구에서 기다리고 있던 TBS의 스즈키 아키라鈴木明 기자가 이렇게 말했다.

"이건 좀 심하네요. 일본과 대만에 문제가 되지 않나요? 테레사 덩은 대만 출신이니 대만의 장미로 바꾸는 것이 좋을 것 같은데요."

스즈키는 테레사가 아직 열여섯 살이나 열일곱 살일 때 대만의 라이브 하우스에서 노래하는 것을 듣고 감동하여 일본에 진출하면 반드시 인기가수가 될 거라고 생각했다. 그 테레사가 실제로 일본에 데뷔했다는 기쁨과 더불어 '대만의 가장 좋아하는 가수'가 '홍콩의 가수'로 선전되고 있다는 사실에 참을 수가 없었다. 사사키 측의 입장에서는 홍콩에서 발견하여 계약했기 때문에 '홍콩의 붉은 장미'라고 한 것이었지만 지적된 그대로였다.

테레사는 팝 스타일의 〈오늘 밤일까, 내일일까〉로 데뷔했고, 3월에는 45회나 텔레비전에 출연했다. 와타나베 프로에 소속되어 있었기 때문에 4월 26일부터 5월 3일까지 니치게키日劇(니혼극장의 줄임말—옮긴이)에서 열린 모리 신이치森進— 쇼에서도 노래를 불렀다. 그러나 3만 장이 나간 레코드는 더 이상 팔리지 않았다. 오리지널 콘피던스 차트에서는 75위에 머물렀다. 테레사는 이 결과에 대해 자신을 탓했다.

"판매가 부진한 것은 제 잘못입니다. 제가 좀 더 열심이어야 했는데."

"처음은 이런 거예요."

몇 번이나 자신을 탓하는 말을 되풀이하는 테레사에게 후나키는 이렇게 위로했다. 후나키가 테레사를 스카우트할 목적으로 홍콩에 머물고 있을 때 테레사는 무리이니 여배우이면서 노래도 부를 수 있는 유야優雅라는 탤런트가 어떤가라는 말을 들은 적이 있었다. 그 유야가 이미 일본에 데뷔해 있었다. 게다가 테레사의 〈오늘 밤일까, 내일일까〉는 오리콘 차트에서 75위였으나 유야의 〈처녀 항해処女航海〉는 24위에 랭크되었다. 홍콩에서는 자신이 높게 평가되었는데 일본에서는 그 아래가 되어버린 것이다. 테레사의 우울함은 그런 사실에도 기인했다.

〈오늘 밤일까, 내일일까〉를 듣고 사쿠라이는 다른 가수들은 부를 수 없는 노래라고 생각했다. 텔레비전 방송국의 밴드도 연주가 어려워 레코드처럼 할 수가 없으니 심플하게 하는 게 좋겠다고 지시할 정도로 어려운 노래였다.

왜 팔리지 않은 것일까. 사쿠라이는 듣는 측의 입장에서 생각해 보았다. 이 노래는 너무 상류사회의 인상이 풍기는 것은 아닐까, 더구나 테레사의 그 용모와 태도 그리고 음색으로 판단컨대 기본적으로 팝가수가 아닐지도 모른다. "그녀는 단연코 엔카밖에 없다." 사쿠라이의 결론이었다.

데뷔곡이 팔리지 않은 일은 테레사를 발견했던 사사키에게도 충격이었다. 목소리는 정감을 전하는 데 아주 좋지만 그것이 히트하지 않은 이유는 일본어를 마스터하지 못했기 때문은 아닌가, 사실은 스물한 살인데 열아홉 살이라고 속이고 10대를 타깃으로 한 전략이 잘못되었던 것은 아닐까. 이런저런 생각으로 고민하느라 한 달 정도 잠 못 이루는 나날이 계속되었다.

실은 이때 쓰쓰미 교우헤이가 작곡한 팝스타일의 노래가 네 작품이나 완성되어 데모테이프까지 만들어져 있었다. 하지만 사쿠라이는 엔카 노선으로 끝까지 밀고 나갈 작정이었다. 사쿠라이는 사사키와 의논하고 회사에는 알리지 않고 이노마타 고쇼猪俣公章에게 작곡을 의뢰하러 갔다. 이노마타는 당시 모리 신이치의 노래를 많이 만들었다. 사사키 측은 엔카를 만들고 있던 이노마타에게 팝스타일의 노래를 써달라고 주문했다. 이노마타는 모리 신이치가 불렀던 〈잘 있거라 친구야さらば友よ〉라는 팝스타일의 노래도 만든 적이 있기 때문이었다. 야마가미 미치오가 쓴 가사에는 〈비의 공항雨の空港〉이란 타이틀이 붙었다. 코니 프랜시스의 이미지이고, 장면은 유럽을 상상했다고 한다. 코니 프랜시스는 1960년대에 〈Pretty Little Baby〉와 〈Vacation〉을 히트시켰던 미국 가수이다.

의뢰를 받은 이노마타는 "희한한 것을 주문하네요. 여러분들도."라고 말했지만 1주일에 3종류의 곡을 완성시켰다. 사사키는 아름다운 멜로디를 좋아하는 타입이었지만 사쿠라이는 통속적으로 하고 싶었다. 사사키는 인트로를 바이올린으로 채택하고 싶어 했지만 사쿠라이는 트럼펫으로 바꾸고 싶다고 주장했다. "니시다 사치코西田佐知子가 부르는 노래 스타일이 좋다." 그것이 사쿠라이의 의견이었다. 사사키는 양보했다. 편곡에는 팝스계에서 활약하고 있던 모리오카 겐이치로森岡賢一郎가 기용되었다. 엔카로 너무 치우치지 않기 위한 방안이었다.

사사키로부터 두 번째 노래는 엔카 노선으로 갈 거라는 말을 들은

후나키는 그것으로 히트할 수 있을까 불안했다. 완성된 노래를 들었을 때도 모리 신이치가 부르면 좋겠다는 생각은 들었지만 테레사의 노래는 아니라고 판단했다. "또 다른 노래를 만들어 보면 어떨까?"라고 말하자 사사키는 "이 노래로 가겠습니다. 안 되면 담당을 그만두겠습니다."라고 대들었다. 그해 레코드 대상에 모리 신이치의 〈에리모미사키襟裳岬〉(襟裳岬(えりもみさき) : 홋카이도에 있는 에리모곶—옮긴이)가 선정된 사실에서도 알 수 있듯이 팝스타일과 엔카의 융합이라고도 할 수 있는 노래가 사람들의 마음을 붙잡던 시대이기도 했다. 후나키도 양보할 수밖에 없었다. 레코딩은 다음날에 실시되었다. 처음에 타이틀로 생각했던 〈비의 공항〉은 오우양페이페이가 이미 〈비의 에어포트雨のエアポート〉란 노래를 불렀기 때문에 '비의雨の'를 떼어내고 〈공항空港〉이 되었다.

7월 1일에 발매된 제2탄 싱글 〈공항〉은 스무 살부터 스물다섯 살 정도의 사무직 여성을 타깃으로 하여 멋지게 히트했다. 40대 남성 팬들이 많다고 하는 조사 결과도 있었다. 유선방송에서도 빠른 반응을 보였고, 실 판매로 70만 장이 나갔다. 테레사는 이 노래로 1974년 레코드 대상 신인상을 획득(최우수 신인상은 아소 요코麻生よう子의 〈도피행逃避行〉)하며 그 후 20년에 걸친 일본에서의 가수 생활을 실질적으로 스타트했다.

테레사 덩의 갈등은 이때부터 시작되었다. 홍콩과 대만에서는 일본으로 치면 미소라 히바리 급의 가수로서 대우를 받았다. 그런데 일본에서는 신인으로밖에 간주되지 않았다. 인터뷰도 신인 취급이지만 쇼 레이스에 참가하여도 한 명의 신인으로 취급하여 원코러스만 부르게 했다.

　어느 텔레비전 프로그램에 출연했을 때의 일이다. 홍콩에서 온 링링 랑랑이 테레사와 대기실이 같은 사실에 놀라서 선뮤직의 담당자인 후쿠다 도키오福田時雄에게 화를 내기 시작했다. "어째서 아그네스 찬에게는 독실이 주어지고 테레사는 우리들과 같은 대기실입니까?" 그녀들의 입장에서 볼 때 테레사 같은 가수와 한방을 사용한다는 것은 생각할 수도 없는 일이었다. 얼마 안 있어 테레사가 왔다. 링링 랑랑은 흥분하여 "사인해 주세요."라고 부탁했다.

　어떤 남성 주간지의 취재로 오키나와沖繩를 방문했을 때는 이런 일도 있었다. 수영복 촬영이라는 것은 알고 있었지만 스태프가 내민 것은 비키니였다. 테레사는 놀라서 "중국인은 이런 수영복을 입지 않습니다. 그러니 안 됩니다."라고 말했다. 일본에서는 신인가수가 데뷔하면 이런 촬영도 있다고 설명해도 테레사는 완강하게 거부했다. 스태프는 결국 수수한 원피스 수영복으로 촬영해야만 했다. 일본에서 데뷔하여 궤도에 올랐지만 테레사 덩의 심정은 평온하다고 말할 수 없었다.

4

　테레사에게 있어 일본에서의 가장 큰 문제는 언어였다. '와타시와わたしは'라고 말하려 해도 언제나 '와다시하わだしは'로 되어 버리는 등 좀처럼 익숙해지지가 않았다. 음식물이나 주거로 사용하고 있던 호텔 뉴재팬에는 문제가 없었다. 그러나 언어의 벽만큼은 아무리 해도 뛰어넘을 수가 없었다. 그것이 힘들어서 몇 번이나 대만으로 돌아가고 싶다고 어머니에게 하소연했다. 그러나 테레사가 일본에서 가수 생활을 해나가기 위해서는 무슨 일이 있어도 언어를 배우지 않으면 안 되었다.

쑤구이의 통역은 대만의 음악사범대학을 나와서 일본에 귀화한 바이올리니스트 사이 요시오佐井芳男가 담당하고 있었다. 쑤구이는 사이에게 딸의 일본어 공부를 맡아달라는 부탁과 더불어 중국인들이 살고 있는 맨션을 찾아서 그곳으로 옮기려고 생각했다. 호텔에서는 쉴 수가 없다고 딸이 말을 꺼냈기 때문이었다. 한 달 정도 수소문했지만 좀처럼 좋은 방이 나타나지 않았다. 그러는 동안 중국인이 소유하고 있는 올림피아 코포(Corpo : 'Corporate'와 'house'를 합친 일본에서 만든 단어로 집합주택을 의미함, '코포라스'라고도 함―옮긴이)라는 맨션이 하라주쿠原宿에서 발견되어 테레사의 마음은 한결 편안해졌다. 호텔에서 생활한 것은 반년 정도였다. 7층 건물 맨션의 4층에 있는 두 개의 방에 식당 겸 부엌과 거실이 하나씩 딸린 집이 새로운 주거가 되었다. 테레사는 침실의 가구와 침대를 흰색으로 통일했다. 침대 옆에 있는 책상에는 화장품을 진열했고, 그 가까이에는 사람의 크기만 한 전신 거울을 놓았다. 테레사는 침대에 누워 일본어 교재를 읽거나 트럼프점을 치는 일이 많았다. 대개 새벽 2시경에 잠자리에 들어 아침 7시에 일어났다.

〈공항〉이 히트하고 점점 바빠지게 된 테레사는 클럽이나 카바레 등에서의 일을 한 달에 4, 5회 정도 소화시켰다. 신인이라도 개런티는 좋았지만 '술 취한 사람들 앞에서 노래하기 싫다.', '어째서 일본에 와서 이런 곳에서 노래하지 않으면 안 되나요?'라고 어머니 앞에서 우는 일도 자주 있었다. 대만에서도 클럽에서 노래했기 때문에 그런 곳의 분위기에는 익숙해져 있었다. 그러나 손님들의 대응이 전혀 다른 것에 당황했다. 함께 춤을 추자고 하거나, 듀엣으로 노래 부르자고 하는 일 따위가 고통이었다. 노래하고 있을 때에 술 취한 손님으로부터 "옷 벗어."라는 야비한 소리가 날아오기도 했다.

"일본 남자들은 거만하게 굽니다. 개런티는 필요 없으니 이런 일은 그만두고 싶습니다." 그렇게 하소연한 것이 계기가 되어 얼마 안 있어 클럽 등에서는 노래를 부르지 않게 되었다.

텔레비전 인기프로그램 《8시다! 전원 집합》에 출연하는 일을 테레사는 즐거워했다. 숨은 장기를 펼쳐 보이거나 공중제비를 하는 것이 재미있었기 때문이다. 드리프터스(Drifters)가 지방 공연을 할 때에도 주인공이 등장하기 전에 무대에서 노래를 불렀고, 특히 가토加藤와 다카기 부高木ブ-가 여러 가지로 배려를 해주었다.

2년 계약의 1년이 지났을 때 한 달 개런티가 25만 엔에서 50만 엔이 되었고 3년째에는 120만 엔으로 올랐다. 1976년 7월 10일에 신주쿠 루이도(Ruido)에서 첫 번째 라이브 공연이 열렸다. 검은 차이나 드레스를 입은 테레사는 드문드문 앉아 있는 객석을 향해 15곡을 펼쳐 보였다. 〈Good Bye My Love〉(〈재견! 아적애인再見! 我的愛人〉의 일본어 버전)를 부를 때는 타이밍을 놓칠 정도로 긴장했다. 회장의 한쪽 구석에서는 배우 가와타니 다쿠조川谷拓三가 목소리에 귀를 기울였다. 이 시기는 텔레비전과 라디오, 지방 공연 등으로 바쁜 나날이 계속되어 한 달에 하루밖에 쉴 수가 없었다.

홍콩에서는 1975년에 폴리돌과 계약했고, 영화 주제가로 사용된 〈소성고사小城故事〉와 〈첨밀밀甜蜜蜜〉이 히트했다. 1976년에는 홍콩에서도 첫 번째 솔로 콘서트를 열었다. 교통비와 숙박비는 나왔지만 노개런티였다. 일본에서도 〈아카시아의 꿈アカシアの夢〉, 〈밤의 페리보트

夜のフェリーボート〉, 〈고향은 어디입니까?ふるさとはどこですか〉 등이 발매되어 테레사의 일은 순조롭게 궤도에 올랐다. 개런티는 다시 250만 엔까지 올랐고, 가수로서의 평가도 높아지고 있을 때 사건이 일어났다.

5

테레사 덩이 인생의 커다란 전기가 되는 '위조 여권 사건'을 경험하는 것은 1979년 2월 17일의 일이다. 일본 폴리돌에서 편성 부장을 맡고 있던 후나키 미노루의 자택에 전화가 걸려온 것은 오후 8시경이었다. 테레사와의 계약 성사에 있는 힘을 다 쏟아 부었던 후나키는 후견인의 입장에 있었다.

"테레사가 연행될 것 같습니다. 즉시 호텔로 갑시다."

다급해진 분위기에서 전화를 건 사람은 테레사 어머니의 통역을 맡고 있는 사이 요시오였다. 테레사가 불안한 목소리로 전화를 했다고 한다.

"지금 출입국 관리국의 담당관과 인도네시아 대사관원이 옵니다. 여권으로 문제가 생겼습니다."

"농담하는 거죠?"

사이가 말했다. 그러자 테레사가 절박한 모습으로 대답했다.

"정말입니다."

후나키는 아카사카赤坂에 있는 도쿄 힐튼호텔(현재의 캐피틀 도큐)로 서둘러 달려갔다. 로비에서 만난 후나키와 사이가 736호실에 도착했을 때 테레사의 어머니는 의기소침한 모습으로 소파에 꼼짝 않고 앉아 있었다. 거기에 테레사의 모습은 보이지 않았다. 이미 미나토 구港区 고난港南에 있는 도쿄 입국관리사무소로 연행되었기 때문이다.

　　1978년 8월에 도쿄에 있는 맨션을 처분한 테레사는 홍콩을 거점으로 활동을 계속했다. 1979년에 들어서 싱가포르, 홍콩에서의 공연을 끝내고 일본에서 신곡 레코딩이 끝나면 그 길로 미국으로 떠날 예정이었다. 도대체 무슨 일이 일어났던 것일까. 후나키의 입장에서는 전혀 이해할 수가 없었다.

　　1월 10일, 테레사는 대만 여권으로 대만에서 홍콩으로 갔다. 2월 14일, 홍콩에서 일을 마친 테레사는 일본으로 떠나기 전에 아버지를 만나고 싶어 일단 대만으로 돌아가기로 했다. 도쿄에서 일을 하기 전까지 시간이 있어서 2, 3일 정도는 집에서 지내려고 했다. 대만의 중정中正 국제공항에 도착했을 때 입국수속을 하기 위해 가방에 들어있던 여권을 제출했다. 그런데 담당관이 "비자가 없으니 안 됩니다."라고 했다. 테레사가 내민 것은 인도네시아 정부가 발행한 여권이었다.

　　이 입국심사 창구에서 벌어진 상황을 쭉 지켜보고 있던 한 남자가 있었다. 이 사람의 그 후 행동이 테레사의 인생에 어두운 그림자를 드리운다. 물론 그녀는 그 남자의 존재를 전혀 눈치 채지 못한다.

　　입국을 거부당한 테레사는 다시 홍콩의 치더啓德 국제공항으로 돌아갔다. 그리고는 도쿄로 떠나는 중화항공 16편에 탑승하기 전까지 시간이 있어 홍콩에 있던 쑤구이에게 전화를 하기로 했다.

　　"먼저 일본에 가니 이틀 후에 오세요."

　　그렇게 부탁한 후에 여권으로 문제가 있었던 일도 알려주었다. 쑤구이는 엄한 말투로 주의를 주었다.

　　"어째서 너는 인도네시아 여권을 사용했니. 그것은 어디에서도 사용할 수 있지만 대만에서만큼은 사용하지 말라고 했잖아."

사건은 그 사흘 뒤에 일어났다. 테레사가 도쿄로 되돌아간 다음날, 쓰구이도 도쿄로 떠났다. 2월 17일 저녁 무렵, 테레사와 어머니는 친구 두 사람과 함께 식사를 하기 위해 아카사카 "러우와이러우樓外樓 반점" 에 갔다. 상하이 요리 새우등탕면과 야채볶음 등을 먹고 호텔로 돌아 갔을 때 쓰구이는 로비에 있는 선글라스를 낀 남성의 시선이 신경이 쓰였고 웬일인지 가슴이 두근거렸다.

테레사가 어머니와 편안히 쉬고 있을 때, 인도네시아 대사관원이라 고 자칭하는 사람으로부터 전화가 걸려왔다. 지금 로비에 있는데 물어 보고 싶은 것이 있다고 했다. 찾아온 대사관원은 입국관리사무소 직원 과 함께 있었다. 그들은 테레사의 여권을 압수하고 사진을 몇 장인가 찍은 다음에 그녀를 연행했다.

다음날, 후나키는 테레사의 어머니와 함께 입국관리사무소에 불려 갔다. 그들은 알고 있는 사실을 진술하라고 했다. 후나키는 어머니에 게 테레사가 홍콩의 팬으로부터 여권을 받았다는 것을 들었기 때문에 그렇게 답변했다. 하지만 그 이상의 사정은 몰랐다. 이날은 수감되어 있는 테레사를 만나는 것이 허용되지 않았다. 그 다음날, 후나키에게 면회가 허용되었다. 모습을 보인 테레사는 초췌했고, 마음은 혼란스러 운 상태였다.

"내 부주의로 큰일이 되어 버렸어. 어머니는 어떠신가요?"

테레사는 어머니만 걱정했다.

"빨리 나가게 해주세요."

"걱정하지 않아도 되요. 곧 나갈 수 있을 테니."

호소하는 테레사에게 후나키는 기운을 북돋아주는 것밖에 해줄 수 없었다. 얼굴을 보이면 안심할 것이다. 그렇게 생각한 후나키는 매일

같이 면회를 갔다. 테레사는 어머니의 안부와 언제 석방될 수 있는지에 대해서만 걱정할 뿐이었다.

대만을 둘러싼 국제관계는 어지럽게 전개되었다. 미국이 중국과 정식으로 국교를 회복하고 대만과 단절한 것은 1979년 1월 1일. 당시 대만과 국교를 맺고 있는 나라는 한국, 사우디아라비아, 남아프리카 등 21개국뿐이었다. 국제적인 고립은 사회에 어두운 그림자를 드리웠다. 테레사는 이러한 어려운 환경에서 국방기금을 기부했다. 그녀에 대한 공감대가 높아진 직후에 여권 사건이 일어난 것이었다. 대만의 미디어는 이 사건을 크게 보도했다. 그 중에서도 《중국시보中國時報》의 기사는 '구입한 인도네시아 여권으로 대만 입국 거부를 당하다', '홍콩으로 되돌아간 뒤 곧 도쿄로, 일본 경찰에 구금되다'라는 타이틀로 사건의 경과에 대하여 특히 상세히 알렸다. 거기에는 이유가 있었다.

공항의 입국심사 창구에서 테레사와 담당관이 옥신각신하는 모습을 보고 있던 남자, 그는 《중국시보》의 공항주재기자였기 때문이다. 테레사가 트러블에 휘말려 입국하지 못하고 돌아가는 모습을 본 기자는 담당자로부터 사정 얘기를 들었다. 그래서 인도네시아 정부의 연락조직인 인도네시아 상회에 테레사 덩에게 여권을 발행한 적이 있는가를 확인했다. 대답은 '노'였다. 그동안에 테레사는 일본으로 떠났다. 인도네시아 상회는 일본입국관리국에 연락을 취했고, 이윽고 그녀는 구속된다.

사건이 매스컴에서 보도된 후 대만 정부는 관계조직 등을 통하여 후나키 등에게 압력을 가했다. 테레사가 자유의 몸이 되면 즉각 대만으로 돌려보내라고 했다. 일본 정부에도 강제송환을 바라는 요구가 여러 번 전달되었다. 국제적으로 고립되어 있던 대만의 입장에서는 당시는 '국가의식'을 높이는 것이 과제였다. 하필이면 이때 대만을 대표하는 테레사 덩이 사건을 일으켜 버렸다. '테레사 소환' 요구는 집요했다. 테레사가 대만으로 돌아가면 공항경찰이 체포하여 조사를 할 거라는 소문도 퍼졌다.

후나키 측은 여러 가지 가능성을 검토했다. 대만에서는 계엄령이 내려져 있는 시대다. 테레사를 대만으로 돌려보낸다면 1, 2년 동안 연예활동을 할 수 없을지도 모른다. 어쩌면 몇 년간이나 해외에 나갈 수 없을지도 모른다. 아니, 최악의 경우를 생각하면 가수를 그만두어야 하는 일조차 있을지도 모른다. 의심은 깊어질 뿐이었다. 후나키를 비롯한 일본 폴리돌의 스태프는 고민했다. 최고재판관을 경험한 거물급 변호사와 상담도 하고, 법무성과도 교섭을 벌였다. 테레사 본인도 눈물을 흘리면서 "대만에 돌아가는 것은 싫습니다."라고 강하게 주장했다. 대만으로의 강제송환만큼은 피하고 싶었다. 선택의 폭은 제한되어 있었다. 예정대로 미국으로 보내는 것밖에 도리가 없었다. 테레사도 그렇게 하겠다고 동의했다.

여자수용소는 다다미방으로 20명 정도가 함께 생활했다. 중국인이 많아서 말상대가 부족하지는 않았기 때문에 테레사가 혼자서 풀이 죽어 있는 모습으로 있는 경우는 드물었다. 조사는 입국경비과와 입국심사과에 의해 진행되었다. 입국관리국은 '내일은 나간다.'라고 말했지만 계속 신병을 구속했다. 테레사가 갖고 있던 인도네시아 정부 발행의 여권은 번호가 'D003124'로 이름은 'ELLY TENG', 나이는 스물여섯 살로 기재되어 있었다. 등록된 사진은 테레사 덩 본인이었다. 경비과는 조사 결과, 중화민국의 여권으로는 국교가 없는 나라에 들어가기 위해서는 수속에 시간이 걸리기 때문에 일의 편의를 위해 입수한 것이라는 사실을 알았다.

대만이 국제적으로 고립되어 있던 당시, 정치가나 재계인이 중화민국 여권에 추가하여 미국이나 캐나다 등의 여권을 소지하는 일이 있었다. 암암리에 묵인되고 있던 일이었다. 그런데 테레사와 같은 연예인이 두 개의 여권을 소지하는 일은 드물었다. 대만의 가수가 외국에서 콘서트를 여는 일 따위가 거의 없었기 때문이다.

연예인이 출국허가를 얻기 위해서는 가장 짧아도 2개월, 긴 경우라면 1년이나 걸리는 경우도 있었다. 음악과 연예 활동을 관할하는 교육부에 허가를 요청하고, 신문국이 연예인의 실적을 검토하여 출입국 필요성을 인정한다. 그 다음에 경찰국이 형식적인 허가를 내주고, 최종적으로는 외교부가 인정하게 된다. 그 과정에서는 경비총사령부에 의한 사상조사도 실시되었다. 당시는 여권과 함께 출국허가증이 필요했다. 해외수입선의 초대장이 있으면 2개월을 10일로 단축할 수도 있었지만 어쨌든 간에 해외에 나가는 아티스트에게는 귀찮은 시대였다. 비자가 만료되면 대만으로 돌아와서 다시 신청을 해야만 했다. 그 수속을 순조롭게 하기 위하여 후나키 측이 대만에 가서 신문국과 외교부에 공작을 피는 경우도 있었다. 〈공항〉의 히트로 일이 늘어나고 있을 때도 일본에서의 체재 기간이 다되면 대만으로 귀국하지 않으면 안 되었기 때문이다.

1978년 5월경, 테레사가 지인들과 함께 이런저런 이야기를 나눌 때 출입국 상의 고민을 털어놓고 말했던 일이 있었다. 그때 인도네시아 정부에서 장관으로 재직하고 있는 아들을 둔 어떤 재벌의 여성 팬이 그 사정을 딱하게 여기고 "어떻게든 해보겠습니다."라고 자청했다. 테레사는 그로부터 반년 뒤인 11월에 싱가포르에서 다른 사람으로부터 여권을 받고 사례로 2만 홍콩달러(약 80만 엔)를 건네주었다고 한다. 이것이 공항에서 꺼냈던 인도네시아 여권이었다.

불법입국은 법률적으로는 3년 이하의 징역이나 금고, 10만 엔(당시) 이하의 벌금이 부과되었다. 그러나 조사 중에 테레사 덩에게 악의가 전혀 없었을 뿐만 아니라 대만의 특별한 사정이 있다는 것도 알았다. 입국관리국은 기소나 벌금 처분을 하지 않기로 했다. 여권은 이름은 잘못되었을지 몰라도 위조가 아닌 '진짜'이기도 했다. 이 사건의 배경에 인도네시아 정부관계자가 연루되었을 가능성이 있었기 때문에 구속기간이 늘어났을 뿐이었다. 결국 진위는 밝혀지지 않은 채로 처리하게 되었다. 확실하게 매듭을 짓지 않고 어중간한 상태에서 사건이 종결된 것이다. 입국관리국은 테레사를 해외로 강제 퇴거시키고 1년간 일본 입국을 허가하지 않는다는 방침을 정했다.

1주일 후인 2월 24일, 테레사는 드디어 자유의 몸이 되었다. 경비직원들 사이에서는 '테레사 덩은 멋진 사람이다.'라고 높이 평가되었다. 관급의 식사는 도시락을 만들어 파는 가게에서 갖고 온다. 그런데 돈이 있는 수감자는 "입에 맞지 않는다.", "이런 것은 먹을 수 없다."라는 불평을 했고, 허가를 받고 고급도시락을 주문하는 경우가 자주 있다. 그런데 테레사는 한마디 푸념도 하지 않고 "맛있네요."라며 먹었고,

"잘 먹었습니다.", "감사합니다."라는 말을 잊지 않았다.

미국으로의 국외 퇴거 소식이 알려졌을 때 테레사는 흥분한 나머지 저녁에 나온 생선프라이 정식에 거의 손을 댈 수가 없었다. 잠도 좀처럼 이룰 수가 없었다. 석방될 때 화장을 한 테레사는 같은 방의 수감자들에게 "노래 한 곡으로서 인사를 대신하겠습니다."라고 인사를 했다. 중국어 노래를 부른 그녀에게 수감자들로부터 커다란 박수가 쏟아졌다. 방을 나올 때에는 경비직원들에게 "정말 신세 많이 졌습니다."라고 말하며 머리를 숙였다.

후나키는 그 전날, 매스컴 대책용으로 자필의 사과문을 쓰게 했다.

여러분에게, 대단히 소란을 피웠습니다. 또한 팬 여러분께 걱정을 끼쳐 드려 죄송합니다. 지금 미국에 정해져 있는 콘서트가 끝나면 대만으로 돌아가겠습니다.

서명은 본명인 '덩리췬'으로 정중하게 썼고, 그 아래에는 일본어와 영어로 '테레사 덩'이라고 적었다. 날짜는 1979년 2월 23일이라고 썼다.

"매스컴이 잔뜩 몰려올 테니 생글생글 웃지 말아요."

후나키의 충고에 테레사는 "그러네요."라며 웃었다. 입국관리국에서 수속을 마치고 밖으로 나오자 예상대로 매스컴이 쇄도했다. 체크셔츠에 검은 바지, 모피코트를 걸쳐 입은 테레사는 루이비통 핸드백을 오른손에 들고 약간 굳은 미소를 보이면서 빠른 걸음으로 자동차에 올랐다. 그렇지만 텔레비전 기자들은 큰 목소리로 질문을 걸어왔다. 나리타공항에 도착하자 후나키는 테레사와 어머니를 특별실로 안내했다. 팬 아메리칸 항공 로스앤젤레스 행 항공권(약 14만 엔)이 준비되어 있었다. 이렇게 테레사는 신세계로 향하는 여행길에 올랐다.

로스앤젤레스를 거쳐 샌프란시스코에 도착한 테레사는 어머니에게
전화를 걸었다.

"저는 괜찮습니다. 지금 미국에 도착했으니 엄마도 곧 오세요."

말할 필요도 없이 쑤구이는 즉시 딸의 뒤를 좇았다. 다시 만난 테레
사는 "가장 힘들었던 일은 대만의 매스컴이 조금도 이해하여 주지 않
고 배신자라고 말했던 것입니다."라며 한숨지었다. 그러나 얄궂게도
그 뒤 1년 정도의 자유스러운 생활이 그녀에게 있어 가장 마음 편한 시
간이 된다.

「군인들의 영원한 연인」으로 불리는 일을 자랑스럽게 생각했다.

제3장

시간의 흐름에
몸을 내맡겨라

1

테레사 덩은 롯폰기六本木의 중화요리점 주인이 샌프란시스코에 소유하고 있는 집에 당분간 머문 다음 로스앤젤레스에서 맨션을 구입했다. 윌셔 거리에 인접한 8층 건물로 메조네트 형식(Mezonetto : 한 가구가 2층 구조로 되어 있는 것—옮긴이)으로 되어 있었다.

미국에서의 생활은 신선하고 한가로웠다. 중학교 2학년 때 가수 생활에 발을 들여 놓은 그녀는 전부터 대학을 동경했기 때문에 이 기회에 USC(남캘리포니아 대학), UCLA(캘리포니아 대학 로스앤젤레스교)에서 공부하기로 했다. 생물학, 수학, 영화제작 등을 공부하는 나날은 대단히 자극에 넘쳤다. 자택에서 대학까지 빨간색 벤츠 스포차카를 타고 다녔고, 때로는 유학생 파티에 참석했다. 스케이트, 수영, 낚시 등을 즐겼고, 친구와 여행을 가는 일도 있었다. 주말에는 친구들을 자택으로 초대하여 자신 있게 만든 파스타 요리(물과 밀가루를 사용하여 만드는 이

탈리아 국수요리—옮긴이)를 대접하고, 음악을 틀어놓고 수다를 떨며 흥겨워했다. 복장은 대개 진에 티셔츠 차림이었고 화장도 하지 않았다. 이런 생활 중에 짬짬이 앨범 레코딩에도 참여했다. 그 앨범은 「원향정 농原鄕情濃」(홍콩 폴리돌), 「엔카의 메시지演歌のメッセージ」(일본 폴리돌)이다.

미국에서의 생활을 즐기기는 했지만 문득 자택에서 울적해할 때도 있었다. 다시 가수의 세계로 돌아갈 수 있을지 불안했기 때문이다. '앞으로 의사가 되 볼까.'라고 새로운 일에 종사하는 모습을 자주 상상한 이유는 사람의 몸을 고치는 일은 멋질 거라고 생각했기 때문이다. 여권 사건의 후유증은 아직 아물지 않고 있었다.

이 시기에 테레사 덩의 인생을 바꾸게 되는 사건이 본인과 관련이 없는 곳에서 한창 진행되고 있었다. 중국 대륙에서 일어난 정치적 격변이었다. 1976년 9월 9일, 카리스마적인 지도자였던 마오쩌둥毛澤東이 죽고 10년간 계속된 문화혁명이 종결되었고, 다음해인 1977년에는 세 번째 부활에 성공한 덩샤오핑鄧小平의 기치 아래, 개혁·개방정책이 도입되었다. 특히 주목을 받은 것은 1978년 12월에 개최된 제11기 중앙위원회 제3회 전체회의(11기 3중 전회)였다. 국가 건설의 중점이 계급투쟁에서 근대화 건설로 옮겨지고 '사상해방'이 주창되었다. 그 결과 해외로부터 문화 유입이 시작된 것이었다.

개혁·개방 노선에 따라 서방측 여러 나라로부터의 여행이 자유화되어 매년 10만 명 정도가 중국을 방문하게 되었다. 화교(타국적의 중국계 주민)와의 교류도 30년 만에 부활하여 대만이나 홍콩 가수의 카세트 테이프가 들어와 더빙되어 널리 침투하고 있었다.

이러한 배경 아래, 1980년대에 접어든 중국에서는 테레사 덩이 부른 〈하일군재래〉가 각지에서 대히트했다. 이 노래는 상하이 국립음악전문학교의 학생이던 리우쉐안劉雪庵이 1936년 봄에 탱고로써 작곡과 작사한 것이었다. 그 노래가 1938년이 되어 일본 침략에 저항하는 청년을 주인공으로 내세운 영화 「고도천당孤島天堂」에서 리리리黎莉莉가 부른 것이 널리 퍼져 얼마 안 있어 전쟁 상황에 있던 중국과 일본에서도 대히트했다. 중국에서 최초로 부른 사람은 인기 여배우 저우쉬엔이었다. 1936년 봄에 상하이의 바이다이百代 레코드사에서 녹음되어 가을에 발매되었다.

일본에서는 와타나베 하마코渡辺はま子가 〈언제 님이 오시나いつの日君来るや〉라는 타이틀의 레코드를 1939년 8월에 일본 컬럼비아에서 발매했다. 다음해에는 리샹란李香蘭(야마구치 요시코山口淑子의 중국 이름)이 데이치쿠(Teichiku : 일본의 중견 레코드사—옮긴이)에서 〈하일군재래〉를 중국어로 레코딩하여 히트한다. 중국에 있던 병사들이 멜로디를 기억하여 일본에 전해준 것이 계기가 되었다. 이 노래는 곧바로 기묘한 운명을 걷게 된다. 히트도 한순간, 군부가 대두한 사회에 있어서 연약한 애찬가라는 이유로 발매 금지 처분을 받게 된다.

1939년에는 국민정신 총동원 위원회가 설치되었고, 경시청에 의해 요리집, 요정 등의 오전 0시 이후의 영업이 금지되었다. 다음해 1940년에는 대정익찬회大政翼贊會(1940년 10월 제2차 고노에近衛 내각 하에서 신체제 운동을 추진하기 위해 결성된 국민 통제 조직—옮긴이)가 결성되었고, 만담에서 음란물이나 도박물 등을 상연하는 것이 금지되었으며, 더불어 댄스홀도 폐쇄되었다. 바야흐로 전시체제로 치닫고 있던 시대였다.

중국에서도 사정은 똑같았다. 중국 공산당으로부터 〈하일군재래〉는 일본 점령 하에서 유행한 반동적인 노래라는 레테르가 붙여졌고, 한편 국민당으로부터는 '군君'이 일본을 가리킨다는 비난을 받았다. 이렇게 하여 〈하일군재래〉는 중국에서도 금지곡이라는 멍에를 뒤집어쓰게 된다.

이 〈하일군재래〉를 테레사 덩은 열네 살 무렵에 처음 불렀고, 1967년 9월에 대만의 위저우 레코드사에서 발표한 최초의 LP레코드 「등려군지가제일집 봉양화고鄧麗君之歌第一集 鳳陽花鼓」에 수록했다. 단 타이틀을 〈하일군재래〉가 아니라 〈기시니회래〉라고 한 이유는 자주 규제 결과였다. 당시 이 노래를 대만에서 내는 것을 꺼리게 만드는 사회적 분위기가 있었기 때문이다. 그 뒤 십수 년, 복잡한 운명으로 점철된 명곡은 테레사의 평온하고 요염한 목소리에 실려 중국 대륙으로 퍼져나갔다.

2

테레사 덩이 불렀던 〈하일군재래〉의 중국 본토에서의 유행은 사망 1천만 명, 피해자 1억 명, 경제적 손실 약 5천억 위안이라고 알려져 있는 문화대혁명의 종언과도 깊은 관계가 있었다. 베이징어도 유창한 테레사의 음성은 이상한 국민적 비극에서 빠져 나오는 과정에 있는 중국 사회에 있어 정신적 해방감의 상징이 되었다.

대만 정부가 거기에 주목한 것도 당연한 흐름이었다. 당시 수상인 쑨윈 쉬안孫運璿은 테레사를 정치적으로 이용할 수 있지 않을까 생각했다. 테레사 귀국 공작이 구체적으로 발동된 것이다. 신문국장이던 쑹추위宋楚瑜는 미국에 있는 테레사에게 연락을 취하라는 지시를 받았다.

이것저것 검토한 결과, 국민당의 문화공작위원회가 중국텔레비전의 간부에게 의뢰하여 테레사에게 말을 전하기로 했다. 테레사의 아버지인 덩수웨이에게 귀국할 의사가 있는지 딸에게 알아봐 달라는 타진이 온 것은 바로 그 뒤의 일이다. 바로 국가프로젝트로써 추진한 테레사 귀국 계획이다.

덩수웨이는 미국에서 딸과 살고 있는 자오쑤구이에게 전화를 걸었다. 아버지에게 제시된 조건은 여권 사건은 불문에 부칠 테니 귀국하기 바란다는 것이었다. 어머니가 테레사에게 그 말을 전하자 그녀의 마음은 부정적이었다. 로스앤젤레스에서의 생활은 학교에 가고, 좋아하는 책을 읽는 지금껏 없던 평온한 삶이었기 때문이다.
"돌아가고 싶지 않습니다."
"너는 젊어. 지난 일은 신경 쓰지 말고 돌아가자."
자오쑤구이는 딸에게 그렇게 말했지만 내심 불안했다. 귀국해도 좋다는 얘기는 거짓말일지도 몰랐기 때문이다. 결론이 나지 않은 채 시간이 흘렀다. 이 시기의 테레사는 뉴욕의 링컨센터와 로스앤젤레스의 뮤직센터, 그리고 캐나다의 토론토에서도 콘서트를 열었다. 미국의 텔레비전에서도 중국 대륙에서 인기가 있는 가수라고 보도되고 있었다. 테레사의 입장에서는 상황을 모르는 대만에 들어가기보다는 지금의 생활이 훨씬 좋았다.
얼마 안 있어 중국 텔레비전의 음악 담당 프로듀서로부터 연락이 왔다. 로스앤젤레스에서의 생활을 대만에 소개하고 싶다고 했다. 테레사는 흔쾌히 승낙했다. 녹화하러 온 프로듀서는 "대만에 들어와도 괜찮아요. 걱정하실 것 없습니다."라는 말을 몇 번이나 되풀이했다. 자오쑤구이는 대만에 있는 남편에게 다시 연락을 취하여 귀국 조건이 사실인지를 확인했다. '속고 있을지도 모른다.'라는 불안은 기우인 것 같았다. 막내인 창시가 로스앤젤레스로 건너와서 자신과 교대를 하고 자오 쑤구이는 한걸음에 대만으로 돌아가기로 했다.

국민당의 문화공작위원회의 주임(문화, 선전 담당 최고책임자)이던 저우잉룽周應龍이 일부러 로스앤젤레스까지 찾아왔다. 테레사와 동생 창시와 함께 세 사람이 식사를 했을 때 귀국 조건이 전달되었다. 그것은 애국기금을 모금하기 위한 콘서트에 출연하고 더불어 군 위문에 참여해 주기 바란다는 두 가지 사항이었다. 말을 듣고 있자니 아무래도 대만 정부는 중국 본토에서 인기가 폭발한 테레사가 중국에 가는 것을 두려워하는 것 같았다. 테레사는 이렇게 대답했다.

"나는 대만을 사랑합니다. 여권 문제와는 관계없이 기회가 되면 돌아가고 싶습니다."

1980년 9월 20일, 1년 7개월 동안의 미국 생활에 종지부를 찍은 테레사 덩은 로스앤젤레스를 떠났다. 9월 21일에 일본 도착, 나리타공항에서 기자회견을 열고 이렇게 말했다.

"저를 응원해 주셨던 팬 여러분들께 죄송합니다. 깊이 반성하고 앞으로 열심히 노력하겠습니다. 나쁜 일을 저질렀으니 사죄드리는 마음으로 제가 좋아하는 나라 일본에서 힘껏 노래하겠습니다."

일본에서 머문 9일 동안 앞으로의 일에 대한 홍보 활동으로 보낸 그녀는 30일에 대만을 향해 출발했다. 10월 10일 타이베이 궈푸國父기념관에서 펼쳐진 애국기금 콘서트에서 노래를 불렀을 때 3천 명의 관객은 열광적으로 그녀를 맞이했다.

약 1년 10개월 쯤 전이었던 1979년 1월 1일, 미국은 중국과 정식으로 국교를 회복함과 동시에 대만과 단교했다. 이날, 지난달에 열렸던 중국 공산당 제11기 중앙위원회 제3회 전체회의에서 실권을 장악한 덩샤오핑은 정치협상회의 좌담회에서 국가의 중점목표가 '4가지 근대화'와 함께 '대만 통일'에 있다는 것을 분명히 했다. 전국 인민대표대회 상무위원회가 이날 발표한 '대만동포에게 고하는 글'에서도 '인정과 도리에 맞는 정책'으로 '대만인민이 손실을 입는 일이 없도록 한다'고 쓰여 있었고, 인민해방군에 의한 진먼金門, 마쭈馬祖를 향한 포격도 중지되었다. 1982년에 구체적으로 드러나는 '1국 2제도' 제안으로 가는 과도기이기도 했다. 이런 중국 측의 공세에 대해 대만 주민의 대부분은 불안감과 반감을 동시에 나타냈다. 테레사 덩은 정치적 긴박감이 감도는 대만으로 돌아온 것이었다.

테레사 덩의 〈하일군재래〉가 중국 본토에서 유행한다는 사실을 잘 알고 있던 대만 정부는 테레사의 사진과 카세트테이프, 그리고 화장품이나 비누 등을 풍선에 달아 기류에 실어서 진먼다오에서 본토를 향해 날려 보냈다. 특히 여름이 되면 1만 미터 상공에서 동쪽에서 서쪽으로 편동풍이 분다. 자본주의의 우위성을 나타내기 위한 사상침투공작은 이 계절에 시도되는 일이 많았다.

진먼다오는 타이베이에서 비행기로 50분 정도의 거리에 있다. 길 위를 소가 태평스럽게 걷는 신록이 우거진 섬의 여기저기에 미채복迷彩服을 입은 병사들의 모습이 눈에 띄었다. 거기에서 이 섬의 특수성이 드러났다.

중국 본토와는 약 1.6킬로미터에서 1.8킬로미터 정도로 가까이 있어서 이곳에서 전송되는 라디오 전파로 정치공작이 펼쳐졌다. 공항에서 자동차로 약 30분 정도 달리면 마산관측참馬山觀測站이 있다. 진먼다오 안에서도 가장 본토에 근접한 장소이고, 건너편에는 푸젠성샤먼福建省廈門도 보인다. 지금은 전망대도 있지만 1993년 2월 7일에 관광지로서 개방되기 전까지는 군인과 주민밖에 여기에 올 수 없었다.

'마산파음참馬山播音站'이란 노란색 글자로 쓰인 라디오 방송국은 빨간색 철문에 흰색 벽의 건물로 통로의 폭은 1미터 정도밖에 안 된다. 입구에서 10미터 정도 들어가면 방송 부스가 있다. 거기에는 카세트테이프와 리코더가 죽 놓여있고 중화민국기와 '개벽정신전장開闢精神戰場', '환기심성공명喚起心聲共鳴'이란 슬로건이 게시되어 있다. 이 장소에서 중국 본토를 향해 오전 8시부터 11시, 오후 3시부터 5시까지 라디오 방송이 진행되었다. 벽에는 이 방송국에서 본토의 어디까지 전파가 도달되는지가 그림으로 나타나 있다. 48개의 거대한 스피커로부터 전달되는 거리는 25킬로미터이다.

1981년 연말. 테레사 덩이 이 방송국을 찾아왔다. 《군재전초軍在前哨(군은 제일선에 있다)》라는 위문 콘서트를 하기 위해서였다. 진먼 현은 12개의 섬으로 이뤄져 있고, 당시는 20만 명의 군인이 배치되어 있었다. 테레사는 "여러분, 안녕하세요. 테레사 덩입니다."라고 중국 본토를 향하여 말을 꺼냈고, 〈하일군재래〉가 흘렀다. 테레사는 이때 정부가 앞장섰던 '애국기금'에 100만 위안元을 기부했다.

테레사 덩의 위문콘서트는 그해 또한 타이중 칭취안깡에서 《영원적정인》이란 제목으로 거행되었다. 대만, 펑후다오澎湖島, 진먼, 마쭈 등, 병사들이 있는 곳이면 테레사 덩의 발자취가 새겨졌고, 목소리가 울려 퍼졌다. 그녀는 사례를 하려 해도 결코 받으려고 하지 않았다. 테레사는 군 위문에 가는 것을 싫어하지 않았다. '군인들의 영원한 연인'이라고 불리는 것을 자랑스럽게 생각했다.

"아버지도 오빠도 모두 군인이므로 즐겁게 군에 협력하고 있습니다."

본심이었다. 귀국 조건이라 어쩔 수 없어서 하는 일이 아니었다. 군복을 입고 구호를 지르며 군인들과 함께 달리는 모습, 전투기에 올라탄 모습 등이 영상으로써 대만 시민 사이로 퍼져 나갔고, 어느새 '애국 연예인'이란 호칭이 붙었다.

그렇다고 테레사 덩이 군의 지시에 단지 순종만 했다는 의미는 아니다. 자신이 하고 싶지 않은 일이 있다면 조건도 제시했다. 예를 들어 진먼다오에서 중국 본토로 발신하는 라디오 방송에서 원고를 읽을 때 거기에 노골적인 정치적 표현이 있으면 자신이 수정했다.

테레사가 홍콩 폴리돌에서 첫 번째 광둥어 앨범 「세불양립勢不兩立」을 발매한 것은 1980년 12월이었다. 1981년에는 홍콩의 LEE시어터에서 솔로 가수로서는 처음으로 7일간 연속으로 콘서트를 열었고, 동남아시아로 콘서트도 떠났다. 대만으로 돌아온 테레사 덩의 인기는 다시 동남아시아로 퍼져나갔다.

1982년 10월 16일에는 중국의 공군상위上尉 우룽건吳榮根이 산둥반다오山東半島에 있는 원둥文登기지에서 미그19기 전투기를 타고 한국을 경유하여 대만에 망명했다. 우는 "자유를 찾았다."라고 이야기하는 중에 중국에 있을 때 대만의 중앙텔레비전 방송국의 방송을 들었는데 그 중에서 《테레사 덩 타임》이 인상 깊었다고 말했다. 이 프로그램은

1979년에 대만의 국방부 정보국이 중국 본토에 대한 심리작전용으로써 월요일부터 토요일까지 매일 25분간 방송했는데 매회 테레사의 노래가 서너 곡씩 흘러나왔다. 우는 "테레사 덩을 만나고 싶었다."라고도 말했다. 타이베이에서는 테레사도 동석한 가운데 기자회견이 열려 거듭 화제가 되었다.

정치란 개인의 생각 따위와는 관계없이 무조건 앞으로 밀고 나가는 수레와 같은 것이다. 테레사 덩의 부활이 중국의 정치 체제를 자극하는 데까지 걸린 시간은 그리 길지 않았다.

1980년대에 들어서 한층 확립된 덩샤오핑 체제는 사상 레벨에서 예상치 못한 문제를 일으키게 된다. '사상 해방'을 추진한 덩은 1981년 6월에 열린 중국 공산당 제11기 중앙위원회 제6회 전체회의에서 '건국 이래 당의 일부 역사 문제에 대한 결의'를 채택한다. 거기에서는 마오쩌둥이 지도했던 문화대혁명은 '완전한 실수'이고 '어떤 의미에서도 혁명이나 사회진보가 아닌 10년에 걸친 내란'이었다고 총괄되었다. 화궈펑華國鋒 주석은 이 회의 이후 사퇴 압력에 몰리게 된다.

1982년 9월 제12회 당대회에서는 '주석'이 '총서기'로 변경되고 후야오방胡耀邦이 취임했다. 개혁·개방 노선은 경제 특구를 낳고, 농촌에서도 부유층이 생기게 된다. 당내에서는 '계획과 시장'이라는 경제 문제와 연동하여 언론·표현의 '자유화'에서도 대립이 생긴다. '이데올로기 보수파'라고 불린 자들은 후챠오무胡喬木 당정치국원, 덩리췬鄧力群 당중앙선전부장, 나중에 국가부주석이 되는 왕전王震 등이었다.

그 대립이 처음으로 드러난 것은 덩샤오핑이 중국 공산당 제12기 중앙위원회 제2회 전체회의(1983년 10월 12일)에서 행한 연설이었다. 말하자면 '정신오염精神汚染'에 반대하는 캠페인이 개시되었다. '조직전선과 사상전선에 있어서 당의 절박한 임무'라는 제목을 붙인 덩샤오핑의 연설은 첫머리에서 느닷없이 '사상전선에서는 정신오염을 용인해서는 안 된다.'라고 말했다.

'정신오염'이란 '자본주의 문화 속에 있는 우리들에게 유해한 것', '서방측 부르주아지 몰락기의 문화'라고 한다. 덩은 추상적인 말을 반복한 다음에 결론 부분에서 이렇게 말했다.

"만일 우리들이 그러한 문제를 신속하게 간파한 후 억제 조치를 단호하게 취하지 않고 그것을 제멋대로 내버려 둔다면 더욱 많은 사람들을 나쁜 길로 빠지게 만들어 극도로 심각한 결과를 초래하게 될 것이다."

"당과 국가의 운명과 장래에 관계되는 일이다."

덩은 직접 거명하지는 않았지만 "일부 배우가 제멋대로 여기저기 무대에 오르고, 그 중에는 저속한 내용과 형식을 흥밋거리로 내세워 수단 방법을 가리지 않고 돈을 버는 자까지 있다."고 지적하고 거기에 '일부 유명배우'까지 휩쓸리고 있다고 비판했다.

공산당 간부의 연설이나 논문에는 독특한 표현이 있었다. 거명은 하지 않는데도 그게 누구인지를 특정할 수 있는 방법이었다. 덩샤오핑의 연설도 외부인이 읽으면 애매모호한 글로밖에 보이지 않지만 당 관료들은 그게 누구인지 쉽게 추측할 수 있었다. 덩은 '정신오염'과의 투쟁에 대해 마지막으로 이렇게 강조했다.

"중앙과 지방의 각급 당위원회의 중요한 의사일정에 올려놓지 않으면 안 된다."

‘정신오염’ 비판 캠페인은 진, 양복, 파마, 하이힐, 디스코 등의 ‘서방측 문화’와 가치관에 대한 비판으로까지 이어졌다. 비판의 대상에 올랐던 ‘일부 유명배우’ 중에는 영화 「화소원명원火燒圓明園」, 「수렴청정垂簾聽政」(국내 개봉 시 제목은 서태후)으로 유명해진 여배우 리우샤오칭劉曉慶이 있었다. 덩샤오핑이 연설을 했던 1983년에는 일반인으로서는 처음으로 자서전 『아적도我的道』를 《문회월간文匯月刊》에 발표했다. 그러나 서른두 살의 국민적 스타가 자서전을 쓴 것에 대해 미디어에서는 ‘광망狂妄’, ‘오만’이라는 비판이 가해졌다. ‘공산당이 있기에 지금이 있는 것이다’라는 정치적 비난이 행해진 것이다.

작가 가오싱젠高行健도 실험적인 희극 《버스정류장》이 ‘모더니즘 연극을 맹목적으로 숭배하여 기계적으로 받아들였다’는 비판을 받고 베이징 인민 예술극원에서 공연하는 것이 금지되었다. 그러나 가오싱젠은 2000년에 『영산靈山』이란 소설 등으로 노벨문학상을 수상한다.

중국 공산당이 ‘정풍整風’운동으로서 발동한 ‘정신오염’ 비판 캠페인은 그러나 곧 궤도 수정을 강요받게 된다. 당 기관지인 《인민일보人民日報》(1983년 12월 10일자)는 농촌 지역에서는 ‘정신오염’ 비판을 하지 않겠다는 당 중앙의 방침을 발표했다. 개혁·개방 노선을 취하면서, 동시에 금전지상주의에 대해 비판을 하는 것이 농촌 지역의 생산 의욕을 해쳤기 때문이다. 그러나 실질적으로는 도시에서조차 머리를 파마하는 것은 좋지 않은 일이라는 따위의 확대 해석이 널리 퍼졌던 것으로 볼 때 봉건사상이 뿌리 깊은 농촌에서는 한층 더 심각한 사태를 불러일으킬지도 모른다고 판단되었기 때문일 것이다.

테레사의 노래는 1979년에 중국 본토에 들어오자 순식간에 전국적으로 퍼져 나갔다. 그러나 1981년에는 중국공안부, 교육부, 중국 공산주의 청년당 등 다섯 개 기관에 의해 테레사의 노래는 '선정적'이고 '반동적'이니 테이프를 단속하라는 지시가 내려졌다. 그런데 이 규제는 시간과 함께 완화되어 테레사의 노래는 부활하여 다시 보급되어간다. 그때 발동된 것이 '정신오염' 비판 캠페인이었다. 테레사 덩의 노래는 또 다시 봉쇄되어 버렸다.

중국 공산당 상하이 시 위원회의 기관지 《해방일보解放日報》(1983년 12월 20일자)는 '경음악 및 정신오염의 일소에 대하여'라는 제목의 칼럼에서 이렇게 썼다.

노래하는데 적당하지 않은 노래를 부르거나 때때로 홍콩이나 대만 가수의 퇴폐적인 곡조를 모방하거나 또한 때로는 예술이 아닌 저속한 곡조를 받아들이는 것으로, 사회주의 음악계의 경음악을 자본주의 사회에서의 술집 음악과 같은 것으로 변질시켰다.

배경에 반동적인 역사를 갖고 있는 일부의 노래, 예를 들어 항일전쟁기에 적의 점령지역에서 유행한 〈하일군재래〉 등은 엄격히 금지하고 근절시킬 필요가 있으며 사회에 이 이상으로 만연되어 민중에게 해를 끼쳐서는 안 된다.

덩샤오핑이 명한 '정신오염'비판 캠페인은 테레사 덩의 노래를 '금지'하고 '근절'시키는 신호가 되었다. 특히 중국에서 문화 선진 지역으로 알려진 상하이에서 시작된 지령은 정치 중심지역을 덮쳤다. 베이징에서도 테레사 덩의 추방 운동이 벌어진 것이다. 종업원들은 테이프

리코더와 테레사의 카세트테이프 보유 여부를 조사받았고, 갖고 있으면 소거한 다음 돌려주었다. 만일 거짓말한 것이 탄로 났을 때는 테이프 리코더와 함께 몰수되고 더불어 급여의 일부까지도 삭감되었다. 그중에는 재산의 삼분의 일이 몰수된 사람도 있다고 한다.

문제가 된 것은 〈하일군재래〉뿐만이 아니었다. 테레사의 모든 노래가 대상이 되었다. '작은 자본주의', '포르노 가사'라고까지 불려질 정도였다. 테레사의 노래가 들어 있는 카세트테이프를 모아서 불도저로 대만해협에 버리는 장면이 뉴스로 보도된 일도 있었다. 당국의 추산에 의하면 테레사의 노래를 복사한 카세트테이프는 전국에서 2억 개나 나돌았다고 한다.

어느 날 테레사 덩이 친구와 식사를 하고 있을 때 '정신오염'이 화제가 된 적이 있었다.

"네 노래가 금지되었다고 그러던데."

"소문에 의하면 내 노래를 금지한 사람은 내 이름과 같은 '덩리췬'이라고 그러더라."

당시 중국 공산당의 선전 부장으로 이데올로기 분야에서 활약하던 덩리췬은 이름이 테레사와 동음이기도 했다. 그는 '정신오염' 문제로 개혁파의 후야오방 총서기와 대립했으며, 나중에 해임되는 보수파의 '이데올로그(Ideologue)'이다. '정신오염 반대'라는 것은 실은 덩샤오핑의 지시를 이용하여 개혁파를 공격하는 정치운동이었던 것이다.

'정신오염' 비판 캠페인은 1984년에 들어서자 운동이 도를 넘는 것을 염려한 덩샤오핑과 후야오방의 지시에 의해 막이 내려졌다. 문화 수난 시대에 일단 종지부가 찍혀진 것이다. 이 시기에 중국 사회에서 수군거리며 하던 말이 있다.

"샤오덩小鄧(테레사 덩을 가리키는 말)의 인기는 라오덩老鄧(덩샤오핑을 가리키는 말)을 압도한다."

"중국은 낮은 라오덩이 지배하고 밤은 샤오덩이 지배한다."

테레사 덩의 노래가 민중 사이로 얼마나 깊이 침투했는지 이 말로도 미뤄 짐작할 수 있다. 이는 이데올로기 우선 사회에서 조용한 저항의 표현이기도 했다.

3

미국에서 대만으로 돌아온 1980년 후반 이후 테레사는 정력적으로 콘서트를 열었고, 홍콩 폴리돌과 대만 거린歌林을 통해 몇 장의 앨범을 냈다. 그 한 장이 1983년 2월 2일에 발매된 「담담유정」이었다. 이 앨범의 제작은 모두 극비리에 진행하여 발매와 동시에 커다란 반향을 불러일으켰다. 테레사가 서른 살 생일을 맞이한 직후의 일이었다.

2월에는 19일과 20일, 라스베가스 시저스 팰리스에서 데뷔 15주년을 기념하는 원맨쇼가 열렸다. 이 회장에서는 프랭크 시나트라와 톰 존스의 공연도 예정되어 있었다. 여느 때라면 5백 명 정도가 모였을 텐데 오후 8시부터 열린 쇼에는 1천 명이나 쇄도하여 회장에는 일대 혼란이 벌어졌다. 그 중 80퍼센트가 중국계 관객이었다.

화교 중에는 뉴욕에서 자동차로 찾아온 사람도 있었다. 당일 혼잡한 모습은 테레사 본인도 "굉장하다."고 소리치며 놀랄 정도였다. 쇼가 끝났을 때 회장의 사장뿐만 아니라 라스베가스 시장도 배웅 나와서 시市의 각인이 들어있는 커다란 열쇠를 기념으로 선물했다.

"이다음 언제 와주시겠습니까?"

이렇게 묻는 시장에게 테레사는 웃음을 지으며 대답했다.

"기회가 되면 언제라도요."

이날 콘서트를 미디어에서는 '차이니즈 스타'라고 크게 보도했다. 홍콩 콜로세움에서 15주년 기념콘서트가 열린 것은 1983년 12월 29일부터 다음해 1월 3일까지이다. 콘서트 티켓은 2개월 전에 발매되어 2일 만에 매진되었다. 그래서 당초는 4회 예정이던 공연을 6회로 늘리게 되었다. 그래도 티켓이 즉각 매진되자 주최 측에서는 거듭 공연 횟수를 늘리자고 요청했지만 테레사는 이를 거절했다. 관객은 10만 명, 그 30퍼센트가 상하이와 광저우廣州 등, 중국 본토에서 급히 달려온 사람들이었다. 테레사는 베이징어, 푸젠어, 광둥어를 구사하여 객석에 이야기를 했다. 관객 동원 수, 티켓매진 속도 등 홍콩의 콘서트 기록은 모두 이때 새롭게 쓰였다.

타이베이에서는 '15주년 기념 콘서트'가 중화中華체육관에서 열리게 되었다. 작곡가이자 프로듀서였던 구웨가 리허설을 보러 갔을 때의 일이다. 무대에서 그의 모습을 발견한 테레사는 그 순간에 마이크를 놓고 객석으로 내려왔다.

"음향은 괜찮습니까?"

테레사는 그렇게 묻고 이야기를 주고받았다.

"밤에 오시나요?"

이야기 도중 테레사의 질문이었다.

"오지 못합니다."

"어째서요?"

"티켓이 너무 비싸서 살 수가 없네요."

놀란 테레사에게 구웨는 말했다. 이혼하고, 일에도 실패한 직후라 경제적으로 어려운 상황에 있었기 때문이다. 그녀는 곧 대기실로 들어가서 두 장의 티켓을 구웨에게 건네주었다.

테레사는 일본에 진출한 이후에도 발매된 자신의 레코드를 구웨에게 계속 보냈다. 가수는 작곡가나 프로듀서와 함께 작품을 만드는 것이라는 사실을 누구보다 잘 이해하고 있었기 때문이다. 기념 콘서트는 싱가포르, 말레이시아에서도 개최되어 테레사 덩의 인기는 동남아시아에서는 이미 부동의 위치가 되었다.

테레사는 1982년에 싱가포르의 레오니 힐 거리에 맨션을 구입했다. 하지만 거기에 머무는 일은 드물었고 1983년, 1984년에 가끔 방문하는 정도였다. 그 무렵 싱가포르 영주권을 받고 싶다고 생각한 이유는 결혼을 의식했기 때문이다. 상대는 샹그릴라 호텔 등을 경영하는 재벌의 자제인 궈쿵청郭孔丞(보 궉)이었다. 그의 아버지 궈허녠郭鶴年(로버트 궉)은 싱가포르 화교로 제당업으로 돈을 벌어서 호텔 경영이나 부동산 등에 손을 댔다.

궈쿵청은 테레사보다 한 살 연하인 스물일곱 살로 친구인 허리리何莉莉가 소개해준 것이 계기가 되어 사랑에 빠졌다. 1981년 무렵의 일이었다. 1946년 대만에서 태어난 허리리는 1964년에 홍콩으로 건너가서 여배우가 되었는데 1973년에 해운업을 운영하고 있던 자오스광趙世光과의 결혼을 계기로 은퇴한 후 사교계에서 활약하고 있었다.

그 무렵 홍콩을 방문한 후나키 미노루는 테레사의 마음이 어떤지 물었다. 저녁식사를 함께한 후, 오후 8시경부터 오전 0시까지 페닌슐라 호텔의 로비에서 서로 이야기를 나누었을 때의 일이었다. 테레사는 일본 폴리돌과의 계약 갱신을 거절한 이유를 이렇게 말했다.

"결혼을 생각하고 있습니다. 저도 행복해지고 싶습니다. 일에 구속되고 싶지 않으니 자유롭게 놓아 주세요."

"당신은 일본에도 많은 팬이 있는 귀중한 존재입니다."

후나키의 이러한 설득에도 테레사의 의사는 확고했다.

테레사는 '평생 잊을 수 없는 대 로맨스는 세 번'이라고 훗날 말했다. 한 사람은 청년 실업가인 린쩐파林振發였다. 여덟 살 연상인 린과는 열여덟 살 때 홍콩에서 서로 알게 되었다. 스물한 살 때 프로포즈를 받았지만 마침 일본에 데뷔한 시기와 겹쳐 그대로 멀어져 버렸다. 또 한 사람은 로스앤젤레스 체재 중에 서로 알게 된 화교 학생이었다. 이 교제는 사고방식의 차이로 곧 끝났다. 그리고 귀쿵청과의 교제가 시작되어 결혼이 현실로 다가왔다. 그러나 테레사가 매스컴에 말했던 '대 로맨스'라는 것은 실제로는 귀쿵청 이외에는 여성으로서 자존심을 세우기 위해 말한 것이었다.

테레사는 약혼 발표회를 열었다. 장소는 홍콩 주룽반다오九龍半島에 있는 샹그릴라 호텔의 지하 1층에 있는 샹궁香宮(샹파레스)으로 송나라 시대의 웅장함을 갖춘 중화요리점이었다. 세 개의 테이블에 테레사의 어머니와 홍콩 폴리돌의 선임매니저(Chief Manager), 그 외 팬클럽의 대표 등 30명 정도가 모였다. 노란색 드레스를 입은 테레사는 기쁜 표정이었다. 준비된 식기 위에는 팬클럽이 가게에 의뢰하여 만든 기념 성냥갑이 놓여 있었다. 겉은 빨강색을 바탕으로 '테레사 덩', '홍콩'이 금빛 문자로 인쇄되어 있었고, 그 사이에 '샹그릴라 호텔'이라고 검은색 문자로 쓰여 있었다. 뒤에는 금빛 문자로 '샹파레스'라고 적혀 있었다. 대부분의 사람은 상대가 귀쿵청이라는 사실을 처음 알게 되었다. 테레사가 "결혼을 결정했습니다."라고는 말했지만 자세한 이야기는 꺼내지 않았기 때문이다. 금목걸이 등의 선물을 받고 기뻐하던 테레사는 참석자 전원과 기념사진을 찍었다.

중화항공의 스튜어디스였던 친구 장위링張玉玲은 미국에서 하네다에 도착하여 다시 타이베이로 떠날 때 기내의 일등석에서 테레사를 우연히 만난 적이 있었다. 앉아 있던 테레사는 왼손을 쑥 펴보였다. 그 약손가락에는 약혼반지가 끼어져 있었다.

"약혼했어."

기쁜 표정의 테레사는 귀쿵청과 함께 찍은 사진을 보여 주며 이렇게 말했다.

"반년 동안 만날 수 없을 때도 있지만 3개월 안에 만날 때도 있어. 하지만 국제 전화로 언제나 이야기를 하고 있거든."

테레사가 로스앤젤레스나 샌프란시스코에서 장위링을 자주 만난 이유는 두 사람이 동갑내기고 스무 살 정도일 때부터 계속 교제했기 때문이다. 결혼이나 연애가 화제가 되었을 때 "사랑하는 사람을 만날 수가 없어서 정말 유감이야. 언젠가 결혼하여 아기를 낳는 날이 올까."라고 여러 번 말했다고 한다.

테레사 덩과 귀쿵청은 1982년 3월 17일에 싱가포르의 샹그릴라 호텔에서 결혼 피로연을 열기로 약속했다. 하와이에 사는 귀쿵청의 어머니가 암에 걸렸기 때문에 결혼한다면 빠른 시일 내 하자고 서로 합의한 결과였다. 그런데 이 약혼은 파국을 맞게 된다. 궈쿵칭의 할머니가 결혼을 하려면 세 가지 조건을 받아들이라고 요구했기 때문이다. 그 요구 조건은 다음과 같았다.

테레사의 상세한 이력을 제시할 것

가수 활동과 연예 활동을 중지하고, 아내 역할에만 전념할 것

연예계와 일절 관계를 끊고, 지금까지 알던 남자 친구들과 관계를 끊을 것

이 요구를 전했을 때 궈쿵칭의 입술은 떨렸다. 테레사는 약혼반지를 만지면서 눈물을 흘렸다. 그는 아무 말도 하지 않는 테레사의 손을 잡고 이렇게 말했다.

"어쩔 수가 없어. 이는 할머니께서 제시한 조건으로, 쉽게 태도를 바꾸지 않으실 거야."

테레사는 상대 가문이 엄격하다는 것은 알았지만 그 어려움도 궈쿵칭이 꼭 해결하여 줄 거라고 믿고 있었다. 테레사는 입을 열었다.

"나에 대해 과거로 거슬러 올라가서 설명하는 것이나 연예계와 관계를 끊는 것은 상관없습니다. 남자 친구들과 관계를 끊는 것도 좋아요. 나는 단지 좋은 아내가 되고 싶으니까요."

잠시 침묵을 지키던 테레사는 다시 말을 계속했다.

"하지만 노래만큼은 계속하게 해주세요. 무대에 서지 않더라도 적어도 레코드만큼은 내게 해주세요. 그렇게 하지 않으면 나는 내가 아닌 사람이 되어버릴 것 같아요."

"알았어. 집에 돌아가서 상의해 볼게."

귀쿵청은 그녀의 어깨에 손을 대며 그렇게 말했다. 며칠 후 테레사는 귀쿵청에게서 결론을 전해 들었다.

"당신의 요청은 받아들여지지 않았어."

파국으로 테레사는 침묵하지 않을 수 없었다. 누구에게도 얘기할 마음이 없었다. 실의에 빠진 상태에서 생각나는 것은 프로포즈할 때 귀쿵청이 한 말이었다.

"나는 당신에게 무엇이라도 해줄 수 있으니 아무것도 갖고 오지 마. 단지 옆에만 있어 준다면 기쁠 거야."

약혼자의 달콤한 속삭임에는 실체가 없었다. 그녀는 생각했다. 아무것도 갖고 오지 않아도 좋다는 말의 이면에는 '모든 것을 버려라.'라는 의미가 있었던 것은 아닐까. 할머니의 요구 배경에는 특히 여성 가수에 대한 편견이 있었다. '여자 가수는 천하다.'고 귀쿵청의 할머니가 말했다는 걸 들었기 때문이다. 굴욕과 실의의 나날이 지나고 있었다.

결혼식 예정일이 가까워져도 구체적인 움직임이 없자 아무래도 결혼이 깨진 것 같다는 소문이 널리 퍼져나갔다. 팬클럽의 고문인 처수메이車淑梅는 "그만두기로 했습니다."라고 본인에게 들었다. 테레사는 말했다.

"나는 노래가 좋지만 그쪽 가족은 일을 그만두라고 요구했습니다. 우리 가문이 좋지 않다는 말까지도 했습니다."

친구 장위링도 "역시 헤어지는 편이 좋겠다고 생각한 이유는 남존여비 가족이었기 때문이다."라고 들었다. 어느 지인에게는 "가수는 어렸을 때부터 나와 어머니의 꿈이라 대단히 괴로웠습니다."라고 말했다. 외국 문화를 흡수했던 테레사의 입장에서 보면 자신에게 가장 중요한 것을 모두 버리고 결혼하겠다는 용단을 내리는 일은 할 수 없었던 것이다. 파혼은 테레사에게 깊은 슬픔을 안겨주었다. 그러나 잃는 것이 있으면 얻는 것도 있는 법이다. 테레사 덩에게는 가수로서의 황금기가 다가오고 있었다.

4

1981년 2월 28일에 일본 폴리돌과의 계약이 끊어진 테레사는 2년 이상의 공백 기간을 두고 새롭게 설립된 토러스(Taurus) 레코드사로 이적한다. 그 제1탄이 〈여인旅人〉(하네오카 진羽岡仁 작사, 미키 다카시三木たかし 작곡, 1983년 6월 1일에 앨범 발매)이었다. 토러스 레코드사는 설립 당초 자금난을 겪고 있었기 때문에 홍콩 폴리돌의 노먼 찬이 〈홍콩에서 만들까香港で作ろう〉와 〈여인〉을 포함한 앨범 제작을 맡게 해주었다. 이 신곡으로 미키 다카시와 만난 일이 테레사 덩에게 신경지를 열어 준다. 테레사의 의향으로 나카지마 미유키中島みゆき에게 어프로치한 것도 이 무렵이었다.

토러스 레코드사는 미키 다카시, 아키라 도요히사荒木とよひさ에게 다음 신곡을 의뢰했다. 미키는 제작 프로듀서인 미사카 히로시三坂洋에게 테레사가 어떤 활동을 할 수 있는지 물었다. 미사카는 다른 가수와 달리 본인이 장기간 프로모션을 할 수 없으므로 철저히 유선방송으로 선전할 거라고 했다. 미키는 여러 번 들어도 귀에 거슬리지 않는 인스트루멘털(악기 연주만의 BGM)과 같은 곡을 만들어야겠다고 생각했다. 당시 사무직 여성이나 여대생에게 폴 모리아 오케스트라 연주가 인기라는 것도 참조가 되었다. 말을 달리하면 센티멘탈하면서 로맨틱한 노래를 만들고 싶다는 것이었다. 그렇게 정했을 때 뜻밖에 순조롭게 작품이 완성되었다.

　녹음테이프를 들은 아키라는 두 가지 가사를 썼다. 〈그리고 요코하마(そしてYOKOHAMA)〉와 〈부두에서波止場にて〉였다.　일본 남성에게 실연당한 외국 여성이 자기 나라로 돌아간다는 내용이었다. 그런데 이 가사가 채택되지 않아서 다시 쓴 것이 〈속죄〉이다. 도호쿠東北의 항구 도시에 사는 스낵바 마담을 묘사했으나 프로듀서는 도회지 이미지가 풍기는 내용으로 하자고 요구했다. 아키라는 다시 작업에 몰두하여 드디어 새로운 가사를 만들어냈다.

　　窓に西陽があたる部屋は
　　いつもあなたの　匂いがするわ
　　ひとり暮らせば　想い出すから
　　壁の傷も　残したまま　おいてゆくわ

　　창문에 석양이 비치는 방은
　　언제나 당신의 체취가 남아 있어요
　　혼자서 살아가면 생각이 나기에
　　벽에 생긴 홈집도 그대로 남겨둔 채 갈게요

　작사의 세계에서 '창문에 석양'이란 말은 금기였다. 석양이 비치는 집은 일반적으로 좋지 않다고 여겼기 때문이다. 그러나 아키라는 다다미방이 아니라 원룸 맨션을 이미지로 하여 이 작품을 썼다. 미키는 아키라에게 "구슬픈 노래로 합시다."라고 말했다. 두 사람 모두 30대의 다감多感한 무렵이었기에, 자신이 사랑을 하고 있는 듯한 감정으로 표현하고자 한 것이었다. 〈속죄〉 전에 한 작품, 두 작품 가사를 썼을 때 무대를 우선 설정하고 등장인물을 만들어 갔다. 그 때문에 작사에 필요한 시간도 길었으나 〈속죄〉는 3시간 정도에 다 써내려갔다.

레코딩 감독인 후쿠즈미 데쓰야福住哲弥가 이미 예정되어 있던 녹음을 위해 싱가포르로 떠날 때였다. 나리타공항에서 아키라에게 전화를 건 후쿠즈미는 마침내 완성한 〈속죄〉의 가사를 노트에 받아 적었다.

싱가포르의 스튜디오에 도착한 후쿠즈미는 악보에 히라가나로 가사를 베껴 쓰고 그 다음에 테레사에게 내용을 설명하고 나서 녹음을 개시했다. 테레사는 〈속죄〉를 정중하게 불렀다. 능숙하지 않은 일본어라도 말을 소중히 다뤘기 때문에 아무렇지도 않은 구절에서도 본래의 의미가 되살아났다.

〈속죄〉가 발매된 것은 1984년 1월 21일, 우선 1만 장이 출하되었으나 전혀 팔리지 않았다. 발매 후 1주일 동안 팔린 것은 단지 10장. 5주일이 지나도 겨우 50장 정도라고 하는 참담한 상태였다.

2월 25일, 테레사 덩은 여권 사건 이후 5년 만에 일본을 방문했다. 27일에는 아카사카에 있는 호텔 뉴오타니의 크리스탈 룸에서 기자회견이 열렸다. 테레사는 여권 사건으로 소동을 피웠던 일을 사죄하고 일본에서의 활동을 재개한다고 밝혔다. 회견이 끝난 다음에는 미니 라이브가 열렸고, 신곡 〈속죄〉가 소개되었다.

이 무렵부터 오사카, 규슈, 홋카이도를 중심으로 한 유선방송에서 움직임이 보이기 시작했다. 일단 홍콩으로 돌아간 테레사가 2, 3개월마다 일본을 방문하여 캠페인을 반복했기 때문일까. 〈속죄〉는 유선방송에서 점점 순위가 올라갔다.

〈속죄〉의 히트 조짐이 보이기 시작했을 무렵, 아키라는 알고 지내는 부동산 매매업자에게 전화를 받았다. "석양이 비치는 방은 있습니까?” 최근에 이런 물건을 구하는 여성들의 문의가 많다고 알려 주었다. 〈속죄〉의 영향이었다. 테레사는 이 노래의 히트로 지금까지 40대에서 50대에 많았던 팬 층을 30대까지로 넓히게 되었다. 8월에 유선방송에서 1위가 되었을 때 토러스 레코드사의 스태프는 테레사가 자주 들렀던 롯폰기 화상華商회관에 있는 ‘둥이東一’에서 대만 냄비요리 ‘석두화과石頭火鍋’를 차려 놓고 축하연을 베풀었다.

〈속죄〉의 가사를 린황쿤林惶坤이 중국어로 번역하여 〈상환償還〉(償還 : 소원이란 뜻—옮긴이)이란 타이틀을 붙였다.

沈默的嘴唇 還留着淚痕
這不是胭脂紅粉 可掩飾的傷痕
破碎的心靈 流失了多少的情
彌補的謊言 償還的藉口
我不會去當眞 愛的心路旅程
只能夠你我倆個人 不可能是我獨徘徊
也不可能三人行
你可以去找新的戀情 也可以不留一點音訊
但不要償還做籍口 再讓我傷心

본래의 가사에 비하여 당시의 심정과 깊게 공명共鳴하는 내용이 있었던 것일까. 중국어 〈속죄〉를 부를 때 테레사의 눈에는 자주 눈물이 흘러 내렸다. 실연의 아픔이란 틀림없이 자신의 일이었다.

침묵한 입술, 눈물의 흔적

마음의 상처를 연지와 분으로 어찌 가릴 수 있을까요
찢기고 부서진 마음, 수없이 유실된 감정……
당신은 거짓말로 꾸미거나 핑계를 댔지만
나는 진실이라고 믿지 않습니다
사랑의 여정에 당신과 나만 있으면 되요, 나 홀로 사랑할 수는 없어요
세 사람이라도 불가능한 일일 거예요
당신은 새로운 사랑을 찾아 가도 좋고, 내게 연락하지 않아도 좋아요
하지만 이젠 핑계는 그만두고 내게 더 이상 상처를 주지 마세요

테레사는 일본에서의 재再 데뷔곡인 〈속죄〉를 히트시키기 위해 텔레비전과 라디오에 적극적으로 출연했고, 잡지와 신문 등의 취재에도 응했다. 그 결과로서 획득한 것이 일본 유선대상과 전 일본 유선방송 대상의 그랑프리였다. 이 노래는 유선방송 차트에서 1984년 4월부터 1985년 2월까지 연속 41주간이나 베스트 10 이내를 유지했다. 1984년 8월에는 1위를 획득, 오리콘 차트에서도 최고 6위에 랭크되었다. 〈속죄〉는 일본에서 일하는 중국 여성과 필리핀 여성 사이에도 침투했다.

이 시기의 테레사는 영국을 거점으로 삼았다. 처음 런던을 방문한 것은 1984년 9월의 일로, 실연의 상처는 아물지 않았고 콘서트에도 지쳐 있어 가장 기분이 좋지 않을 때였다. 잠깐 쉬면서 기분전환을 하려고 클래식이나 오페라 감상에 시간을 소비했다. 처음에는 호텔에 머물렀지만 곧 맨션을 빌렸고, 친구를 통해 소개받은 오페라 가수로부터 발음과 발성 테크닉을 배웠고 대학의 서머스쿨에도 다녔다.

미키 다카시, 아키라 도요히사가 만든 〈애인〉이 발매된 것은 1985년 2월 21일로 이 작품은 가사가 먼저 완성되었다. 어떤 인기 여성 만화가의 불륜이 화제가 되었을 때 "이것을 소재로 합시다."라고 미사카

테레사는 1985년 〈애인〉으로 홍백전에 첫 출전하는 성과를
거둔다.

히로시가 제안했다. 〈애인〉이라는 타이틀이 먼저 정해졌다. 사회에서
도 '애인'이란 말이 유행하고 있던 시기였다. 여성이 개방적이 되고,
자립하여 멋지게 살아가면 좋다는 풍조가 이 작품의 배경이었다.

아키라는 작품 속에서 게임을 하는 듯한 느낌이 들었다. '尽くして
/泣きぬれて/そして愛されて(애를 써보고/눈물에 젖고/그리고 사랑받
고)', '見つめて/寄りそって/そしてだきしめて(응시하고/몸을 바싹
붙이고/그리고 꼭 껴안고)'라고 말의 끝부분을 'て'로 반복하면 기분이
유쾌해질 거라고 계산한 것이었다.

미키는 테마가 무겁기 때문에 곡조는 가볍게 하고, 주장을 내세우지
않고 겸손한 느낌이 드는 작품으로 마무리했다. 녹음은 런던에 있는
애비로드 스튜디오에서 진행되었다. 비틀즈가 수많은 히트곡을 만들
어낸 장소였다. 미키도 아키라도 〈속죄〉가 히트한 다음의 작품이라 세
상에 어떻게 받아들여질지 불안했다.

테레사는 일본어로 노래할 때 주어진 가사의 내용을 우선 중국어로

이해했다. 가능한 이해한 다음에 노래하고 싶다는 생각을 했기 때문이다. 그러한 자세를 견지하고 있던 그녀는 〈애인〉의 가사를 한 번 읽고서 이렇게 반발했다.

"어째서 제가 이런 노래를 불러야 하나요? 나쁜 일을 부추기는 여자의 노래, 그런 노래를 부르면 테레사도 나쁜 여자라고 여겨질 텐데요."

그러나 일은 일이었다. 테레사는 '중국어로 사랑하는 사람을 의미하는 노래다.'라고 자신을 납득시키고 순수한 마음을 담아서 노래하기로 했다. 가사에 불만이 있었지만 말의 끝부분에 마음을 표현하는 것으로 애달픔을 전하는 독특한 가창법은 여기에서도 뛰어난 솜씨를 보였다.

〈애인〉의 프로모션을 위해 일본을 방문한 테레사는 지난해에 〈속죄〉가 발매되었을 때와 마찬가지로 텔레비전 출연이나 취재에 적극적으로 응했다. 〈애인〉은 유선방송의 신청 횟수(리퀘스트)에서 5월 20일부터 8월 19일까지 1위 자리를 차지했다. 연속 14주간의 기록은 이 시점에서 사상 최장 기간이었다. 판매는 이쓰기 히로시五木ひろし, 모리 신이치 등을 뛰어넘었을 뿐만 아니라 아이돌 전성시대에 있어 마쓰다 세이코松田聖子, 나카모리 아키나中森明菜에 버금갔다. 지난해 〈속죄〉에 이어 올해도 일본 유선 대상, 전 일본 유선방송 대상의 그랑프리를 획득, 테레사는 이 노래로 섣달 그믐날(12월 31일)에 방영된 NHK 홍백전에 첫 출전하는 성과를 거둔다.

그 바로 전인 12월 15일에 NHK홀에서 열린 것이 일본에서는 처음이자 마지막이 된 본격적인 콘서트 《One And Only》였다.

주홍색의 산뜻한 랩어라운드(Wraparound) 드레스를 입고 무대에 등장한 테레사는 긴 머리칼을 핑크빛 천으로 묶었다. 첫 곡으로 〈공항〉

일본에서 가장 신뢰했던 은인 후나키 미노루
씨(구 토러스 레코드 사장)와

을 불렀고, 다음 곡으로 넘어
가는 사이에 이렇게 이야기
를 시작했다.

"여러분, 안녕하세요. 테레
사 덩입니다. 이렇게 와주셔
서 감사합니다. 정말로 반갑
다고 말해야 할까, 9년만의 콘
서트네요. 이렇게 멋진 NHK
홀에서 하게 되어 대단히 기
쁩니다."

정확히는 8년 전인 1977년 4월 22일 도쿄 신바시新橋에 있는 야쿠르
트 홀에서 열렸던 《사랑을 당신에게, 고향은 어디입니까?愛をあなたに
ふるさとはどこですか》라는 타이틀의 콘서트를 가리켰다. 당시 입장료는
모두 자유석으로 2천 엔이었으나 이번 NHK홀에서는 S석이 5천 엔, A
석이 4천 엔이었다. 영화관 입장료가 1,500엔이던 시절이었다.

이후 테레사는 〈아카시아의 꿈〉, 〈고향은 어디입니까?〉, 〈밤의 페
리보트〉 등을 일본어로, 〈선가船歌〉 등을 중국어, 다시 〈The Power Of
Love〉 등을 영어로 불렀다. 앙코르 박수가 계속되는 가운데 다시 모습
을 드러낸 테레사는 새하얀 웨딩드레스 차림으로 〈젤소미나가 걸었던
길ジェルソミーナの歩いた道〉(가도야 겐지門谷憲二 작사, 니와 히로키丹羽応樹
작곡)을 불렀다. 일본 폴리돌에서 발표한 마지막 노래였다.

振り向かないで　ドアをしめていって
あなたの冷めた愛を
いたわりにかえないで

許してあげる　心変わりなんか

あなたの好きな人を
ひたすらに愛してあげて
どれだけ愛したか
それだけがすべてだから
私は大丈夫 こんなに元気よ

ジェルソミーナの歩きつづけた
涙とそよ風の道を
私も今　歩き始める
両手を広げて

돌아보지 말고 문을 닫고 있어
당신의 식어버린 사랑을
위로로 바꾸지 말아줘
용서해줄게, 변심 따윈

당신이 좋아하는 사람을
오로지 사랑할 거야
얼마나 사랑했던가
그것만이 전부이기에
난 괜찮아, 이렇게 기운이 넘치는 걸

젤소미나가 계속 걸었던
눈물과 산들바람이 불던 이 길을
나도 지금 걷기 시작한다

양손을 벌리고

테레사는 "어렵지만 멋진 노래라 가장 좋아한다."고 소감을 말한 적이 있다. 이탈리아 페데리코 펠리니(Federico Fellini) 감독의 명작 「길」의 주제가이기도 했던 '젤소미나'는 아름답고 사랑스러웠지만 슬픈 경험을 하는 영화 속 주인공의 이름이기도 하다. 그 젤소미나를 이미지로 만든 곡에 자신의 인생

웨딩드레스를 입고 NHK홀의 무대에서

을 겹쳐 보았던 것일까. 노래를 마친 테레사는 이따금 웃음을 띠면서 객석에 이야기를 시작했다.

"저, 마지막으로 웨딩드레스를 입고 싶었습니다. 쭉 기회가 없어서 이번에 겨우 신부 분위기를 냈습니다만. 다음에는 결혼 상대가 있으면 더 좋겠네요."

테레사는 일본에서 데뷔했을 때 모리 신이치 쇼에서 노래한 적이 있었다. 그때 모리의 누이동생인 마스미満寿美와 서로 알게 되었다. 그녀가 거의 10년 만에 테레사의 대기실에 얼굴을 내밀었을 때의 일이다. "어떻게 지냈습니까?"라고 묻는 테레사에게 야지마矢嶋라고 성을 바꾼 마스미는 "결혼했습니다."라고 대답했다. 그때 테레사는 대답했다.

“나도 결단을 내려야만 했던 일이 있었습니다. 스물아홉 살 때 결혼을 해야 할지 말아야 할지 갈피를 못 잡았습니다. 하지만 내게는 노래밖에 없었습니다. 부럽네요.”

테레사 덩의 음악 활동이 가장 충실했던 것은 이 시기이다. 1985년에는 〈애인〉의 히트뿐만이 아니라 〈밤의 페리보트〉를 다시 녹음했고, 중국어 버전 〈애인〉, 〈상환〉을 발매했다. 1986년에 들어서자 1월에는 콘서트 라이브 앨범과 비디오가 발매된다. 2월 21일에는 미키, 아키라 콤비의 〈시간의 흐름에 몸을 내맡겨라〉가 발매되어 유선방송에서는 5월부터 8월 사이에 연속 9주간 1위를 획득, 싱글 판매는 2백만 장에 달했다. 〈속죄〉, 〈애인〉은 각각 1백 50만 장이 팔렸는데 그 노래들과는 다른 스탠더드 넘버풍의 〈시간의 흐름에 몸을 내맡겨라〉가 가수 테레사 덩에게 있어서는 최고의 음반 판매기록으로 남게 된다.

미키 다카시는 이 작품을 작곡할 때, 그때까지 사용한 적이 없는 한 음 높은 음을 사용하기로 했다. 미키는 불안했다. 7곡 정도 만든 작품이 모두 채택되지 않았기 때문에 만일 이 곡으로도 안 된다면 작곡가를 바꾸라고 할 작정이었기 때문이다. 미키는 이 작품을 느껴지는 대로 써내려갔다.

아침형 생활을 하고 있던 아키라 도요히사가 작업실에 들어가자 포스트에 카세트테이프와 악보가 들어 있었다. 미키로부터는 “이것으로도 안 되면 그만두겠다.”라고 들은 터였다. 즉시 카세트덱에 테이프를 넣고 스위치를 눌렀다. 미키의 목소리가 흘러나왔다. ‘테레사 덩 A타입’이라고 말한 다음에 미키의 기침 소리가 들어가 있었고, 기타를 조율하는 소리가 흘러나왔다. 아키라의 첫인상은 “도대체 어떻게 된 거야."였다. 그저 담담한 게 음조의 고저강약이 없었다. 그러나 몇 번이나 듣고 있자니 몹시 슬픈 감정이 밀려왔다.

미키의 이 작품이 완성되기 전에 아키라도 테레사의 신곡을 위한 작사에 하도 고생을 많이 해서 이제 그만두어야겠다고 생각했을 정도였다. 그런데 미키의 '최후'의 작품을 듣고 나서 1시간 정도에 가사를 다 써내려갔다. 아키라의 마음속에서는 〈속죄〉, 〈애인〉에 등장하는 여성과 〈시간의 흐름에 몸을 내맡겨라〉의 여성은 놓여진 정황은 다르나 동일인물인 것으로 이미지화했다.

담담한 곡조 중에서 한 음 높아지는 부분이 승부라고 생각하여 여기에 감정을 발산시키는 언어를 사용하기로 했다. 가사로 말하면 'だから/お願い/そばに置いてね(그러니/부탁이에요/옆에 그냥 두어요)'의 'ば'라고 하는 폭발음과 'いまは/あなたしか/愛せない(지금은/당신밖에/사랑할 수 없어요)'의 'な' 부분이다. 이 'ば'라는 하나의 문자 때문에 가사에도 멜로디가 있다는 생각마저 들었다.

완성시킨 작품을 앞에 두고 감개에 젖어있자니 '미키 씨가 쓴 최대의 러브레터네.'라는 생각이 들었다. 오후 1시 반 정도에 아키라는 미키에게 전화를 걸었다. 완성된 가사를 읽어달라고 미키는 말했다.

"오, 도요 씨, 정말 좋네요."

미키는 "한 번 더 읽어 주세요."라고 부탁하고 가사를 받아 적었다.

이 작품의 녹음은 대만에서 진행되었으나 일이 순조롭게 진행되지 않았다. 그 사이 테레사가 "잠시 외출하겠습니다."라고 말하고 2시간 정도 스튜디오를 떠났다. 돌아온 테레사는 "풀에 갔었습니다."라고 했다.

기분전환을 한 후의 레코딩은 아주 잘 진행되었다. 테레사가 고음부분을 약간 괴로운 듯이 부른 것이 결과적으로 애달픈 마음이 잘 표현된 것으로 나타났다. 중저음에서 고음으로 변화하는 노래를 소리를 지르지 않고 노래할 수 있는 것이 테레사의 대단함이었다. 녹음이 끝났을 때 테레사는 "맛있는 요리나 먹으러 가죠."라고 스태프에게 권하고 전복요리를 먹으러 갔다.

레코드가 발매되고 시간이 얼마 지나지 않았을 때의 일이었다. 아키라가 도쿄의 시부야에 있는 도큐東急백화점 근처에 있는 선술집에서 술을 마시고 있을 때 가까운 자리에는 일을 마친 백화점의 여종업원들 7명이 일본 술을 마시면서 직장 얘기를 하고 있었다. 그중에서도 화제를 리드하는 한 여성이 유독 눈에 띄었다. 그런 가운데 가게 내의 유선방송에서 〈시간의 흐름에 몸을 내맡겨라〉가 흘러 나왔다. 그러자 리더 격으로 보이는 한 여성이 말을 멈추고 기도하는 듯이 두 손을 모으고 말했다.

"나 이 노래 좋아해."

7명 중 네다섯 명이 작은 목소리로 노래하기 시작했다. 아키라는 이 노래의 성공을 확신했다.

테레사 덩은 이 노래로 일본 유선대상, 전 일본 유선방송대상의 그랑프리를 3년 연속 획득했다. 사상 처음의 쾌거였다. 수상식이 도쿄 지바千葉에 있는 메르파르크 홀에서 거행되었고, 근처의 레스토랑에서 스태프들과의 축하연이 열렸다. 평상시는 사람들 앞에서 감정을 드러내는 일이 별로 없던 테레사도 껑충껑충 뛰는 등 마치 여학생처럼 기뻐했다. 이때 그녀는 미키 다카시와 아키라 도요히사 두 사람에게 페이

즐리(Paisley) 무늬의 실크 머플러를 선물했다. 테레사는 일본 레코드대상에서도 금상을 획득, NHK 홍백전에서도 〈시간의 흐름에 몸을 내맡겨라〉를 부르게 된다.

그 사이에도 신곡 〈스캔들スキャンダル〉(아키라 도요히사 작사, 미키 다카시 작곡)과 〈시간의 흐름에 몸을 내맡겨라〉의 중국어 버전 〈아지재호니我只在乎你〉가 발매되었다.

1987년 6월 2일에는 〈이별의 예감〉을 발매, 150만 장이 팔린다. 처음에는 이 가사 중에서 프랑스어를 사용할 예정이었기 때문에 미키는 프렌치풍의 화려함을 드러내는 것을 의식했다. 팝스조가 강했던 이 노래는 처음에는 〈고백告白〉이란 타이틀이 붙여졌다. 하지만 그럴 경우 곧바로 가사의 내용이 추측될 거라고 생각한 아키라는 〈이별의 예감〉으로 변경했다. '이별'이란 말이 완전히 드러나지 않을 뿐만 아니라 '이별'의 기미조차 찾아볼 수 없는 가사에 〈이별의 예감〉이란 타이틀을 붙인 것에는 아키라 나름대로의 계산이 있었다.

이 작품은 특히 여성 팬들에게 어필하여 12월에는 일본유선대상 유선음악상을 수상했다. 1988년 1월에는 〈연인들의 신화恋人たちの神話〉를 발매, 7월에 전 일본 유선대상 방송대상 상반기 그랑프리를 〈이별의 예감〉으로 수상했다. 테레사의 나이 서른다섯 살 때이다.

5

테레사 덩이 일본 가요계에서 확고한 자리를 차지했을 무렵, 중국어로 녹음된 그녀의 노래는 개혁·개방 노선을 달리는 중국 사회에도 침투해 들어갔다. 타이베이의 중화체육관에서 열린 15주년 기념콘서트가 중국에서 텔레비전으로 방송된 것은 테레사 덩의 해금의 상징이기도 했다.

1985년 1월 29일, 테레사는 서른두 번째 생일을 싱가포르의 자택에서 혼자 조용히 보내고 있었다. 날짜가 바뀐 30일 오전 0시 12분. 정적을 깨고 전화벨이 울렸다.

"덩리쥔 씨입니까?"

"그런데요, 실례지만 누구신지요?"

"《베이징청년보北京靑年報》의 기자인 관젠關鍵이라고 합니다."

"베이징에서 무슨 일이신가요?"

기자는 이야기를 나누고 싶다고 했다. 짧은 침묵이 흐른 다음 테레사는 이렇게 말했다.

"베이징에서 전화가 왔을 뿐인데 정말 이상한 느낌이 듭니다. 28일에 도쿄에서 돌아왔는데 생일이었습니다. 싱가포르에 일주일 머물고 나서 대만에 있는 부모님 집으로 돌아갈 예정입니다."

"당신께서 표준어가 이렇게 능숙하신지 몰랐습니다."

"그렇습니까."

테레사는 웃으면서 말했다.

"우리는 중국인이니까 자기 나라 말을 하지 않으면 안 되겠지요."

"덩리쥔 씨, 《베이징청년보 · 일요판》에 실린 당신 숙모님의 기사를 보셨나요?"

"오늘 막 보았습니다. 기사를 아주 잘 쓰셔서 감동했습니다. 제가 숙모님 소식을 알게 된 것은 이번이 두 번째입니다. 첫 번째는 작년인데 역시 본토 신문에서 읽었습니다. 이번에 뜻밖에 소식을 접하게 되어 제 자신의 뿌리를 발견한 듯한 기분이 들었습니다. 저는 숙모님을 만난 적은 없습니다만 두 분께서 건강하시다는 것을 알게 되어 대단히

기쁩니다. 언젠가 모두 만나서 아버지 대의 일을 많이 가르쳐 주시면
좋겠어요."

「고향은 황허구도黃河古道 근처―덩리쥔 고향 방문기」라는 기사는
《베이징청년보·일요판》의 1면에 실렸다. 1985년 1월 20일의 일이
었다.

허베이 성 다밍 현의 덩타이춘鄧臺村을 방문한 사람은 한레이韓磊 기
자였다. 그곳에는 테레사의 아버지 덩수웨이가 태어나서 성장한 초가
지붕 가옥이 그대로 남아 있었다. 테레사의 숙모 두 사람을 만나 이야
기를 듣자니 테레사의 아버지가 어렸을 때 어머니를 여의었다는 얘기
등을 말해 주었다. 숙모들은 대만에 나가는 사람들에게 부탁하여 테레
사의 아버지에게 편지를 보냈지만 답장이 오지 않았다는 등의 이야기
도 했다. 기사의 한가운데에는 양친과 함께 웃고 있는 테레사의 사진,
그 오른쪽 아래에는 숙모의 사진이 실려 있었다.

관젠 기자와 테레사의 대화는 다시 계속되었다. 기자는 중국에서도
특히 젊은 세대가 테레사의 노래를 좋아한다고 말했다. 잠시 생각에
잠겼던 테레사가 대답했다.

"3, 4년 전, 제 노래를 본토의 일부 사람들이 듣고 있다는 얘기를 들
은 적이 있습니다. 미국의 텔레비전에서 어떤 미국인 기자가 그렇게
보도하는 것을 보았을 때 처음에는 반신반의했습니다. 하지만 나중에
홍콩에서 만났던 어떤 사람의 말에 의하면 역시 본토에 저의 팬들이
있다고 말했습니다. 그러니 이 얘기는 사실이겠죠. 오늘 베이징에서
직접 전화를 주신 것만으로도 제게는 큰 힘이 되었고 동시에 기쁘게
생각합니다. 게다가 대단히 흥분되네요. 본토의 젊은이들에게도 감격

했습니다.”

기자가 젊은이들이 국가 건설을 위하여 매우 부지런히 일하고 있다고 알려주자 테레사는 신이 나서 말했다.

“중국을 멋지게 건설하는 일은 해외에 사는 화교와 해협을 사이에 두고 양안에 사는 중국인의 공통된 바람입니다. 해외에 사는 중국인은 모두 본토의 건설에 큰 관심을 갖고 있습니다. 어느 나라에 있다고 해도 중국에 관한 화제에는 언제나 열중하지요. 저는 홍콩에서 본 보도에서 본토에서는 지금 현대화와 ‘문명예모文明禮貌(사회 매너 향상)’, 그리고 국가 건설을 제창하고 있다고 들었습니다. 정말 굉장하네요.”

“덩리쥔 씨. 당신의 현재의 활동 상황과 향후 계획에 대해 말씀해 주실 수 있겠습니까?”

기자의 질문에 테레사는 “물론이죠.”라고 대답했다.

“저는 일본에서 3년 계약을 맺어 일본에 자주 가야 합니다. 가수 활동 때문이라기보다는 일본에서의 레코딩을 위해 장기간 일본어 공부와 새로운 레코드를 홍보해야 하기 때문입니다. 텔레비전 방송국이나 라디오 방송국에 가고 잡지 취재에 응할 뿐인데도 시간이 많이 걸립니다. 작년에는 거의 반년 정도 일본에서 일했습니다.”

심야의 대화는 계속 이어졌다. 테레사도 처음의 경계심이 사라지게 되자 자주 웃음소리가 흘러 나왔다.

“바쁘게 일하시는 것 말고 남는 시간에는 어떻게 지내시나요?”

“개인적으로는 그다지 대단한 일을 하는 건 없습니다. 평상시는 집에서 아침식사를 하고, 그 다음은 손수 방을 정리합니다. 오후에는 책을 읽거나 음악을 듣거나 하지요. 6시 정도가 되면 천천히 30분 정도 조깅을 합니다. 요즘 가장 좋아하는 책은 『당시 3백 수唐詩三百首』이고 그 외에도 고전 시와 소설을 읽습니다. 가끔 영양학에 관한 책을 읽는 일도 있습니다. 최근에 다 읽은 책은 마오둔茅盾 선생의 명작 『자야子夜 (한밤중이란 뜻)』입니다. 이 책은 대단히 재미있어요. 내용도 정말 심오합니다."

1896년에 태어난 마오둔은 1928년부터 1930년까지 일본에서 생활한 적도 있는 현실주의 작가이다. 뤼신魯迅의 후계자로 평가되었으며 건국 후에는 문화부장을 역임했다. 『자야』는 1933년에 완성했다. 마오둔은 문화대혁명 시에 공산당으로부터 제명되어 어쩔 수 없이 칩거를 계속하다 1981년에 세상을 떠났다. 나중에 당적을 회복했다.

심야의 대화도 막바지로 접어들고 있었다. 테레사는 마지막으로 이렇게 말했다.

"당신을 만난 적은 없습니다만 그 목소리나 말투가 만난 적이 없는 사람이라기보다는 오랜 친구처럼 느껴지네요. 대단히 놀랐습니다만 생일에 베이징에서 전화를 주서서 정말 기쁘네요. 저의 숙모님들과 고향의 친척들에게도 안부 인사를 전해 주세요. 그리고 당신의 동료들, 모든 친구들에게 안부 인사를 부탁합니다. 본토의 분들이 행복하게 사시기를 진심으로 기원하겠습니다."

베이징과 싱가포르를 연결한 53분, 테레사는 덧붙여 말했다.

"우리는 친구입니다. 앞으로 서로 연락하죠."

바로 몇 년 전까지 '정신오염'이라고 배척되었던 테레사 덩의 육성이 《중국청년보中國靑年報》의 1면 오른쪽 하단에 실린 것은 1985년 2월 1일이었다. 여기에 소개한 대화는 전화 인터뷰한 관젠 기자가 쓴 9백자 정도의 원고에 따른 것이다.

《중국청년보》는 중국 공산주의 청년단 중앙위원회의 전국기관지였다. 관젠 기자가 소속되어 있던 곳은 《중국청년보》의 대표가 역시 대표를 맡고 있는 《베이징청년보》였고, 공산주의 청년당 베이징 시 위원회의 기관지였다. 조직 계통으로 치면 베이징 시 정부의 관할 하에 있는 《베이징일보北京日報》 그룹의 하나였다. 1980년대 이후, 정부로부터 받는 지원금이 감소했기 때문에 각 신문도 독립채산을 강요받아 8할 이상의 비용을 경영 노력으로 해결해야만 했다. 시장원리의 도입이 각 신문사의 경쟁을 부추겼고, 특히 《중국청년보》나 《베이징청년보》는 자주 특종을 내보내는 것으로 인기를 독차지했다.

관젠 기자가 쓴 기사는 큰 파문을 불러일으켰다. 테레사가 중국 기자의 취재를 받았다는 뉴스는 AP통신이나 공동共同통신에 의해 전 세계로 퍼져나갔고, 이를 100곳이 넘는 신문이 보도했다. 신화사新華社와 나란히 어깨를 견주고 있던 중국 국영 통신사인 중신사中新社(중국 신문사)도 '기자의 취재를 받고', '덩리쥔 싱가포르에서 베이징과 국제전화'라는 짧은 기사를 '베이징 31일발'로 타전했다. 거기에는 《중국청년보》에는 게재되지 않았던 테레사의 발언이 소개되었다. 관젠 기자가 쓰지 않았던가, 지면 사정으로 삭제된 부분임에 틀림없다. 테레사는 이런 내용도 말했다.

"이렇게 많은 젊은 팬들이 계시다는 사실에 대단히 감격했습니다. 기회가 있으면 중국에 가고 싶고 젊은이들을 위해 콘서트도 하고 싶습니다. 저의 소원입니다."

콘서트가 가능한지를 묻는 관젠 기자에게 테레사는 자신의 마음을 솔직하게 말했다. "1주일 후, 편찮으신 아버지 문병을 위해 대만에 돌아가고 그 후 곧 일본에 가서 새로운 LP를 위한 녹음이 있어서 지금은 대단히 힘듭니다. 게다가 많은 팬들 앞에서 잘 부르지 못하면 죄송스러운 일이기에 좀 더 시간을 갖고 준비를 잘하고 싶습니다. 이 일은 제가 몇 년이나 계속 생각하던 것이니까요.”

이 ‘새로운 LP’라는 것은 런던 애비로드 스튜디오에서 녹음한 〈애인〉에 아스카 료飛鳥涼가 작사·작곡한 〈지금이라도今でも…〉 등의 커버곡을 더해 제작된 「오리지널 명반 시리즈 2」를 말한다.

이 중신사의 기사가 홍콩, 마카오 등으로 전해지자 정치적 파문이 일거에 확산되었다. 홍콩《명보明報》 등의 각 신문사는 테레사 덩이 베이징의 기자와의 인터뷰에 응했다는 사실을 1면으로 크게 보도했다.

곤혹스러운 것은 대만의 정치가와 미디어였다. 영향력이 있는 테레사가 중국 신문의 취재에 응하고 언젠가 콘서트를 하고 싶다고 밝힌 것은, 중국과의 사이에 긴장이 계속되고 있고 계엄령 하에 있던 대만에 있어 큰 충격이었다. 보도가 큰 파문을 일으켰다는 것을 안 테레사는 대만에 사는 가족의 안전이 걱정되었다.

《중국청년보》에 기사가 나온 다음날인 2월 2일, 대만의 《중국시보》는 ‘테레사 덩, 베이징과 통화? 너무나도 다르다!’라고 보도했다. ‘오보이며 중공中共의 통일전략’이라는 것이었다. 중신사의 기사에는 테레사가 ‘싱가포르에 머물고 있을 때 호텔로 걸려온 전화를 받고 놀랐다.’라고 쓰여 있었다. 《중국시보》에는 테레사의 개인비서인 남동생 창시가 등장하여 싱가포르에는 자택이 있고, 호텔에 숙박하여 인터뷰를 받은 일은 결코 없다는 반론을 제기했다.

방콕에 있는 테레사에게 문의했더니 도쿄 텔레비전 방송국에서 레코드 프로모션(판매 촉진을 위한 선전)을 하고 있을 때 중국에서 온 기자가 말을 걸어왔다고 했다. 테레사가 시간이 없다고 두세 번 말하자 기자는 "대만은 지금 대단히 발전한 상태이므로 중국은 대만을 보고 배우지 않으면 안 된다."고 말했다. 이것이 '전부'라는 것이었다. 《베이징청년보》의 관젠 기자가 '도쿄의 일'을 토대로 창작한 기사라고 전면 부인했다.

대만이나 홍콩에서의 보도 내용을 안 테레사는 자신이 정치적으로 이용당했다는 사실을 뼈저리게 실감했다. 그럼에도 불구하고 심야에 갑자기 전화를 했던 관젠 기자로부터 다시 연락이 왔다.

'인터뷰는 사실이라는 것을 증명하고 싶다.'고 했다. 테레사는 대답했다.

"나는 이제 이 문제에 관여하고 싶지 않습니다. 더 이상 말을 하면 큰 잘못을 범하게 됩니다. 벌써, 좋지 않은 영향이 생겼잖아요."

테레사는 어떤 친구에게는 이렇게 설명했다. 1985년 1월말에 도쿄에서 싱가포르로 돌아가는 도중에 태국에서 2, 3일을 보냈다. 일광욕도 하고 좋아하는 음식인 매운 요리를 즐기는 생활을 보내고 있던 어느 날, 호텔 로비에서 중국에서 온 단체손님과 마주쳤다. 아마 그들 가운데 누군가가 방 번호를 묻고, 《베이징청년보》의 기자에게 연락했던 것일까. 전화가 걸려올 거라고는 꿈에도 생각하지 않았으나 예의상 무심결에 말을 해버렸다. 설마 이러한 대소동이 벌어질 거라고는 생각조차 하지 않았다고 했다

이 설명도 사실이 아니었다. 테레사는 어디까지나 싱가포르의 자택으로 전화가 걸려왔다는 사실을 부정하지 않으면 안 되었다. 베이징의 신문기자와 특별한 루트가 있다고 의심받을지도 몰랐기 때문이다.

대만의 관계당국은 대만으로 돌아와서 사정을 설명하라고 몇 번이
나 요구했다. 그러나 테레사는 일절 응하지 않았다. 1985년 1월 29일
에 싱가포르에 입국한 후 사태가 진정될 때까지 조용히 침묵을 지켰
다. 그녀는 약 한 달 후인 2월 21일 드디어 일본으로 떠났다. 신곡 〈애
인〉이 발매된 날이었다. 테레사는 당시는 물론 그 이후도 이 사건에 대
해서는 매스컴에 단 한마디도 말하지 않았다.

관젠 기자는 싱가포르에 있는 테레사의 자택 전화번호를 어떻게 안
것일까. 시간은 1년 전으로 거슬러 올라간다. 1984년 구 정월에 베이
징에서 《춘절만회春節晚會》라는 오락프로그램이 방영되었다. 거기에
는 홍콩의 연예인이 처음 초청을 받고 출연하여 커다란 반향을 불러일
으켰다. 그 무렵 홍콩에서는 장밍민張明敏이라는 남성가수가 부른 〈아
적중국심我的中國心(중국을 향한 나의 마음)〉이 히트하고 있었다. '친중국
파'인 장은 그해 구정월과 8월에 베이징에서 솔로 콘서트를 열었다. 장
은 콘서트에서 '국가는 통일되어야 한다.', '중국과 대만의 사람들은
하나가 되어야 한다.'고 말했다. 이 발언이 계기가 되어 《중국청년
보》에서 논의가 벌어졌다. '대만 통일'을 위해 테레사 덩을 초빙하여
'귀국 콘서트'를 열자는 의견이 계속해서 나왔다.

《중국청년보》 지도부에서 논의가 벌어졌고, 테레사 덩의 중국 콘
서트를 개최하기 위하여 《중국청년보》의 명의로 초빙하는 것이 결정
되었다. 이 보고서는 중국 공산주의 청년단 중앙위원회로 보내졌고,
중앙위원회의 실무책임자인 왕자오궈王兆國 중앙서기처 제1서기에 의
해 즉각 동의한다는 지시가 내려졌다. 보고서는 다시 덩잉차오鄧穎超
인민정협 전국위원회 주석에게도 회부되었다. 덩은 저우언라이周恩來

의 부인이었고, '전국정협'은 해외화교를 결집하는 것을 목적으로 했던 통일전선 조직이었다. 덩은《중국청년보》에게 해외청년의 단결에 진력하라는 지시를 내렸다.

장밍민의 콘서트가 산시山西성의 성도省都인 타이원太原에서 거행된 것은 1984년 12월 하순이었다. 관젠은 장의 콘서트를 취재하기 위하여 타이원으로 향했다. 그 도중에 장과 동행했던 홍콩의 대표적인 신문(중국계)의 기자를 알게 되었다. 그때 테레사 덩이 화제가 되었다. "취재가 가능할까?"라고 묻는 관젠에게 기자가 말했다. "1월 29일이 테레사의 생일이니 그날 그녀와 이야기를 한다면 의미 있는 일이 될 것일세."

관젠이 연락 방법을 알아봐 달라고 부탁하자 기자는 "해보겠네."라고 흔쾌히 승낙했다.

홍콩으로 돌아간 기자는 테레사 덩 사진의 음화용 필름을 즉시 보냈다. 1985년으로 접어들어, 관젠은 중국 공산당 베이징 시 위원회의 조직부, 선전부, 베이징 국가안전국의 승인을 얻어 베이징 시 차오양朝陽구 징쑹頸松에 있는 자택에 전화를 설치했다. 1월 25일, 홍콩 기자로부터 "최선을 다해 테레사가 사는 곳을 찾고 있다."라는 연락이 왔다. 26일에는 관젠이 홍콩에 "찾았나?"라는 전화를 했지만 "아직 모른다."라고 했다. 테레사의 생일이 다가오고 있었다. 마냥 기다리고 있을 수 없었던 관젠은 27일에도 "어떻게 되고 있나?"라고 다시 연락을 했다. 기자는 "잠시 기다려 달라."라고 대답했다.

1월 28일, 기자로부터 '29일 밤, 내 전화를 기다리고 있기 바람. 반드시 테레사가 있는 곳을 알려 주겠음'이라는 연락이 왔다. 테레사 덩의 생일인 1월 29일이 찾아왔다. 직장에서 빨리 돌아온 관젠은 전화기

옆에서 가슴을 설레면서 기다렸다. 마음속은 '전화가 온다면 어떻게 할까.', '테레사에게 전화한다고 해도 거절당하면 어떻게 할까. 그때는 단지 팬으로서 생일 축하 인사를 전하자.'라는 등 이런저런 생각으로 점점 더 불안해졌다. 질문 항목을 메모 용지에 써놓고 기다리는데 전화가 오지 않았다. 평소에는 일과 관련된 전화가 많았는데 이날 밤은 조용했다. 오후 11시가 지나서 아내와 딸은 잠들어 버렸다.

정적을 깨며 벨이 울렸다. 관젠은 전화기를 급히 집어 들었다. "××군인가?" 그렇게 말하는 관젠에게 "테레사가 사는 곳을 알았네. 메모하게."라는 말이 들렸다.

"싱가포르 733-××××. 부탁받은 일은 끝냈으니 이제는 자네가 알아서 하게나. 관젠, 테레사가 당신에게 전화번호를 어떻게 알았는지 묻더라도 내 이름은 말하지 말게."

기자는 이렇게 말하고 전화를 끊었다. 오후 11시 40분이었다. '좋았어.'라고 관젠은 말했다. 그러나 곧 안절부절못하기 시작했다. '성공할 수 있을까, 없을까.'라는 이유만으로 불안했던 것은 아니다. 지도부와 아무런 상의도 하지 않은 상태라 테레사에게 전화를 하여 만일 인터뷰를 할 수 있다고 해도 편집장이 원고를 채택하지 않을지도 몰랐다. 관젠은 수화기를 들고 할까 말까 고민했다. 자고 있는 아내와 딸의 얼굴을 보면서 내린 결론은 '위험성이 있는 만큼 가치는 있다.'는 것이었다.

관젠은 국제 장거리 전화를 신청했다. 30일 오전 0시 9분이 되었다. 오퍼레이터가 말했다.

"관젠 씨, 장밍민 씨에게 연결하는 겁니까?"

여러 번 장에게 전화를 한 적이 있어 이번에도 홍콩에 건다고 생각했던 것이다. 관젠은 대답했다.

"아닙니다. 싱가포르에 있는 덩 씨와 연결하고 싶습니다."

관젠은 굳이 풀 네임을 말하지 않았다. 싱가포르에 전화가 연결된 것은 오전 0시 12분이었다.

베이징에서 걸려온 전화라는 것을 알고 테레사는 30초 정도 침묵한 다음 생각을 하면서 천천히 말하기 시작했다.

"어떻게 베이징에서 전화할 수 있나요, 당신은 어디에 있습니까?"

질문을 받은 관젠은 자택 주소를 알려 주었다. 테레사는 다시 질문했다.

"어떻게 제 주소와 전화번호를 알았습니까?"

"1년간 찾은 끝에 겨우 당신이 사는 곳을 알게 되었습니다."

관젠의 대답에 테레사는 당황하면서 말을 계속했다. 53분 동안의 대화가 끝났을 때 관젠은 극도로 흥분해 있었다. 잠자고 있던 아내를 깨워서 "누구와 전화했는지 알아?"라고 말하기 시작했다.

《베이징청년보》의 기자인 관젠의 원고가 《중국청년보》의 1면을 장식할 수 있었던 것은 테레사 덩을 초빙하고 싶다는 《중국청년보》의 보고서가 중국 공산주의 청년단의 최고 간부인 왕자오궈와 '전국정협' 주석인 덩잉차오에 의해 이미 승인되었기 때문이다.

6

테레사 덩이란 일개 가수를 사이에 두고 중국과 대만의 경쟁이 치열해졌다. 중국에서는 1986년 12월에 베이징의 문화예술 출판사에서 「등려군 자선연창가곡 225수鄧麗君自選演唱歌曲225首」, 또한 광저우의 링난嶺

南 미술 출판사에서 「등려군 서정가곡영집鄧麗君抒情歌曲影集」이 발매되었다. 어느 저작에도 《베이징청년보》의 관젠 기자가 편저자로 되어 있었다. 전자의 후기後記에서 관젠은 '대리인'을 통하여 '모든 악보는 테레사 본인이 제공했다.'라고 썼다. 이 출판물의 선전을 위하여 관젠 기자는 '대리인'을 통해 테레사 본인이 직접 쓴 글과 사인을 받았다. 테레사는 '親愛的朋友們! 願我的歌聲給你們帶來快樂!(친애하는 여러분! 제 노래가 여러분들에게 즐거움이 되기를 바랍니다!)'라고 호텔에서 사용하는 A4사이즈의 메모 용지에 썼고, '덩리쥔 1985년 3월 12일'이라고 서명했다. 테레사는 언젠가 중국에서 콘서트를 할 수 있으면 좋겠다고 생각했기 때문에 자신의 작품이 보급되는 일에 조금도 주저하지 않았다.

1987년에는 〈시간의 흐름에 몸을 내맡겨라〉의 중국어 버전 〈아지재호니〉가 빅히트한다. 중국 정부의 문화부(문부성에 상당한다) 예술위원회 부주임 우레이吳雷가 광둥성 주하이珠海 시에서 행한 연설에서 "과거 우리들의 덩리쥔에 대한 비판은 설사 정치상이든 예술상이든 간에 어느 것에도 잘못이 있었다."라고 말한 것도 이 무렵이었다.

한편 대만에서는 음악계 사정이 급변했다. 1987년 7월 15일에 계엄령이 해제되었기 때문이다. 1949년 5월 20일에 계엄령이 실시되고 나서 38년이 지났다. 집회와 결사의 자유가 허용되었을 뿐만 아니라 대만에서의 중국 방문도 해금되었다. 계엄령 아래에서는 가사가 반애국적이거나 퇴폐적이라는 평가가 내려지면 방송 금지가 되는 일이 보통이었다. 테레사의 노래조차 비판받던 시기가 있었다. 그러나 계엄령이 해제되자 새로운 레코드사가 설립되고 음악계에도 활기가 생겨났다.

대만의 중국어 팝송이 개혁·개방 노선으로 나아가고 있던 중국에도 침투했고, 그 중에서도 테레사 덩의 노래가 압도적인 지지를 얻게 되었다.

1987년 10월 25일부터 11월 1일까지 중국 공산당 제13회 전국대표대회가 베이징의 인민대회당에서 개최되었다. 거기에서는 자오쯔양趙紫陽 총서기 대행이 중앙위원회 보고를 했고, 개혁·개방 노선을 더 한층 강력히 추진하자는 내용을 보수파를 포함한 전체가 합의했다. 1986년에는 민주화를 요구하는 학생운동이 베이징, 상하이, 안후이 등에서 일어났으나 덩샤오핑은 이를 탄압했고, 1987년 1월에 후야오방 총서기를 사임시키고 부르주아 자유화 반대를 강조했다. 그러나 그 한쪽에서 덩은 후야오방의 후계로 개혁에 적극적인 자오쯔양을 지명한 것이었다.

이 대회는 사상 처음 외국 보도진에게 공개되는 것으로도 화제가 되었다. 개회 당일 자오쯔양 보고와 폐회 당일로 한정된 공개였으나 그래도 3백 명이 몰려들었다. 이 회장에서 해프닝이 벌어졌다. 오전 9시 개회 전에 대회의 부드러운 이미지를 연출하기 위한 시도로써 당시 중국에서 유행하고 있던 〈세계에 사랑을世界に愛を〉이란 노래를 회장에 흘러나오게 했을 때였다. 느닷없이 테레사 덩의 노래가 일본어로 흘러나온 것이었다.

飮めと言われて　素直に飮んだ
肩を抱かれて　その気になった
馬鹿な出逢いが　利口に化けて
よせばいいのに　一目惚れ

浪花節だよ　女の女の人生は

마시라고 하기에 순순히 마셨다
어깨를 안겨서 마음이 흔들렸다
어리석은 만남이 영리함으로 바뀌어
그만두면 좋으련만 한눈에 반해
나니와부시야, 여자, 여자의 인생은

〈나니와부시야, 인생은浪花節だよ人生は〉(후지타 마사토藤田まさと 작사, 요모 마사토四方章人 작곡)이다. (浪花節 : 나니와부시なにわぶし, 샤미센三味線의 반주로 하여 보통 의리나 인정을 노래한 일본 고유의 대중적인 창唱—옮긴이) 이 노래는 1981년에 호소카와 다카시細川たかし, 스이젠지 기요코水前寺清子, 기무라 도모에木村友衛 등 17명의 가수들이 경합하여 화제가 되었다. 직원의 착오로 잘못 섞여 들어갔다고 했지만 자유화를 바라는 심벌로써 의도적으로 내보냈을 가능성도 있었다.

중국에는 베이징, 상하이, 난징南京 등에 음악 흥행을 위한 프로덕션이 있었다. 베이징에 있는 회사에서 홍콩 폴리돌을 통하여 테레사 덩에게 콘서트 의뢰가 온 것은 1988년의 일이었다. 중앙 텔레비전 방송국의 초청장에는 이렇게 적혀 있었다.

덩리쥔 귀하
해협 양안의 문화교류를 촉진하고, 양안 동포의 유대를 공고히 하며, 조국의 번영, 융성이라는 염황자손炎黃子孫(중국인을 가리킴)의 공통적인 바람을 표현하기 위해 《제3회 해협의 소리 음악회》에 이어서, 금년 중추절 9월 23일부터 9월 25일, 전국대만동포연합회, 중국음악가협회, 중앙 인민

라디오·텔레비전 방송국, 중앙 텔레비전 방송국, 해협의 소리 라디오·텔레비전 방송국은 베이징에서 《제4회 해협의 소리 음악회》를 공동 개최합니다. 개최 시에는 전국 각지의 예술가들이 같은 장소에 모임과 더불어 중앙 인민 라디오·텔레비전 방송국, 중앙 텔레비전 방송국, 해협의 소리 텔레비전 방송국은 실황을 녹화하여 전국에 방송할 예정입니다.

이를 위해 부디 귀하께서도 베이징에 오셔서 음악회 출연과 함께 텔레비전 녹화에도 참가해 주시기를 부탁드립니다. 만일 동의하신다면 참가 출연 시에 부를 4곡을 지급으로 알려주시고 또한 반주음악 테이프를 준비해 주시기를 부탁드립니다. 베이징 출연에 관계되는 왕복 교통비, 베이징에서의 식사·숙박비에 대해서는 당 주최 조직위원회 측에서 부담합니다. 아무쪼록 귀하께서 지원해 주시길 희망합니다. 감사합니다.

중앙 텔레비전 방송국
중화 전국 대만동포 연합회
중국음악가협회
중앙인민 라디오 방송국
해협의 소리 라디오 방송국
1988년 4월 4일

중화 전국 대만동포 연합회는 중국 공산당이 지도하는 통일전선 조직인 중국인민 정치협상회의에 소속되어 있는 조직이었다. 테레사는 느닷없이 전달된 의뢰에 회의적이었다. 이런 음악회에 참석할 수 있는 사람들은 필시 일반 서민이 아니라 간부나 그 가족일 거다, 그렇다면 가수와 청중과의 사이에 진정한 감동이 생기지 않는다. 그렇게 생각했기 때문이다. 글만 보더라도 초대의 배경에 정치적 의도가 느껴졌기에 초대는 거절하기로 했다. 그렇지만 중국으로부터의 접근은 계속되었다.

특히 열성적이었던 것이 신화사였다. 신화사는 중국의 국영통신사
로 홍콩에 분사를 두고 있었다. 1997년 7월 1일 홍콩이 반환되기 전까
지는 중국 정부의 실질적인 대표기관이기도 했지만 내부에서는 ‘중국
공산당 홍콩 · 마카오 공작위원회’라고 불려지고 있었다. 그 임무의 하
나가 재계인이나 문화 · 지식인에게 접촉하는 통일전선 공작이었다. 신
화사가 테레사에게 접촉한 배경에는 3년에 이르는 중국 공산당 내부의
검토를 거친 명확한 정치적 의도가 숨어 있었다.

7

《베이징청년보》의 관젠 기자가 싱가포르에 있는 테레사 덩에게 전
화를 하고 난 이후, 베이징 시의 공산당 지도부 내부에서는 이런저런
움직임이 있었다. 중국 공산당 베이징시 위원회의 문교 부서기였던 쉬
웨이청徐惟成은 《베이징청년보》 편집장에게 4가지 항목의 지시를 내
렸다. 그것은 ①관젠은 테레사 덩을 취재한 일에 대해 심각한 자기 점
검을 할 것, ②관젠은 잠시 기자직을 그만둘 것, ③《베이징청년보사》
는 대회를 열고, 관젠은 그 자리에서 자기비판을 할 것, ④이 건에 대해
서는 《베이징청년보》의 지도자에게도 책임이 있다는 것이었다.

관젠 기자는 즉각 지도기관에 호출되었다. 인터뷰를 하는 것이 타
당한지에 대해 사전에 지시를 요청하지 않았기 때문이었다. ‘대對 대만
업무라는 중대한 문제’를 개인이 제멋대로 판단한 것은 규율 위반이라
고 비판받았다. 중국 공산당원인 관젠은 ‘교훈을 이해하고 경험을 총
괄할 것을 결의하며, 당의 지도 아래 향후 일을 보다 확실하게 하겠습
니다.’라는 자기비판을 했다.

그러나 관젠은 기사의 국제적 반향에 도움을 받았다. ‘부외비部外秘’

인 「청년문제참고靑年問題參考」(1985년 2월 9일)는 관젠의 기사가 홍콩, 마카오를 통해 서방측에서 화제가 되었다고 보고했다. 이 문서는 베이징 시장인 천시통陳希同, 중국 공산당 베이징 시 위원회 부서기이자 베이징 시 규율검사위원회 서기(규율문제 책임자)인 찌아춘왕賈春旺과 당의 지도기관에 제출되었다. 또한 '주의보존注意保存'에서 오전, 오후 매일 2회 발행된 당 중앙과 정부 간부를 위한 '참고자료'(1985년 2월 12일 오후 판)에서도 대만에서의 반향이 소개되었다. 찌아춘왕은 관젠에게 보고를 요구했다. 중국 공산당으로서 테레사가 무엇을 생각하는가를 알고 싶다는 것이었다. 무거운 처분만 기다리고 있던 관젠은 찌아춘왕에게 구원을 받았다.

관젠 기자가 테레사에게 전화 인터뷰를 했을 때 그녀는 《베이징청년보 성기간星期刊》의 기사를 읽었다고 말했다. 그 기사에는 "만일 그녀가 돌아온다면 당신은 어떻게 할 겁니까?"라는 질문을 받은 숙모의 대답이 적혀 있었다.

"우리는 글을 쓸 줄 모르니 대신에 편지를 써서 보내줘. 거기에다, 내가 2년 정도 천식을 앓고 있는데 약을 먹은 적이 없으니 그 애가 뭔가 처방해줄 수 있도록……."

테레사는 이 대목이 대단히 마음에 걸렸다. 그래서 루원짜오陸文藻라고 하는 지인과 상의한 후, 2월 중순에 관젠 기자 앞으로 천식 치료약 4병을 보냈다.

루원짜오는 홍콩의 주룽다즈루九龍達之路에 살고 있던 상하이 출신의 인물이었다. 루원은 테레사 덩의 팬으로 기성의료품 수출업을 경영하면서 교우 범위가 넓은 것을 이용하여 자주 테레사의 홍보 활동에 협력했다. 테레사가 홍콩을 떠나 있을 때에는 어머니 자오쑤구이의 말 상대도 되어 주었다.

루원짜오에게 편지와 천식 치료약을 받은 관젠 기자는 '테레사 덩이 숙모에게 약을 보내달라고 내게 부탁했다.'라고 지도부에 보고했다. 중국 공산당 베이징 시 위원회의 허가를 얻은 관젠 기자는 1985년 3월 8일에 허베이 성 다밍 현 덩타이춘으로 향했다. 테레사의 아버지가 태어나고, 숙모가 살고 있는 지역이었다. 현縣 정부와 현 대만縣臺灣 관계 사무소 등 관계 부문의 책임자를 동행하고 두 사람의 숙모에게 약을 전했기 때문에 마을에서는 대소동이 벌어졌다. 숙모는 테레사 앞으로 보내는 편지를 관젠에게 부탁했다. 이 사건은 동행한 베이징 텔레비전 방송국에 의해 수록되어 《덩리쥔의 고향을 가다》라는 타이틀로 방송 되었다.

3월 17일, 베이징에서 광저우로 날아간 관젠은 19일 오후, 중국호텔 에서 처음 루원짜오를 만났다. 관젠이 나중에 대리인이라고 표현한 인물이다. 중국에서 콘서트를 열기 위한 구체적인 구상은 이 만남에서 출발했다. 루원짜오는 콘서트는 베이징과 상하이에서 가능한 1986년 상반기에 개최하고 싶다고 말했다. 루원은 테레사가 이렇게 말했다고 관젠에게 전해 주었다.

"이 문제는 몇 년이나 생각한 일입니다. 미국, 일본, 동남아시아에 서 콘서트를 하는 당당한 중국인 가수인 내가 나의 동포를 위해 노래 할 수 없는 일 따위는 있어서는 안 되겠죠."

루원짜오는 테레사의 의향이라며 콘서트 개최를 위한 자금에 대해 서도 상세히 제안했다. 한 가지 방법은 일본, 미국, 영국 등의 기업에서

기금을 모으는 것인데 테레사는 "이는 가장 좋은 방법이 아니다."라고 말했다고 한다. 그녀가 '좀 더 나은 방법'이라고 말한 내용은 전용 CD를 제작하고 중국용으로는 카세트테이프를 판매한다는 것이었다. 티켓 수입과 외국 텔레비전 방송국에서 얻은 방송 수입은 전부 기부한다고 했다. 50퍼센트는 중국의 문화예술기금회 또는 신체장애자 복지지원 기금으로, 30퍼센트는 대만의 문화예술 기금회로, 20퍼센트는 홍콩의 문화예술 기금회로 한다는 것이었다.

5월 중순, 관젠 기자는 다시 루원짜오를 만났다. 그 자리에서 테레사의 숙모가 그녀 앞으로 쓴 편지와 마을에서 찍은 20여 장의 컬러 사진을 건네주었다. 5월 하순에 테레사의 어머니와 남동생이 그것을 홍콩에서 받아서 대만에서 요양 중이던 테레사의 아버지에게 보여 주었다. 편지와 사진을 손에 든 덩수웨이는 큰 소리로 울면서 이렇게 말했다.

"나는 큰 병을 앓고 있는 몸이다. 필시 살아 있는 동안에 다밍 현에 있는 우리 집에는 돌아가지 못할 거다."

관젠 기자는 3월에서 11월 사이에 광저우, 선전深圳, 상하이, 베이징 등에서 열세 번, 루원짜오를 만났다. 그러나 중국 공산당 베이징 시 위원회의 지도부 중에는 관젠의 행동을 탐탁치 않게 생각하는 자도 있었다. '테레사 덩과 관련이 있는 문제는 관계 부문에 인계하는 것이 좋겠다.'라는 것이었다. 어디까지나 자신의 일로 하고 싶었던 관젠은 중국 공산당 베이징 시 위원회의 찌아춘왕, 통일전선공작부, 공청단 베이징 시 위원회, 《베이징청년보》의 간부들을 모이게 하고 테레사 덩의 콘서트를 녹화한 테이프를 실제로 보여 주었다.

1985년 11월 2일 밤, 베이징 시 쉬안무宣武 구에 있는 톈차오天橋극장에서 《남강북조(방언 : 南腔北調) 콘서트》가 저녁 때 개최되었다. 이 톈차오 극장은 중국에서 처음으로 탄생한 오페라나 발레 공연을 할 수 있는 시설이었다. 관젠은 이 극장에서 중국 공산당 중앙서기처의 서기가 되어 있던 왕자오궈의 모습을 발견했다. 기회는 이번뿐이라고 생각하고 왕이 있는 자리로 다가선 관젠은 "자오궈 동지, 잠시 드릴 말씀이 있습니다."라고 말을 건넸다. 왕자오궈는 "테레사 덩 일인가?"라고 웃으면서 말했다. 관젠은 "그렇습니다."라고 말하고 테레사에 대한 보고를 시작했다. 왕자오궈는 잠시 애기를 듣고 나더니 이렇게 말했다.

"내 자신은 테레사 덩 초빙에 찬성이다. 이렇게 해주게. 곧 보고서를 작성하여 내게 우편으로 보내 주지 않겠는가."

관젠은 내심 대단히 기뻤다. "우편으로 보고서를 드리는 겁니까?"라고 말했더니 왕자오궈는 "그 건은 정확히 인계하겠다. 받을 테니까 보내 주게나."라고 대답했다.

관젠은 왕자오궈 앞으로 '테레사 덩에 대한 전화 인터뷰 이후의 상황보고'라는 A4용지 10장의 문서를 11월 13일 날짜로 제출했다. 이 보고서는 《베이징청년보》의 점검을 거쳐 15일에 왕자오궈에게 보내졌다.

관젠은 보고서에서 테레사 덩의 콘서트를 중국에서 개최하기 위한 조건 등을 기록하는 것과 함께 그녀에게 대만통일정책 중에서 차지하는 위치를 부여해 줄 것을 제안했다. 예들 들면 이런 내용이 있다.

저는 테레사 덩이 조국을 열렬히 사랑하고 통일을 갈망하며, 또한 장기적인 시야를 갖고 있는 대담하고 사려 깊은 이상을 품은 걸출한 젊은이라는 걸 강하게 느꼈습니다.

그녀의 모든 표현은 중국에 대한 신뢰이며 우리 당의 방침에 대한 신뢰이

며 우리 조국이 반드시 평화통일이 될 거라는 아름다운 미래에 대한 신뢰
입니다.

관젠이 이렇게까지 과장되게 쓴 이유는 싱가포르건 일본에서건 테
레사 덩을 만나는 일을 자신의 정식 임무로 하고 싶었기 때문이다.
　관젠은 1985년 7월부터 1986년 여름까지 약 1년에 걸쳐 중국 공산
당 베이징 시 위원회, 같은 당 통일전선공작부, 문화부, 공산당 중앙서
기처, 국가안전부의 지도자들에게 테레사 덩에 대한 보고서를 계속 보
냈다. 동시에 전국총공회, 인민대표대회의 대표, 후야오방의 장남인
후더핑胡德平 등, 몇 곳의 루트를 통해 테레사의 베스트 앨범 카세트테
이프를 후야오방 총서기 등의 지도부에 보냈다. 그 결과 지금까지 관
젠 개인에 의한 '단선單線'이 아니라 중국 공산당 중앙선전부의 지도
하에 있는 국무원(중앙정부)의 문화부와 당의 통일전선 공작부가 중심
이 되어 테레사 덩을 본토에 초빙하기 위한 '창구'가 만들어졌다. 1986
년 6월의 일이었다.

1986년 7월 18일, 상하이의 진장錦江 호텔 717호실에서 루원짜오와
테레사 초빙을 위하여 설치된 기관의 책임자가 회담을 했다. 테레사
덩이 중국을 견학, 방문하고, 콘서트를 개최할 기회가 무르익은 것이
다.
　테레사는 콘서트가 정치적 색채를 띠는 것을 피하고 싶어 문화부나
선전부 등이 아니라 전국적인 민간 문화예술단체, 예를 들어 전국 청
년연맹이나 중국 국제문화 교류센터와 같은 부문에서 개최하기를 희
망했다. 루원은 그렇게 말했다.
　콘서트는 베이징에서 다섯 번, 상하이에서 세 번으로 하고 테레사가

머물 수 있는 최장기간은 1개월로 했다. 루원은 테레사가 항저우杭州를 관광하고 싶어 한다는 뜻을 전했다. 그에 대해 책임자는 항저우 이외에 시안, 구이린桂林 등을 관광해도 좋다고 제안했다.

이때 콘서트를 열기 전에 테레사 본인과 직접 만나서 의논을 할 수 있는지가 화제가 되었다. 한 가지 계획은 '극비리에 안전이 보장된 상태에서' 테레사가 중국에 들어오는 것이었다. 또 한 가지는 화교가 비교적 적고 환경도 안전한 제네바나 빈에서 몰래 만나는 계획이었다. 루원은 두 번째 계획이 좋겠다고 대답했다.

관졘은 '루원짜오 선생과의 회담에 관한 상황 보고'라는 '기밀'문서를 7월 23일자로 찌아춘왕에게 제출했다. 루원은 8월 12일에 홍콩에서 테레사를 만나서 7월 회담 상황을 보고했다. 이때 테레사는 중국에서 콘서트를 하는 것에 특별한 문제는 없으나 단 한 가지 우려되는 일이 있다고 말했다. 그것은 셋째 오빠의 일이었다. 오빠는 1년 전부터 국방부 연수를 위하여 미국에 파견되어 있었다. 그러나 유학 과정이 종료되기 때문에 1986년 8월에 귀국할 예정으로 되어 있었다. 중좌인 오빠는 1986년 중에 소장이 되고, 연내에 결혼할 예정이었다. 만일 테레사가 바로 중국에서 콘서트를 연다면 오빠의 승진에 영향을 미칠지 모른다고 생각했던 것이다.

8월 14일과 16일에 광저우에서 루원을 만난 관졘은 8월 20일자로 찌아춘왕에게 보고서를 제출했다. 찌아춘왕은 1985년 9월에 국가안전부의 부장으로 취임해 있었다. 국가의 방첩 업무를 전문으로 하는 부서였다. 즉시 관계부국에서 검토에 들어갔다. 그 결과, 테레사 덩이 중국 대륙에서 인기가 있고, 대만도 역시 그녀를 이용하고 있다는 사실과 더불어 오빠 가운데 군인이 있다는 것 등이 정치적 조건으로 감안 되어 베이징, 상하이에서의 콘서트를 대만 통일전략의 중요한 과제로서 추진하는 것으로 결정했다.

관계기관에서 검토한 결과, 외교부에 임무가 주어졌다. 구체적으로는 신화사 홍콩분사가 공작 임무를 맡게 되었다. 관젠 기자의 개인적인 관심으로 시작된 테레사 덩에 대한 접촉은 이렇게 하여 국가 레벨의 과제가 되었다.

신화사 홍콩분사 부사장인 챠오쭝준喬宗准은 1944년 7월에 챠오관화喬冠華의 장남으로 태어났다. 챠오관화는 중국 정부(국무원)의 외교부장 등을 역임한 최고 간부 중의 한 사람으로 외교부 부부장이던 1972년의 '미·중 영수회담'에서는 저우언라이 총리의 부하로 키신저 국가안전보장 담당보좌관과의 사이에서 '상하이 성명서' 작성에 전념했다. 신화사는 국무원의 사업 부문인 국영통신사였다. 챠오쭝준은 나중에 UN 제네바 대표사무소의 대표(대사와 동격), 외교부 지도성원을 역임한다. 그 챠오의 아내 펑옌옌彭燕燕이 홍콩의 사교계에서 활약하는 테레사의 친구인 허리리에게 그녀와 식사할 수 있는 기회를 만들어 달라고 부탁했다.

테레사는 어머니 자오쑤구이와 중환中環에 있는 중국은행 홍콩 지점 근처에 있는 회원제 클럽으로 나갔다. 그 안에 있는 상하이 요리를 전문으로 하는 레스토랑에서 만나기로 되어 있었다.

인사를 하고 세상 이야기를 하는 중에 챠오쭝준이 중국에서 노래를 불러줄 수 없는지, 아무렇지도 않은 듯이 의사를 타진해왔다. 구체적인 조건은 말하지도 않고 단지 "꼭 와주시길 바란다."라는 말만 반복했다.

그 회식을 계기로 펑옌옌은 매일같이 테레사에게 전화를 걸었다. 식사를 함께 하는 일도 자주 있었다. 그때마다 콘서트 개최를 넌지시 비추었기 때문에 어느새 테레사의 마음속에는 베이징에 가고 싶다는 기분이 점점 강하게 자리 잡았다.

그 생각을 챠오쭝준 측에게 말하지는 않았다. 정치적으로 해결하지 않으면 안 될 난제가 몇 가지나 있었기 때문이다. 중국에서의 콘서트를 받아들이기 위해서는 대만 정부의 승인을 받아야만 했다. 테레사는 대만으로 돌아왔을 때 비서격인 남동생이나 군인인 오빠와 함께 관계자에게 타진을 했다. 몇 곳의 프로덕션에서 이야기가 오고 있는데 특히 신화사가 열성적이라는 말을 전했더니 신문국장이던 샤오위밍邵玉銘은 "듣지 않은 일로 합시다."라고 말했다. 테레사 측은 그 대화를 분위기 상 "동의하지는 않지만 묵인할 것이다."라는 뜻으로 받아들였다.

테레사는 중국에서의 콘서트를 구체적으로 생각하게 되었다. 상하이로 가면 겨우 1만 명 정도의 관객으로 필시 정부나 공산당의 간부 등 선택받은 특별한 사람들만이 참석하게 될 것이었다. 노래를 들려주고 싶은 사람들은 어디까지나 일반 시민이었다. 이미지는 점점 부풀어 올랐다. 베이징 중심에 있는 톈안먼에서 100만 명을 모아 무료로 콘서트를 열 수는 없는가. 누구라도 들을 수 있는 콘서트가 만일 실현된다면 의뢰를 받아들여도 좋다. 한 번도 방문한 적이 없는 중국 본토는 양친의 출신지이기도 하다. 그 땅에서 노래하는 장면을 상상할 때마다 마음은 고조되어갔다.

그러나 테레사 덩의 마음을 움직였던 100만 명 콘서트 구상은 예상치 않게 발생한 국제적인 사건에 의해 무참히도 깨져버린다.

제4장

슬픈 자유

1

영국이 청나라와의 아편전쟁에서 승리하여 홍콩을 점령한 것은 1842년의 일이다. 제2차 아편전쟁(1860년)에서 지룽을, 다시 신제新界를 점령 지역으로 추가하여 1997년에 중국에 반환되기까지 홍콩은 영국의 영토가 된다. 이 홍콩의 최남단에 인구 2천 명의 최대의 취락이 있었다. 바로 츠주이다. 영국은 당초 여기를 통치의 거점으로 삼았다.

그 뒤 1세기 남짓 세월이 지나는 동안에 츠주는 바다가 바라다 보이는 고급 주택가로 모습을 바꾸었다. 1987년, 테레사 덩은 그때까지 살고 있던 츠주의 맨션을 떠나서 츠주 자메이다오佳美道 18번지에 지은 2층 건물을 구입했다. 부지는 약 700평방미터, 건물은 약 320평방미터로 영국인 의사가 소유했던 집을 700만 홍콩달러(약 9,700만 엔)에 입수한 것이었다.

테레사는 홍콩에 거처를 마련한다면 첸수이완이라고 생각했다. 영국인이 살았던 고급 비치 리조트이고 영화《모정》의 모태가 되었던 지역이다. 그러나 '얕은 만'에서는 용龍이 살 수 없다고 테레사는 생각했다. 중국에서는 황제건 서민이건 간에 용을 좋아한다. 상서로운 동물이라고 생각하기 때문이다. 특히 테레사의 입장에서 보면 생년월일이 음력으로는 1952년 12월 15일로 용띠였기에 용에 특별한 애착을 품고 있었다.

첸수이완에서 다시 남쪽으로 내려간 곳에 츠주가 있다. '주柱'(즉 기둥)라면 용이 휘감을 수가 있다. 더구나 주소는 '18번지'였다. 테레사는 '8'이란 숫자를 좋아했다. 츠주에 거처를 마련하는 데는 이러한 경위가 있었다.

자메이다오(Carmel Road)에서 츠주춘다오赤柱村道(Stanley Village Road)에 들어서서 오른쪽 길로 올라가다 보면 왼쪽에 있는 것이 테레사의 저택으로 문 앞에서는 츠주만을 바라볼 수 있다. 연두색을 띤 원형의 석벽에는 금이 갔지만 테레사는 문을 핑크빛으로 새롭게 다시 칠하고, 핑크빛 우편함도 내걸었다. 여름철에는 백일홍의 멋진 꽃이 활짝 피어있어서 도로에서도 눈에 들어올 정도다.

격자무늬가 촘촘하게 디자인되어 있는 계단을 올라가면 현관 입구의 오른쪽에는 우산꽂이로 사용되던 붉은색의 기하학적인 무늬가 들어있는 노랑색 도기가 놓여있다.

현관에는 금박을 입힌 천에 홍백색의 꽃잎 무늬가 수놓아져 있는 부채가 목제 테이블 위에 장식되어 있다. 그 좌우에는 물고기 모양으로 디자인된 청동 촛대에 핑크빛 양초가 꽂혀 있다. 핑크빛으로 칠해진

벽에는 중국어 액자가 걸려 있다.

少年易老學難成 一寸光陰不可輕 未覚池塘春草夢 階前梧葉已秋聲
소년은 늙기 쉽고 학문은 이루기 어렵도다
일촌의 광음도 가볍게 여기지 말거라
연못가 봄철의 즐거운 꿈이 아직 깨지도 않았건만
계단 앞 오동잎에는 벌써 가을바람 불고 있구나

일본 무로마치室町 시대의 어떤 스님이 지었다는 작자 미상의 유명한 시이다. '젊다고 생각해도 금방 나이를 먹으니 열심히 공부하지 않으면…….'이라고 노래한 시는 아무리 봐도 테레사의 심정을 나타낸 듯하다.

바로 옆에는 갈색 목제 의자가 놓여있다. 그 안이 거실이다. 흰색 커튼이 걸려있는 원형의 창가에는 연두색 소파가 있다. 테레사는 거기에 앉아서 신문을 읽는 일이 습관이 되어 있었다. 커튼을 열면 멀리 바다를 볼 수 있다. 테레사는 여기에서 바라보는 경치를 좋아하여 이 장소에 잠시 멈춰 서있는 일이 많았다.

거실에서 복도를 사이에 두고 화장실이 있고 그 옆에는 다다미 여섯 장 정도 넓이의 작업실이 있다. 거기에는 많은 의상과 함께 《가야마 유조加山雄三 쇼》, 《나쓰키 시즈코夏樹静子 서스펜스 아무도 모르는 살의》라는 라벨이 붙어있는 비디오, 마쓰다 세이코의 음악테이프, 『뤼쉰전집魯迅全集』, 『한위시선韓魏詩選』, 대만 작가인 가오양의 작품 가운데 『청조적황제清朝的皇帝』, 『봉미향라鳳尾香羅』 등이 선반 위에 늘어서 있다. 옆에는 세탁장, 부엌이 있고 중국제 식기와 함께 대·소 두 개로 한 쌍인 일본제 공기가 놓여 있다.

식당에는 테이블 주위로 4각의 목제 의자가 있다. 창가에는 1978년에 판매된 소니 제 27형 텔레비전(해외 모델)이 놓여있고 그 위에는 두 개의 촛대에 여섯 개의 핑크빛 양초가 꽂혀 있다.

1층에서 2층으로 이어지는 계단 중간 오른쪽 창에는 핑크, 옥색, 검은색 하트 마크가 들어있는 커튼이 있고, 중국제 도기 장식이 빨강색 끈으로 매달려 있다. 2층에는 침실, 의상실, 객실, 욕실이 있다. 침대는 짙은 핑크빛 커버로 씌워져 있고 네 귀퉁이에 있는 금빛 기둥도 핑크빛 커튼으로 장식되어 있다. 그 옆에는 반원형 테이블이 있고 세 면의 화장용 거울과 '자유의 여신' 석상이 놓여 있다.

이 저택을 밖에서 바라보면 유리창은 보라색으로 보인다. 보라색 필름을 붙였기 때문으로 내부에서 보면 경치는 자연스럽게 비친다. 여름철이 되면 정원이나 창가에는 빨간 부겐빌리아 꽃이 활짝 핀다.

테레사는 대개 오전 9시쯤에 일어났다. 1층에 있는 식당에서 먹는 식사는 언제나 같았다. 1988년 7월부터 가정부로 살고 있는 오우리밍歐麗明이 준비한 오렌지 주스를 마시고 오트밀을 먹었다. 가끔은 두유를 마시기도 했다. 식사가 끝나면 거실로 가서 열심히 신문을 읽었다. 그 다음에 복근 운동을 하고 소설 등을 읽으며 시간을 보냈다. 낮에는 라면을 먹는 일이 많았다. 저녁때가 되면 츠주만의 해안을 자주 산책하고 단골인 오리엔털 레스토랑이나 홍콩에서 가장 오래된 경찰서를 개조하여 만든 유럽식 레스토랑 '테이블 88'에서 식사를 하고 스탠리 마켓에서 꽃을 사는 일도 습관이 되었다. 로스앤젤레스에서는 빨강색 벤츠를 탔는데 홍콩에서는 노란색 마쓰다 '레뷰'를 타고 쇼핑하러 다녔다. 저녁식사 후에는 텔레비전을 보고 대개 오후 11시에 잠자리에 들었다. 테레사가 자택으로 사람을 부르는 일은 거의 없었다.

1988년 1월에는 후지 텔레비전의 《월요 서스펜스 시리즈》의 주제곡으로 사용된 〈연인들의 신화〉가 발매되었다. 그러나 지난해에 나왔던 〈이별의 예감〉이 히트했기 때문에 이 곡은 빛을 보지 못했다. 그 후 테레사에게 중국에서 콘서트를 하자는 제의가 계속되었기 때문에 한동안은 정신적인 여유가 없었다. 그녀는 베이징 콘서트를 계속 구상하면서 일상생활에 충실하려고 노력했다. 그 하나가 작사였다.

10월 29일에 NHK에서 방송된 《가야마 유조 쇼》에서는 테레사가 작사하고 단코사쿠弾厚作(가야마 유조의 닉네임)가 작곡한 〈WE ARE THE STARS〉가 공개되었다. 테레사가 쓴 첫 작품은 녹화하기 직전에 겨우 완성되었다.

もしもあなたが孤独になっても
古い言い伝えを思い出してほしい
空を仰ぎ見ると
まるであなたに呼びかけているみたい
WE ARE THE STARS
私たちは輝く星
私たちは希望をもって生きてゆくの
あの空を飛びたい
あの虹をつかみたい
私たちは力があふれているわ
時間なんか怖くない
星のように光り輝く

WE ARE THE STARS

輝く星

空の彼方　声がする

この手につかもう

明日の夢と虹の命を

もしも一人になった時も思い出そう

私の命は星のように輝く

星のように光り輝く

만약 당신이 고독해지더라도

오래된 전설을 생각해 주기 바래

하늘을 올려다보면

마치 당신에게 호소하고 있는 것 같아

우리는 별

우리는 눈부시게 빛나는 별

우리는 희망을 안고 살아가네

저 하늘을 날고 싶어

저 무지개를 붙잡고 싶어

우리는 힘이 넘치고 있어

시간 따윈 두렵지 않아

별과 같이 밝게 빛난다

우리는 별

눈부시게 빛나는 별

하늘 너머 목소리가 들린다

이 손으로 붙잡을 거야

내일의 꿈과 무지개의 생명을

만약 혼자가 되었을 때도 생각할 거야
내 생명은 별과 같이 눈부시게 빛난다
별과 같이 밝게 빛난다

테레사는 이 가사를 중국어로 썼다. 이 경험이 더욱더 작사에 강한 관심을 불러일으키게 했다.

1989년에 접어들자 3월에 〈홍콩~Hong Kong~(香港~Hong Kong~)〉과 〈별방울에 젖어星のしずくに濡れて〉가 발매되었다. 전부 아키라 도요히사와 미키 다카시가 만든 작품이었다. 특히 〈홍콩〉이란 노래에서는 아주 깊은 생각에 빠져 있는 것 같았고, 녹음이 한 번 끝났을 때 "다시 한 번 해보고 싶다."라고 스태프에게 요구했다. 심정적으로 이해가 잘 안 되기 때문이었다. 테레사가 다시 녹음하는 것은 극히 드문 일이었다.

2

테레사 덩이 홍콩에서 새로운 생활을 보내기 시작했을 때 중국에서는 정치 세계에 난기류가 생겨나고 있었다. 중국정부에 의해 '반혁명 폭동'이라고 불린 '톈안먼 사태'로 향해가는 정치적 알력이 확대되고 있었다.

1989년 4월 15일, 개혁파의 지도자로서 인기가 있었던 후야오방 전 총서기가 73세로 사망했다. 후야오방은 1981년에 열렸던 중국공산당 제11기 중앙위원회 제6회 전체회의에서 화궈펑을 대신하여 중앙주석이 되었고, 1982년에 주석제가 폐지되었을 때는 신설된 총서기에 임명되었다.

후는 덩샤오핑 체제 하에서 진두지휘를 했고, 테레사를 배척했던 보수파에 의한 '정신오염 캠페인'에도 대처해 왔다. 1986년에는 테레사의 「자선가집自選歌集」이 발매되었고, 텔레비전에서도 《깊고 그윽한 시골의 정, 덩리쥔의 고향을 가다》가 방송되었다. 이러한 움직임을 화교 대상의 《화성보華聲報》는 후야오방 총서기에 의해 테레사 덩의 명예가 회복되었다고 보도했다.

그러나 1986년에 '정신문명 건설 결의' 초안 등을 둘러싸고 당내 논쟁이 벌어졌다. 이때 후야오방은 '부르주아 자유화'에 단호한 태도를 취하지 않았고, 전국으로 확산된 학생 데모에도 애매한 태도를 보였다고 비판을 받았다. 그 결과, 1987년 1월 16일에 열린 중앙정치국 확대 회의에서 '중대한 정치원칙의 문제로 과오를 범했다.'라는 이유로 덩샤오핑이나 당 원로 등에 의해 사임 압력을 받았다.

개혁파의 대표였던 후야오방이 사망한 15일 오후, 베이징대학 등에 추도 슬로건이 내걸렸고 밤이 되자 톈안먼 광장에 있는 인민영웅 기념비에 작은 화환이 바쳐졌다. 17일 오후에는 중국정법대학의 학생 수백 명이 화환을 들고 톈안먼 광장까지 데모 행진을 벌였다. 후야오방을 추도하는 최초의 데모였다.

18일 저녁 무렵에는 수천 명의 학생들이 '독재 타도, 관료주의 반대'라는 슬로건을 내걸고 톈안먼 광장에서 집회를 열었다. 거기에서는 '후야오방 재평가'와 더불어 '〈정신오염〉 제거와 〈부르주아 자유화〉 반대를 철저히 부정하라.'고 하는 요구를 분명히 밝혔다. 22일에는 2만 명이 모인 집회가 톈안먼 광장에서 열렸고, 24일에는 베이징의 4대 대학에서 6만 명이 수업을 거부했다.

이러한 사태에 직면한 덩샤오핑은 4월 25일에 "이것은 보통의 학생 운동이 아니라 난동이다. 단호하게 제지하라."고 하는 '중요연설'을 했다. 거기에서는 예전부터 테레사 덩의 노래를 배제하는 근거로 삼았던 '정신오염'도 언급되었다.

"부르주아 자유화 반대에 있어서 후야오방은 연약했다. 정신오염 제거를 20일 만에 그만두어버렸다. 만일 당시 (사상공작에) 힘을 쏟았다면 사상 영역에 있어서 오늘과 같은 사태로 발전하지 않았을 것이고, 이와 같은 난동은 일어나지 않았을 것이다."

이 연설을 이어받아서 다음날인 26일 《인민일보》는 '기치를 선명히 하여 난동에 반대하라.'고 하는 사설을 실었다. '난동'이라는 말이 학생들을 자극했다. 27일에는 10만 명이 넘는 데모가 펼쳐졌다. 이러한 사태의 진행에 '난동' 사설을 수정하려고 하는 개혁파 자오쯔양 총서기와 끝까지 강경노선을 취해야 한다고 주장하는 국무원총리인 리펑李鵬의 대립이 깊어져 갔다.

정부와의 대화, '난동' 사설 철회를 조건으로 단식 투쟁에 들어간 학생은 2천 명에 달했다. 이 시기에 겹쳤던 일이 소련(당시)의 고르바초프 서기장의 중국 방문이었다. 30년 만의 중·소 정상회담에 세계가 주목했다. 학생운동이 고립을 면한 이유는 세계의 미디어가 베이징에서의 움직임을 보도했기 때문이기도 했다.

5월 15일, 베이징공항에 도착한 고르바초프는 톈안먼 광장이 단식 투쟁 학생들에게 점거되었기 때문에 서우두首都공항으로 변경된 환영 의식에 참석했다. 다음날 16일에는 '우리들은 이미 역사의 전환점에 도달했다.'고 하는 '지식인 5·16 성명'도 공표되었다. 저명한 작가인 바진巴金 등이 호소하여 1천 명이 넘는 찬동을 얻었다고 보도되었다.

이날 오전 10시부터 열린 덩샤오핑과의 회담을 마친 고르바초프는 다시 리펑과 회담을 했고, 오후 5시 40분부터는 자오쯔양과의 회담에 임했다. 자오가 그 서두에서 "가장 중요한 문제는 여전히 덩샤오핑 동지가 이끌고 있다."라고 발언한 것이 파문을 확산시켰다. 당의 비밀결의를 폭로한 꼴이었다. 글자 그대로 이해하면 덩샤오핑이 최고 지도자라는 발언으로 민주화운동을 억압하고 있는 중심인물이라는 정치적 해석도 가능했다.

억측이 행동으로 나타났다. 베이징에서는 17일, 18일에 연일 100만 명 데모가 감행되었고, 톈안먼 광장에는 1만 명 남짓한 학생들이 밤을 지새우며 남아있었다. 데모 참가자 중에는 학생, 노동자뿐만 아니라 공산당 중앙기관, 국무원 각 기관의 직원들의 모습도 보였다. 《인민일보》 직원이 1천 명 남짓 참가한 것도 주목을 받았다.

슬로건에는 '이제 물러나라! 당신은 무엇을 기다리고 있는가.', '사람은 여든 살이 넘으면 우둔해진다.', '샤오핑, 당신은 늙었다.', '노인 정치는 은퇴할 때'라는 등의 문구도 보였다. 민주화운동은 중국 정치의 한복판으로 다가왔다. 상하이에서도 100만 명의 데모가 일어났고 광저우, 톈진天津, 우한武漢 등에서도 베이징에 호응하는 움직임이 확산되었다.

베이징에서 100만 명 데모가 감행된 17일 밤, 덩샤오핑의 자택에서 정치국 상무위원회가 열렸다. 자오쯔양은 "샤오핑 동지, 나는 이 계획은 수행하기 어렵습니다."라고 계엄령에 반대하는 입장을 표명했다. 이에 덩샤오핑은 강한 어조로 말했다.

"소수는 다수에 복종해야 한다!"

자오쯔양의 융화 노선은 부정되었으며, 베이징에 군대를 주둔시키고 일부 지역에 계엄령을 내리는 것으로 결정되었다. 사태의 핵심은 자오쯔양 등의 개혁파가 100만 명 데모를 조직했다고 보는 것이었고, 권력이 넘어갈지도 모른다고 보수파가 판단한 데에 있었다. 정치적 위기는 최고조로 높아졌다.

그러나 자오쯔양은 총서기를 사임하겠다는 의향을 나타내고 계엄령 집행을 거부했다. 그에 대해 양상쿤楊尙昆(중앙군사위원회 주석, 국가주석)이나 천윈陳雲 등과 같은 노장파(원로)는 계엄령을 강행하는 방향으로 논의를 계속했다. 19일 오후 10시가 지나고 해방군 총후근부례당總後勤部禮堂에서 계엄령을 정식으로 발령하기 위한 회의가 자오쯔양이 빠진 가운데 열렸다. 자오쯔양은 병으로 인한 불참으로 처리되었다. 5월 20일, 리펑(총리)에 의해 계엄령을 실시한다는 국무원 명령이 내려졌고, 베이징 근교에 20만 명의 군대가 대기하게 되었다.

3

중국 국내에서 민주화운동의 열기가 고조되었을 때, 해외 거주 중국인들에 의한 지원운동이 벌어졌다. 그 절정은 5월 28일로 예정되었던 '전 세계 화교 항의 데모'였다. 테레사 덩이 사는 홍콩에서도 톈안먼 광장의 학생들의 활동은 연일 크게 보도되었다. 거리의 대화에서도 '광둥성의 해방군이 베이징을 공격하여 내전이 벌어질지도 모른다.', '중국 정부가 해체될지도 모른다.' 등과 같은 그럴듯한 소문이 퍼졌다.

'연예인 협회'에 소속되어 사회자나 프로듀서로 일하고 있던 천신젠陳欣健 일행은 중국 정부에 반대하는 행동을 벌이자는 의견을 나누었다. 그렇게 하여 결성된 조직이 '연예계 지지 애국민주운동 위원회'였다. 5월 23일에는 베이징의 학생운동을 지원하는 〈위자유爲自由〉라는 곡을 80명이 넘는 가수들이 EMI스튜디오에서 녹음했다고 발표했다. 또 다른 행동으로 발표된 이벤트는 12시간 마라톤 콘서트였다.

콘서트는 27일 오전 10시부터 오후 10시까지 홍콩에 있는 해피 밸리 경마장에서 열기로 결정되었다. 경마협회는 예정된 일정을 변경하고 장소를 제공해주었다. 입장료는 무료이나 한 사람당 10홍콩달러의 기부를 호소할 예정이었다. 무대의 스크린을 볼 수 있는 자리에 7만 명, 그 이외의 자리에 8만 명 등 합계 15만 명 동원이 목표였다. 집회 준비는 10명 정도가 중심이 되어 연일 새벽까지 회의를 실시했다.

25일에는 '전숖 홍콩 각계 연합 대행동'이 설립되었다. 각각의 조직이 관련 연예인들에게 참가를 호소했고, 집회 2일 전에는 114명의 가수가 참가를 승낙했다. 당일의 모습을 TVB, ATV, RT홍콩, CR홍콩이 중계하기로 했다. 이 콘서트 개최의 움직임과는 별도로 26일에는 20만 명의 젊은이들이 빅토리아 공원에 모여서 톈안먼 광장의 학생지원을 호소했다.

테레사 덩에게도 지인으로부터 참가 호소가 있었다. 그녀는 "참가할 마음은 없습니다."라고 답변했다. 그것은 1984년에 15주년 콘서트를 했을 때 "이제 콘서트는 하지 않겠다."고 선언했던 이유도 있었지만 무엇보다도 자신을 선전하는 데 이용하고 있다고 생각되는 것이 싫었기 때문이었다. 그러나 의뢰는 거절했지만 테레사는 쭉 고민했다. 마음속에는 학생들의 민주화운동을 응원해주고 싶은 심정이 있었기 때문이다.

5월 26일 아침 10시쯤, 작곡가 중짜오펑鍾肇峯의 자택에 테레사 덩으로부터 전화가 걸려왔다. 중은 홍콩 폴리돌에서 테레사가 신곡을 녹음

할 때에 편집 작업을 담당한 적이 있었다. 어느 날, 샹그릴라 호텔에서 피아노를 치는 아르바이트를 했을 때의 일이었다. 테레사와 동석했던 사람이 중과도 안면이 있었다. "저 사람이 나의 곡을 편집해 주지 않으려나."라고 테레사가 말했다. 이때 처음 대화를 나눈 것이 계기가 되어 「담담유정」 앨범에서 〈방초무정芳草無情〉, 〈욕설환휴欲説還休〉 두 곡을 작곡하게 되었다. 1983년의 일이다. 당시는 자주 음악과 관련된 이야기를 했지만 그 후에는 거의 교류가 없었다. 그 테레사로부터 얼마 전에 오랜만에 연락이 있었다. 스탠리 근처에 작은 스튜디오를 만들었으니 '신인가수를 육성하고 싶다.'라고 하는 상담이었다. 그러나 이날 아침 전화는 전혀 다른 용건이었다.

"내일 해피 밸리에서 베이징의 학생들을 지원하는 콘서트가 있다는 것은 알고 계시죠. 노래를 불러야 할지 말지 망설이고 있습니다. 만일 노래를 불러야겠다는 마음이 들면 피아노를 연주해 주시지 않겠습니까?"

이런 이야기를 들은 중은 "좋아요. 하지만 어떤 노래를 부를 건가요?"라고 물었다. 테레사는 〈아적가재산적나일변我的家在山的那一邊(우리 집은 저 산 너머)〉이라고 말했는데 들어본 적이 없는 노래였다. 그래서 우선은 테레사가 부르는 것을 듣고 시험 삼아 피아노를 쳐보기로 했다.

두 사람은 홍콩 중환에 있는 강푸탕港福堂이란 교회에서 만나기로 했다. 거기에 있는 피아노로 연습을 하기 위해서였다. 중짜오핑이 아는 목사는 행사 전까지의 짧은 시간이라면 괜찮다고 말했다. 우선 테레사가 무반주로 노래를 불렀다. 중은 그것을 들으면서 멜로디를 악보로 적었다. 그 일이 끝나자 세 번 정도 피아노를 쳐보았다. 3분 정도의 곡이었다. 교회 행사가 시작되었기 때문에 연습은 이 정도에서 일단락 지어야만 했다. 헤어질 때 테레사가 말했다.

"만일 콘서트에 가는 것으로 정해지면 제가 연락드리겠습니다."

1989년 5월 27일의 홍콩은 평균기온이 23.9도, 습도가 90퍼센트, 풍속도 4미터로 무더운 하루였다. 집회 당일 여느 때와 마찬가지로 잠에서 깬 테레사는 식당에서 아침식사를 마치고 텔레비전을 켰다. 9시 50분부터 ATV, 10시부터는 TVB에서도 중계를 시작했다. 화면에 해피 밸리 경마장에 설치된 회장이 비쳤다. 무대에는 '민주가성헌중화民主歌聲獻中華'라는 커다란 슬로건이 걸려 있었다. 참가자는 계속 늘어서 30만 명을 넘을 거라고 전해졌다.

화면을 바라보던 테레사는 서서히 감정이 격앙되었고, 이런저런 생각이 떠올랐다. 군대의 힘으로 의견을 묵살하는 상황에서는 톈안먼에서 콘서트 따위는 할 수 없고……. 그렇게 생각한 것은 회장에서 세 명의 가수가 노래를 끝냈을 때였다. 테레사는 전화가 있는 거실로 가서 수화기를 들어 우선 중짜오핑에게 전화를 했다.

"정말로 가겠습니다."

입을 열자마자 이렇게 말했다. "알겠습니다."라고 중이 대답하자 테레사는 콘서트에서 노래하기 전까지 연습을 하고 싶다고 말했다. 전날에는 피아노에 맞춰 노래할 시간이 없었기 때문이다. 두 사람은 퉁뤄안銅鑼灣에 있는 리가든 호텔에서 만나기로 했다.

전화를 끊고 이번에는 콘서트장으로 전화를 하여 집회 MC(Master of Ceremony의 약어, 즉 사회자)인 추이젠쉰崔健勳을 불렀다.

"콘서트에서 노래하려고 합니다."

그렇게 전하자 추이는 흥분한 목소리로 말했다.

"와주세요. 노래는 〈만보인생로漫步人生路〉를 불러주시지 않겠습니까?"

나카지마 미유키가 작사·작곡한 〈히토리 조즈ひとり上手(자신이 좋아하는 일에 집착하고, 무엇을 해도 다른 사람에게 부탁하지 않으며 사람과 어울리지 않는 사람, 즉 정신적으로 자립한 사람을 뜻하는 말─옮긴이)〉의 중국어 버전이었다. 집회 전날, 테레사가 집회에서 부를 거라고 보도된 곡이었다. 청중 동원을 위해 제멋대로 발표된 것이었다. 테레사가 말했다.

"〈아적가재산적나일변〉을 부르겠습니다."

주최자는 콘서트의 골든타임인 오후 7시에서 8시 사이에 노래를 불러달라고 했다. 그러나 테레사는 "밤에는 피아노를 연주할 중짜오평 씨가 일이 있기 때문에 오후 2시에서 5시 사이에 회장에 가겠습니다."라고 약속했다.

작업실에 들어간 테레사는 사인회용으로 사용했던 토러스 레코드사의 색종이를 찾기 시작했다. 거기에 자신의 마음을 적어 보려고 생각한 것이었다. 검은색 매직잉크를 손에 쥐고 정중하게 글을 써내려갔다. 상단에는 '반대反對'라고 썼고, 그 아래에는 '군관軍管'이라고 이어서 썼다. '군사 독재 체제를 인정하지 않는다.'는 의미이다. 또 한 장의 색종이에는 '아애민주我愛民主'라고 적었다. '나는 민주주의를 사랑합니다.'라는 자신의 솔직한 마음이었다. 이 색종이의 위쪽에 구멍을 내고 거기에 끈을 연결하여 목에 걸 수 있도록 했다.

테레사는 〈아적가재산적나일변〉을 최고 수준으로 부르겠다고 생각했다. 집회에 나갈 마음의 준비는 3일 전부터 했다. 만일 참가한다면 이 노래를 불러야겠다고 생각하고 혼자서 연습도 시작했다. 라디오에서 흘러나오는 국가나 망향가를 자주 들었던 열여섯 살에서 열일곱 살 무렵, 강하게 기억에 남은 곡이었다.

진에 티셔츠를 입은 테레사는 화장도 하지 않은 채 선글라스를 쓰고 진한 남빛의 벤츠280을 타고 외출했다. 리가든 호텔에 도착하자 잠시 후 지룽 관탕루觀塘路에 사는 중짜오펑이 도착했다. 중은 테레사의 얼굴을 보고 깜짝 놀랐다. 울고 있었던 것일까, 아직 눈이 부어 있었다. 테레사가 이 호텔에서 만나자고 한 이유는 커피숍에 있는 피아노로 연습을 하고 싶었기 때문이었다. 가볍게 식사를 하고 나서 매니저를 불렀다.

"피아노를 빌려주시지 않겠습니까?"

테레사가 그렇게 부탁을 했더니 피아노는 필리핀인 밴드가 밤에 연주하기 위한 것으로 낮에는 잠가 놓기 때문에 사용할 수가 없다고 말했다.

피아노 연습이 가능한 곳은 없는가. 중짜오펑은 퉁뤄안의 악기점에 피아노 연습용 렌탈 룸이 있다는 것을 생각해냈다. 자신의 자동차로 돌아온 테레사는 플래카드를 목에 걸었다. 앞면은 '반대군관反対軍管', 뒷면은 '아애민주我愛民主'라고 쓰어 있었다. 차 안에 여기저기 흩어져 있던 몇 장의 화장지를 가리키며 테레사는 말했다.

"눈물을 닦았습니다."

두 사람은 예약한 택시를 타고 퉁뤄안으로 향했다. '싼웨三越'의 맞은편에 있는 악기점에 물어보니 방은 예약이 되어 사용할 수 없다고 했다. 할 수 없이 좁은 계단을 통해 2층으로 올라가서 전시용으로 놓여 있는 피아노로 연습하기로 했다. 중짜오펑이 작은 소리로 피아노를 연주하기 시작했고 테레사도 작은 목소리로 노래를 불렀다. 피아노에 맞춰 노래하는 것은 이번이 처음이었다. 거기에는 악기를 보러온 아이들이 몇 명 있었다. 테레사가 작은 목소리로 노래하자 모두 조용히 열심히 들었다. 세 번 연습한 다음에 기다리고 있는 택시를 타고 호텔로 돌아왔다.

테레사는 자신의 자동차로 중짜오펑과 함께 해피 밸리에 있는 아시아 호텔로 향했다. 출연자는 그곳에서 의상을 갈아입고 화장을 했다. 테레사는 울고만 있었기에 맨얼굴 그대로 노래하기로 했다. 주최 측으로부터 집회를 위해 제작된 흰색 티셔츠를 건네받은 그녀는 그 옷으로 갈아입었다. 그 옷에는 빨강색 문자로 '민주가성헌중화'라고 인쇄되어 있었다. 회장인 경마장까지는 주최 측의 밴을 타고 갔다.

회장에 도착하자 취재진이 쇄도했고, 셔터를 누르는 사진기자들에게 둘러싸였다. 거기에 대만의 싱어송라이터인 허우더젠侯德健이 찾아왔다. 요청에 따라 '민주가성헌중화'라고 적힌 티셔츠에 사인한 이유는 참가자들이 사인한 셔츠를 허우더젠이 베이징에 갖고 가기로 되어 있었기 때문이었다. 그는 테레사에게 베이징 학생들의 상황을 알려 주었다. 테레사는 갑자기 괴로운 감정이 밀려들어 참지 못하고 울기 시작했다. 그 모습을 놓칠세라 사진기자들이 셔터를 눌러댔다.

오후 3시가 지나고 테레사가 나갈 차례가 되었다. '민주만세民主萬歲'라고 빨간색 문자가 적힌 머리띠를 두르고 검은색 핸드백을 오른쪽 어깨에 둘러맨 테레사는 젊은 사회자에게 소개를 받고 무대 중앙으로 걸어갔다. 위로 올린 두 손은 V사인을 하고 있었다. 회장에서는 커다란 환성이 일어났고, 집회의 심벌로 되어 있는 노랑색 천이 일제히 물결쳤다. 테레사는 마이크를 손에 들고 격앙된 어조로 말했다.

"감사합니다. 여러분 정말로 감사합니다. 이 정도로 열심히 민주화를 이루고자 노력하고 계시다니, 여러분 모두와 홍콩에서 함께 하게 된 것을 대단히 기쁘게 생각합니다. 저는 노래 한 곡을 연습하고 왔습니다. 지금까지 부른 적이 없는 노래입니다. 이 노래를 들어본 적이 있는 분도 그리 많지 않을 겁니다. 여러분, 이 노래를 듣고 저의 마음이 도대체 무엇을 부르짖고 싶었던가를 알아주세요."

피아노 연주가 시작되었고, 테레사가 조용히 노래하기 시작했다. 무대 뒤쪽에 있는 젊은이들은 몸을 좌우로 흔들면서 노랑색 천을 느릿느릿 흔들었다.

我的家在山的那一邊
那兒有茂密的森林 那兒有無邊的草原
春天播種稻麥的種子 秋天收割等待著新年
張大叔從不發愁 劉大叔永遠愉快
自從地底鑽出了狸鼠 一切都改變了
它就是那山脈的孤獨 浸透了人性的良善

我的家在山的那一邊
張大叔失去了歡樂 劉大叔收藏了笑臉
鳥兒飛出了溫暖的窩巢 春天變成了寒冷的冬天
親友們失去了自由 拋棄了美麗的家園
朋友 不要貪一時歡樂
朋友 不要貪一時苟安
要盡快地回去 把民主的火把點燃
不要忘了我們生長的地方 是在山的那一邊 山的那一邊

우리 집은 저 산 너머

그곳에는 우거진 숲이 있고

그곳에는 끝없이 펼쳐진 초원이 있다

봄에는 벼랑 보리씨를 뿌리고

가을에 수확을 하고 새해를 기다린다

장 아저씨는 근심이 없고

리우 아저씨는 언제나 명랑하다

땅속에서 튀어나온 들쥐에 의해

모든 것이 죄다 바뀌어

산맥을 고독하게 하고

인간적인 선량함을 삼켰다

우리 집은 저 산 너머

장 아저씨는 기쁨을 잃었고

리우 아저씨는 웃음을 아주 잊어버렸다

새들은 아늑한 둥지를 떠났고

봄은 추운 겨울로 변했다

친한 친구들은 자유를 잃었고

마음이 훈훈해지는 단란함을 버리고 갔다

친구여, 한때의 환락을 탐하지 마라

친구여, 한때의 안락을 탐하지 마라

가능한 빨리 돌아와서

민주의 불꽃을 태우자

우리가 자란 곳을 잊지 마

그곳은 저 산 너머

저 산 너머에 있어

테레사는 '우리가 자란 곳을 잊지 마'라고 하는 부분에서 몸을 앞으로 기울이며 특히 있는 힘을 다해서 노래를 불렀다. 노래가 끝난 순간, 그녀는 무의식중에 '워우!'라고 소리쳤다. 회장에는 우레와 같은 박수가 환호와 함께 파도처럼 퍼져 나갔다. 그녀는 박수를 받으면서 무대에서 모습을 감추었다.

무대 옆에 있던 허우더졘이 "좀 더 빨리 이 노래를 앨범에 넣었다면 좋았을 텐데요."라고 흥분한 말투로 말을 걸었다. 이 노래의 원곡은 1936년에 장한후이張寒暉가 작사·작곡한 〈송화강상松花江上〉이다. 그 노래에는 중일전쟁 당시 장쉐랑張學良으로부터 동북 수비를 포기하라는 명령을 받은 동북군의 망향의 심정이 담겨 있다. 그 후 중국에서 대만으로 도망쳐온 병사들이 1960년대에 들어 가사를 바꾸고 고향 생각에 사로잡혀 불렀던 노래가 〈가재산적나일변〉이었다. 테레사는 '아적我的'이라는 말을 더하여 이 노래를 기억하고 있었다. 작사자는 알려져 있지 않은데 가사에 있는 '리수狸鼠(들쥐라는 뜻—옮긴이)'라는 말은 중국 공산당을 의미했다. 이전의 항일가가 반공가로 다시 태어난 것이다.

테레사는 어렸을 때부터 자주 이 노래를 들었다. 하지만 사람들 앞에서 부른 것은 처음이라 잘 불렀다는 사실에 안도했다. 몰려든 취재진에게 테레사가 말하기 시작했다. 마침 베이징에서 농성을 하던 학생들이 일시 철수했다는 보도가 있었다.

"중국의 학생들에게 대단한 관심을 기울이고 있습니다. 민주화운동을 위하여 애쓰고 있는 그들의 노력을 지지하지 않으면 안 되겠지요. 하지만 동시에 건강에도 신경을 써야만 합니다. 왜냐하면 현재 톈안먼의 위생환경은 결코 좋지 않거든요. 일단 휴식을 취하고 기력을 회복한 다음에 민주화운동으로 돌아가는 게 좋을 거라 생각해요."

테레사는 웃으면서 이렇게 말했다.

"노인정부는 물러나는 것이 좋아요. 제 자신도 가요계 생활이 오래 되어 이제 슬슬 물러나야 할 때인지도 몰라요. 신인들에게 길을 양보 해야 할 것 같아요."

테레사가 등장한 직후부터 자금 모금 운동이 활기를 띠기 시작하여 이날만 약 1,200만 홍콩달러(약 2억 1,600만 엔)를 넘었다. 회장에서 아 시아 호텔로 돌아온 테레사는 중짜오펑을 차에 태우고 지룽에 있는 중 화요리점으로 갔다. 갑작스런 의뢰를 받아준 중에게 감사 인사를 하기 위해서였다. 오후 8시부터 다른 일이 있는 중은 그곳에서 그녀와 헤어 졌다.

대만에 돌아와 있던 자오쑤구이는 텔레비전 뉴스를 보고 깜짝 놀랐 다. 집회에서 노래를 부르는 딸의 모습이 나왔기 때문이었다. 화가 난 자오는 즉시 홍콩에 전화를 했다.

"어째서 집회에 나갔니?"

강한 어조로 질문한 다음에 다시 말을 이었다.

"왜 화내고 있는지 알겠니? 실컷 얘기했잖아. 돈을 보내는 것은 좋 지만 운동에는 참가하지 말라고. 그런데 너는 곧바로 집회에 나갔어. 넌 어째서 내 말을 듣지 않는 거니. 참가하지 말라고 했잖아."

가만히 듣고 있던 테레사는 어머니에게 이렇게 말했다.

"뭐라고 말할 수 없는 기분이 들었어요. 학생들이 불쌍하다는 생각 이 들어서 집회에 나갔습니다."

5월 28일 '전 세계 화교 항의 데모'에 즈음하여 홍콩에서는 민주화 지원 데모에 200만 명이 참가했다. 전날에 30만 명이 참가하여 펼쳐진

12시간의 마라톤 콘서트로 탄력을 받은 것이 분명했다. 베이징에서는 30만 명의 데모가 펼쳐질 거라는 예측도 있었지만 실제로는 최대 5만 명의 학생들이 참가한 가운데 끝났다. 그래도 상하이에서는 1만 명, 난징에서는 3만 명이 모였다. 톈안먼을 점거한 학생 지도부 사이에서는 철수 여부를 놓고 의견 대립이 생겨났다. 학생들 중에는 정치에 '민주'를 요구하면서 자동차를 빼앗거나, 무임승차 권리를 요구하는 등의 무법한 행동을 하는 자들도 나오기 시작했다.

6월 1일, 테레사는 중짜오펑에게 전화를 걸었다.

"톈안먼 학생들을 지원하기 위하여 베이징에 가지 않겠습니까?"

갑작스런 권유에 깜짝 놀란 중은 "그건 할 수 없습니다."라고 단호히 거절했다.

톈안먼 광장을 중심으로 벌어진 혼란 속에서 '피의 탄압의 날'이 찾아왔다. 6월 3일부터 4일에 걸쳐 베이징 중심부에 탱크를 앞세우고 진주한 군대는 마오쩌둥의 초상이 내걸려 있는 톈안먼에서 마오주석 기념당紀年堂 방향으로 장갑차로 밀고 들어와서, 학생들이 세워놓은 '민주의 여신상'을 쓰러뜨렸다.

'톈안먼 광장의 학살'은 풍문에 의한 전설이라는 평가도 있는데 당국의 발표에 따르면 톈안먼 주변에서 적어도 319명이 사망했다. 1997년 봄, 톈지원田紀雲 전인대全人代 상무부위원장의 비공식 발언에 따르면 베이징을 포함한 전국 21개 도시에서 학생, 시민과 당국의 충돌로 약 1만 6천 명의 사상자가 발생했다고 한다. 사망자는 군, 공안관계자가 약 5십 명, 학생, 시민이 8백 명이라고 한다.

실제로 어느 정도의 희생자가 나왔는지는 명확치 않다. 그러나 톈안 먼 광장을 향하여 돌진하는 탱크나 장갑차의 영상이 '학살' 이미지를 전 세계로 널리 퍼뜨렸다는 것은 틀림없는 사실이다.

6월 23일, 24일에 열렸던 중국 공산당 13기 4중전회에서는 학생운 동을 애국민주화운동이라고 했던 짜오즈양이 실각하고, 상하이 시 당 위원회 서기였던 장쩌민江澤民이 총서기로 발탁되었다. 톈안먼 사태의 결과, 운동의 중심에 있던 학생이나 지식인은 체포되거나 미국이나 프 랑스로 망명하지 않을 수 없게 되었다. 이렇게 하여 중국의 국제적 고 립은 더욱 깊어졌다.

톈안먼 사태의 충격은 특히 홍콩에서 심각한 파문을 불러일으켰다. 1997년에 영국에서 중국으로 반환될 예정이었기 때문이다. 민주주의 를 요구하는 소리가 군사력으로 탄압된다면 홍콩도 똑같은 운명을 밟 지 않을 거라는 보장이 아무 데도 없었다. 테레사 덩도 그렇게 생각했 던 사람이었다.

테레사는 '피의 탄압' 뉴스를 눈물을 흘리면서 보았다. 슬픔과 충격 으로 말도 나오지 않았다. 여러 번 중국에서 노래를 불러 달라는 권유 를 받고 그럴 계획을 하고 있었다. 그러나 부모의 조국은 민주주의를 탱크의 힘으로 짓밟는 그런 나라였다. 가지 않기를 잘했다고 생각했 다. 6월 4일의 사태는 테레사 덩에게서 노래할 기력을 빼앗아 버렸다.

6월 6일 오전, 그녀는 걱정이 되어 홍콩으로 찾아온 어머니와 함께 해피 밸리에 갔다. 학생들이 농성을 계속하고 있는 신화사 홍콩분사에 가고 싶다고 테레사가 말을 꺼냈기 때문이었다. 자택을 나오기 전에 자오쭈구이는 "돈을 내면 돌아가자."라고 딸에게 주의를 환기시켰다. 가수인 딸이 정치적인 행동에 나서는 것이 걱정되고 두려웠기 때문이다. 신화사 앞에 갔더니 거기에는 100명이 넘는 학생들이 농성을 하고 있었다. 그들은 테레사가 온 것을 알고 감격하여 환호성을 올렸다. 테레사는 2만 홍콩달러를 기부했다.

다음날 7일, 어머니 자오쭈구이는 홍콩을 떠나 대만의 자택으로 돌아갔다. 출발하기 전, 딸에게 이렇게 충고했다.

"톈안먼 사태에 반대하는 정치 활동에는 일절 나가지 마라. 참가하여 무슨 일이 생기면 성가시거든."

어머니의 이야기에 테레사는 잠자코 있었다.

테레사는 6월 20일부터 예정되어 있던 일본에서의 캠페인을 중지하려고 생각했다. 도저히 노래할 수 있는 심경이 아니었기 때문이다. "지금은 홍콩을 떠날 수 없다."고 자신의 솔직한 마음을 담당자에게 전했다. 그러나 예정된 프로그램에 테레사가 나오지 않으면 구성 자체를 변경하지 않으면 안 되었다. 따라서 양측에서 검토한 결과, 홍콩과 도쿄를 연결하는 방식으로 출연하기로 타결을 보았다.

6월 21일, 아사히 텔레비전의 《고우 히로미鄕ひろみ의 엔터테인먼트》에 홍콩 현지 중계로 출연한 그녀는 검은색 차이나 드레스에 진주 목걸이를 했다. 앨런 탐 등 홍콩 스타들의 흰색 복장과 대조를 이룬 것은 톈안먼 사태의 희생자들을 추도하기 위해서였다. 고우 히로미가 이름을 부르자 "매우 오래간만입니다."라고 응답했다. 본래 계획대로라면 도쿄에 있는 스튜디오에 올 예정이었다고 고우가 말하자 이렇게 대답했다.

"예, 그렇습니다. 일본에 정말 가고 싶었습니다만 중국의 상황 때문에 잠시 홍콩에 있고 싶습니다."

'중국의 상황'이란 물론 톈안먼 사태를 가리켰다. 테레사는 침울한 표정으로 〈홍콩〉을 부르기 시작했다.

星屑を地上に蒔いた　この街のどこかに
想い出も悲しみさえも　いまは眠っている
この広い地球の上で　暮らしている人達
誰もみんな　帰るところをもっているはず
あゝ　人はまぼろしの夢を追いかけて
生きているだけならば　儚すぎる
何故にわたしは　生まれてきたの
何故に心が　淋しがるの

밤하늘에 빛나는 무수한 별들을 지상에 뿌렸다. 이 거리 어딘가에
추억도 슬픔조차도 지금은 잠들어 있네
이 넓은 지구상에서 살고 있는 사람들
누구나 모두 돌아갈 곳이 있을 거야
아, 사람은 덧없는 꿈을 좇아서
살아가고 있을 뿐이라면 너무 허무하다
어째서 난 태어난 걸까
어째서 마음이 허전해지는 걸까

2절의 가사에 있는 '마음만이라도 돌아갈 곳은 바로 이 거리心だけが 帰るところは きっとこの街'를 불렀을 때 울먹이는 소리로 변했고, 노래가

끝났을 때에는 그렁그렁 맺혀 있던 눈물이 눈동자에서 흘러내렸다.

톈안먼 사태가 발생한 지 한 달 정도 지난 어느 아침의 일이었다. 테레사는 부엌에서 요리를 하고 있던 오우리밍과 이런 대화를 주고받았다.

"밍 언니, 내 방의 색을 바꿔볼까 생각하는데."

"무슨 색으로 바꾸려고."

"보랏빛으로 바꾸는 것이 좋을 것 같아. 그 색이라면 행운이 따를 것 같기도 하고. 그러면 홍콩이 좀 더 좋아질지도 모르잖아. 앞으로 홍콩은 어떻게 될까. 1997년에 중국에 반환되면 어떻게 될까. 해방군이 스탠리까지 들어올지도 몰라."

오우리밍은 이 기회에 테레사가 해피 밸리에서 노래한 일에 대해 물어 보았다.

"'반대군관'이란 슬로건은 손수 썼니?"

"그래. 내가 썼어. 집회 당일에 갑자기 갈 마음이 생긴 다음에 문득 생각이 났어."

테레사는 이어서 말했다.

"학생들이 정부에 직접 의견을 말하는 것은 바람직한 일일 거야. 하지만 중국 정부가 저런 만행을 저지른 것은 잘못한 짓이야. 덩샤오핑은 사람들에게 자유를 주지 않을 거야. 민주와 반대당이 있는 것이 좋은 나라인데도……."

얼마 안 있어 침실의 핑크빛 벽과 녹색의 계단은 보랏빛으로 새롭게 다시 칠해졌다. 친한 친구인 장위링에게 전화가 걸려온 것은 이 무렵의 일이었다. 톈안먼 사태에 대해 화를 낸 다음에 테레사는 이렇게 말했다.

"중국에서 콘서트를 하지 않겠는가라는 권유가 있었어."

"돈벌이가 되지 않겠어?"

장이 놀렸다. 그러자 테레사는 강한 노여움을 나타내며 말했다.

"절대로 가고 싶지 않아."

그리고 이렇게 덧붙였다.

"대만과 중국이 평화로워지면 점보여객기를 전세 내어 가자구."

그러나 신화사를 위시한 중국 당국은 테레사에 대한 접촉을 1989년 봄부터 딱 끊어버렸다.

7월 26일에는 홍콩 폴리돌에서 녹음된 〈슬픈 자유悲しい自由〉(아키라 도요히사 작사, 미키 다카시 작곡)가 싱글로 발매되었다. 사랑을 잃어버린 외로움을 테마로 3월에 발매한 앨범 「낭만주의浪漫主義」에 수록된 곡이었는데 테레사의 입장에서 보면 〈슬픈 자유〉라는 타이틀은 톈안먼 사태에 실망한 심경 그 자체로 생각할 수 있었다. 본인에게 있어서는 마음의 이면으로 갖고 있는 테마가 되었다. 테레사는 자주 "나는 돌아갈 곳이 없어요."라고 말했다. 아키라는 그 이야기를 떠올려 '자유인이지만 자유가 없다.'는 테레사의 심정을 이 작품으로 표현하고자 했다.

10개월 만에 일본에 온 테레사는 10월 28일 TBS 텔레비전에서 《테레사 덩 15주년 스페셜》을 녹화했다. '15주년'이라는 것은 대만에서 데뷔한 해부터 계산한 숫자는 아니었으나 "젊으니까 아직 노력할 수 있어요."라고 테레사는 즐거워했다. '기운이 넘친다.'고 말한 그녀는 오트쿠튀르(haute couture : 고급 양장점이라는 뜻—옮긴이)에서 차이나 드레스를 세 벌 주문했다. 이브 생 로랑(Yves Saint Laurent)의 작품으로 한 벌에 300만 엔이나 했는데 모두 자신이 지불했다.

프로그램을 위해 두 곳의 스튜디오가 준비되었다. 객석이 있는 커다란 스튜디오와 머리위로부터 오로라와 같은 엷은 천이 늘어져 있는 객석이 없는 스튜디오였다. 초대받은 사람들은 일반 손님들이 아니라 스태프의 가족과 레코드점 관계자들이었다.

녹화가 시작되기 전 대기실에서 테레사는 신곡 〈슬픈 자유〉를 본방송 때와 같은 성량을 내어 노래했다. 그녀는 이 프로그램에서 톈안먼 사태에 관한 코멘트를 할 작정이었다. 중국 정부에 대한 마음을 자기 나름대로의 언어로 확실히 밝히고 싶었기 때문이다. 준비된 문장에는 '사람의 생활이 위협을 받고 있다ひとの生活がおびやかされる.'라는 어귀가 들어 있었다. 그런데 'おびやかされる'라는 부분이 아무리 연습해도 'おびゃーかかれる'로 되어 버렸다. 몇 번이나 반복한 끝에 'おーびやかーされる'로 되어 드디어 말을 잘할 수가 있었다. "해냈다. 해냈어요."라는 기쁨도 잠시, 안정이 되지 않았다. 뒤쪽에 바짝 붙어 앉아 있던 토러스 레코드사 제작부주임인 스즈키 후미요鈴木章代가 "테레사 씨, 다른 말을 생각해주실 수 없겠습니까?"라고 말해도 "아녜요, 하겠습니다."라고 양보하지 않았다. '위협을 받는다.'란 말의 의미에 끝까지 집착했다. 〈슬픈 자유〉를 부르기 전에 테레사는 이렇게 말했다.

나는 중국인입니다. 세계의 어디에 있어도 어디에서 생활해도 나는 중국인입니다. 그러므로 금년 중국의 모든 사태에 나는 마음 아파하고 있습니다. 중국의 미래가 어디로 가고 있는 것인지 대단히 걱정하고 있습니다. 나는 자유롭게 살고 싶습니다. 그리고 모든 사람들도 자유롭게 살아야 한다고 생각합니다. 그것이 위협받는다는 것이 너무 슬픕니다. 하지만 이런 슬프고 괴로운 이 마음, 언젠가는 사라지겠지요. 누구나 반드시 서로 이해할 수 있을 겁니다. 그날이 올 거라고 믿으며 노래를 부르겠습니다.

그녀의 표정은 그때까지 노래를 불렀을 때와는 사뭇 달라져 고뇌에 차보였다. 'So-long(안녕)'이란 가사 부분에서는 주먹을 쥔 왼쪽 손을 높이 쳐들었다. 이내 눈에서 눈물이 흘러내렸다. 객석의 한쪽 구석에는 테레사의 모습을 꼼짝 않고 응시하는 한 명의 남자가 있었다. 그는 《베이징청년보》의 관젠 기자였다.

녹화를 마친 테레사는 미키 다카시 일행과 롯폰기에서 식사를 했다. 여기에서 톈안먼 사태가 화제가 되었다. 테레사는 절실한 표정으로 말했다.

"노래로 중국인의 마음을 하나로 만들고 싶습니다."

미키는 "노래로 혁명을 일으키는 것은 어려운 일이에요. 목숨을 걸지 않고는 세계는 달라지지 않아요."라고 가벼운 마음으로 대답했다. 그 발언을 테레사는 가만히 듣고 있었다.

이 무렵 테레사의 마음을 꽉 채우고 있던 일은 홍콩을 떠나야 할지 말아야 할지 하는 문제였다.

"홍콩은 또 다른 내 집이라 지쳐있을 때에는 돌아가고 싶은 곳입니다."

그녀는 친한 지인에게 그렇게 말한 적이 있었다.

그 홍콩을 떠나야 할지 말아야 할지 망설였던 배경에는 톈안먼 사태를 일으킨 중국에 대한 분노와 낙담이 깔려 있었다. "꿈을 죽였다."라고 말한 적도 있었다. 홍콩은 중국에 8년 후에 반환된다. 무슨 일이 일어날지도 모른다는 사실에 대단히 불안해하고 있었다.

4

톈안먼 사태는 전 세계에 뜻밖의 파문을 일으켰다. 동구권 여러 나라의 사회주의 체제가 붕괴하는 상징이 되었던, 베를린 장벽의 철거가 일어났다. 거기에 이르는 발단이 된 것은 동독의 중국대사관에 대한 항의데모였다. 테레사는 베를린 시민들이 장벽을 부수는 장면을 뉴스에서 보았다. 11월 9일의 일이었다. 그로부터 9일 후인 20일, 테레사 덩은 실의에 빠진 채 홍콩을 뒤로 하고 파리로 떠났다. 음악활동과 생활의 거점을 옮기기 위해서였다.

파리에서의 기본적인 생활은 프랑스어 학교에 다니는 일이었다. 그곳에는 일본인도 다니고 있어 "혹시, 테레사 덩?"하고 말을 거는 일도 있었다. 스포츠클럽에서 운동을 할 때 특히 스트레칭에 힘을 쏟은 이유는 파리 여성들의 가슴이 큰 것이 신경이 쓰였기 때문이다. 약간 근육이 붙자 '가슴의 굴곡'이 생기는지 시험을 해보는 일도 있었다. 파리에 와서 안심했던 탓일까. 체중이 늘어나고 신발 사이즈도 23.5센티미터에서 25센티미터로 달라졌다. 자택에서 좋아하는 소설을 읽는 한가로운 나날이 계속되었다. 클리냥꾸르에 있는 골동품 시장에 가는 일도 기분전환이 되었다.

톈안먼 사태가 일어난 1989년은 프랑스혁명 2백 주년을 기념하는 해이기도 했다. 프랑스 정부는 여권이나 신분증명서를 소지하지 않은 자라도 중국으로부터 정치적 망명을 희망하면 적극적으로 받아들이기로 했다. 일본은 정치적 망명을 거부했고, 미국도 처음에는 받아들이는 것을 거부했다. 그래서 파리는 망명자들의 거점이 되었고, 민주화 운동의 심벌이 되었다. 1989년 9월에는 망명자들에 의해 '민주중국진선民主中國陣線(FDC)'이 결성되어 주석에 정치학자인 옌지아치嚴家祺, 부주석에 학생운동의 리더였던 우얼카이시吾爾開希가 취임했다. 해외에서 중국의 민주화를 추진하는 것이 목적이라고 주장했다.

중국에서 정치적으로 망명한 민주화 투사들에게는 뜨거운 시선과 공감이 쏟아졌다. 프랑스 혁명을 축하하는 퍼레이드에 참가하면 연도에서는 떠나갈 듯한 박수 소리가 터져 나왔다. 이와 같은 사회적 분위기 속에서 결성된 '민주중국진선'에는 약 2백만 달러의 모금이 조성되었다. 이 조직은 일본, 미국, 캐나다, 스웨덴, 덴마크, 호주 등 전 세계에 12개 지부가 결성되었다.

그러나 조직이 쇠퇴하는 데는 그리 오래 걸리지 않았다. 추상적인 논의만 반복되었을 뿐만이 아니었다. 주석 옌지아치나 재정 담당자도 모르는 사이에 순식간에 자금이 바닥나 버리는 부패가 일어났다. 프랑스에 망명한 노동자 웨우岳武는 이렇게 말했다. "공산당은 40년 만에 부패했지만 민주화운동 조직은 겨우 4개월 만에 부패했다."(탄루메이譚璐美 『톈안먼, 10년의 꿈』) 민주화 조직은 이합집산을 반복했다. '민주연합진선', '중국공인 자치연합회 해외준비처中國工人自治連合會 海外準備處' 등, 몇 개의 조직이 결성되었다.

테레사 덩은 1990년에 들어서자 〈눈물의 조건淚の条件〉, 〈YES, 사랑에 싸여(YES, 愛につつまれ)〉(모두 아키라 도요히사 작사, 미키 다카시 작곡)를 파리에서 레코딩했다. 〈눈물의 조건〉은 아사히 텔레비전에서 4월부터 방영되는 《화요미스테리 극장》의 주제곡으로 채택되었다. 이

레코딩을 할 때 레코딩 감독인 후쿠즈미 데쓰야는 해피 밸리 집회에 테레사가 참가했던 일에 대해 안 해도 될 말을 굳이 꺼냈다. "정치와 음악은 전혀 별개이니 그런 모습은 웬만하면 보이지 않는 편이 좋지 않을까요?" 그런 말을 들은 테레사는 평소와 달리 부루퉁한 표정이 되어 아무런 대답도 하지 않았다. 후쿠즈미는 일과 관련해서는 전혀 그런 모습을 보인 적이 없었던 그녀가 보여준 일순간의 표정에서 '난 단지 가수가 아니다.'라는 심정을 살짝 엿보았다고 한다.

스튜디오 '터부(Taboo)'에는 런던, 파리, 로스앤젤레스로부터 뮤지션들이 모여들었다. 그 중에는 로드 스튜어트의 투어 베이스주자 등도 있었다. 레코딩 준비가 진행되고 있던 어느 날의 일이었다. 뮤지션 한 사람이 자신이 알고 지내는 카메라맨을 데리고 왔다. 사진점에서 아르바이트를 하고 있던 스테판 퓨엘이었다.

테레사 덩은 열네 살 연하인 스테판이 신경 쓰였다. 눈이 크고 인형과 같은 분위기의 남성을 좋아했기 때문이다. "고우 히로미는 멋지다."라든가 "다무라 마사카즈田村正和는 근사하다."고 말하기도 했고 "히로시마 카프의 고바야카와小早川 선수의 얼굴이 마음에 든다."고 말한 적도 있었다. 스테판은 바로 그 기준에 들어맞았다. 토러스 레코드사의 스즈키 후미요에게 "저, 어떻게 생각하세요? 저 얼굴 귀엽죠."라는 말을 되풀이했다. 스테판이 몇 번인가 스튜디오에 얼굴을 내밀게 되었을 때 테레사는 프랑스어로 숫자를 세는 법을 배웠다. 그 일이 두 사람이 교제하는 계기가 되었다. "식사나 하실까요."라고 스태프에게 중화요리를 권하면 스테판도 그에 따랐다. 처음에는 마치 수행원 같은 존재였다.

1990년 5월 9일, 대만에 있는 아버지 덩수웨이가 뇌일혈로 인해 일흔다섯 살에 세상을 떠났다. 이때 연락을 받은 테레사는 장례식에 참석할 수가 없었다. 위장병으로 입원해 있었기 때문이다. 감기도 심하게 겹쳐 있었다. 테레사 덩 사망설이 홍콩에서 흘러나온 이유는 아버지의 장례식에 참석하지 않았기 때문이다. 사람들에게 고민을 털어놓거나 실망하는 모습을 보이지 않는 테레사는 이 시기에 식욕도 없고 말수도 적었다. 6월에는 몽테뉴 거리에 있는 맨션을 구입하여 벽 등을 좋아하는 색으로 바꿨다. 그 비용은 토러스 레코드사에서 인세를 상쇄하는 조건으로 빌려준 6천만 엔으로 지불했다.

다음해인 1991년 2월에는 〈슬픔과 춤을〉(아키라 도요히사 작사, 미키 다카시 작곡)이 발매되었다. 5월에는 환상의 명반이라고 불려지고 있던 「담담유정」이 신세이도新星堂 오마가토키 레이블(일본의 대형 레코드점 중의 하나인 신세이도 레코드점의 레이블—옮긴이)에서 발매되었다. 그리고 섣달 그믐날에는 NHK홍백전에 출전하여 〈시간의 흐름에 몸을 내맡겨라〉를 불렀다. 5년 만에 세 번째 출전이었다.

1991년 말, 테레사는 홍콩의 자택으로 스테판을 데리고 가서 2층에 있는 자기 방 옆에서 살게 했다. 스테판은 텔레비전 방송국의 촬영이 있으면 그 일을 거들고, 식사 때에는 고기에 뼈가 붙어 있으면 그것을 발라주는 다정함을 보였다. 테레사가 어두운 곳에서 책을 읽고 있으면 "밝은 곳에서 읽어요."라고 말했고, 옷을 고를 때에도 "이것이 더 어울려요."라고 하는 등의 어드바이스를 했다. 테레사가 외출할 때에는 언제나 키스하고 배웅하는 모습은 연인 바로 그 자체였다.

텐안먼 사태가 사람들의 기억 속에서 희미해져 가고 있을 즈음, '민주중국진선'은 1992년 봄에 파리의 중국 대사관 앞에서 단식 투쟁을 벌였다. '진선'의 회장에는 텐안먼 사태 당시, 우한武漢대학에서 박사 과정 학생이던 차이총꾸어蔡崇國가 취임해 있었다. 차이의 친구가 중국의 감옥에서 단식 투쟁을 하고 있다는 정보가 전해졌기 때문에 그 항의 행동과 연대하여 뉴욕과 파리에서 단식 투쟁을 감행한 것이었다. 참가자는 7명. 중국인이 4명, 프랑스인이 3명이었다. 적은 사람 수에서도 알 수 있듯이 운동의 쇠퇴 조짐이 여실히 드러났다.

이 현장에 테레사 덩이 스테판과 함께 찾아왔다. 그녀는 흰 글라디올러스와 연보랏빛 리라꽃을 농성을 하고 있는 사람들에게 건넸다. 테레사는 2시간 정도 이야기에 열중했다. "내 인생에 있어서 대단히 큰 사건이었다." 그렇게 말할 때에는 저절로 눈물이 흘러내렸다. 서로 이야기하는 가운데 사태가 발발한 지 3주년이 되는 6월 4일에 희생자를 애도하고 옥중에 있는 동료들을 격려하기 위한 콘서트를 개최하자는 계획이 세워졌다.

차이에게 있어 테레사 덩은 자유의 상징이었다. 그녀의 노래가 금지되었을 때에도 카세트테이프가 암거래로 유통되어 많은 민중이 몰래 들었다는 것을 알고 있었기 때문이다. 그 당사자를 우연히 만나서 느낀 것은 내면의 성숙함이었다. 중국 공산당의 지배에 반대하고 있다는 말을 들었을 때에는 감동했다.

헤어질 때 테레사는 차이총꾸어에게 연락처로 자택의 팩스 번호를 알려 주었다. 차이는 즉시 면회를 제의했다. 며칠 후 차이총꾸어는 테레사가 사는 아파트 근처에 있는 카페에서 만나기로 했다. 테레사는 "민주화 지원 콘서트를 합시다. 필요한 비용은 제가 어떻게든 해보겠습니다.”라고 약속했다. 옥외에서 할지 극장에서 할지, 시기는 언제가 좋은지 등 구체적인 계획을 서로 열심히 이야기했다. 야외 콘서트라고 하면 설비 준비 등으로 비용이 올라간다. 그래서 팔레 데 콩그레라는 회의장은 어떤가라고 차이총꾸어가 제안했다.

팔레 데 콩그레는 블로뉴 숲의 북동쪽 맞은편에 있고, 국제회의나 콘서트에 사용되었다. 좌석 수는 3,723개, 회장 사용료는 13만 4천 5백 프랑(약 296만 엔)에 20.6퍼센트의 소비세가 붙었다. 가수 샤를 아즈나 불(Charles Aznavour)이 콘서트를 열었던 곳으로 알려진 회장이었다.

그 다음에 차이총꾸어를 만났을 때 테레사는 조명과 음향 담당자를 데리고 왔다. 테레사는 이미 회장의 예비조사도 실시했고 바닥의 융단 을 모두 바꾸어 달라는 등의 제안도 했다. 예산은 기자재 확보와 참가 뮤지션 사례비 등을 합계하면 120만 프랑(약 2천 6백 4십만 엔) 정도가 필요했다. 차이는 몇 곳의 신문사에 협찬을 타진해 보았으나 어느 곳 도 맡으려 하지 않았다. 사정을 설명하자 테레사는 말했다. “돈은 문제 없습니다.”

파리에서 테레사가 다녔던 중화요리점이 있다. 르네상스 거리에 있 는 푸춘주자富春酒家이다. 테레사가 이 가게에 처음 온 것은 1978년으 로 홍콩의 영화 관계자가 가게 주인인 장메이팡張梅芳에게 “가수 테레 사 덩이 파리에 오니 잘 부탁합니다.”라고 전화를 걸었다. 1980년대에 들어서는 약혼자 궈쿵청과 들른 적도 있었다.

파리에 살게 된 테레사는 1주일에 4, 5일은 여기에서 저녁식사를 하 는 습관이 생겼다. 언제나 앉는 곳은 가장 안쪽에 있는 빨강색 천으로 된 의자 등이 있는 4인석이었다. 가게에서 식사를 하지 않을 때에도 요리를 사가지고 갈 정도로 마음에 들어 했다. 꼭 주문하는 음식은 후카 히레 스프, 즐기는 음식은 설평목舌平目이나 야채만두였고, 가끔 베이 징 오리를 주문하는 일도 있었다. 육류보다는 야채를 사용한 요리를 좋아했다. 장메이팡은 테레사 전용으로 1,200프랑(약 2만 6천 4백 엔)의 고급 적赤와인을 항상 비치했다. 특히 좋아한 것은 보르도 제1등급 와 인 '샤토 라피트 로쉴드'였다. 지인을 동반할 때에 마셨는데 가끔 종업 원에게 대접하는 일도 있었다. 얼마 안 있어 스테판을 데리고 온 테레 사는 장메이팡에게 '친구입니다.'라고 소개했다.

테레사는 차이총꾸어에게 이 부춘주가에서 식사를 하자고 권했다. 민주화운동과 관계가 있는 네 명의 친구들과 함께 시간을 보내는 동안 테레사는 가수가 된 과정 등, 자신의 그때까지의 인생에 대해 말했다. "초등학교에서는 본토에서 온 외성인이라 선생님에게 언제나 손을 맞 는 등의 심한 벌을 받았습니다." 그렇게 회고하던 테레사의 발언이 차 오쭝꾸어에게는 인상적이었다.

"최근에는 노래를 부르지 않는 것 같은데 생활은 괜찮습니까?"

동석한 사람이 이렇게 묻자 그녀가 대답했다.

"일본에서 많이 부르고 있습니다. 돈도 그렇게 해서 벌고 있습니 다."

대화는 어느새 톈안먼 사태로 옮겨 갔다.

"중국에 갈 마음의 준비는 되어 있었습니다."

테레사는 이렇게 말했다.

"홍콩의 신화사를 통하여 중국 정부로부터 본토에서 콘서트를 열자 는 의뢰가 있었습니다. 국빈으로 맞이하겠다는 겁니다. 중국의 몇 곳에서 콘서트를 하자는 약속이었습니다. 만일 제가 갔다면 톈안먼 광장은 만원이 되었겠지요. 하지만 톈안먼 사태가 일어나 버렸습니다. 중국 정부가 그 사건을 사죄하지 않으면 절대로 가지 않겠다고 맹세했습니다."

1992년 6월 4일, 톈안먼 사태가 발생한 지 3주년이 되는 이날, 파리의 트로카데로 광장에서 집회가 벌어졌다. 모인 5백여 명 가운데 검은색 상하의로 몸을 감싸고 머리에도 검은색 스카프를 쓴 테레사의 모습이 보였다. 그녀는 〈혈염적풍채血染的風采(피로 물든 모습)〉라는 노래를 눈물을 흘리면서 참가자들과 함께 불렀다. 천저陳哲가 작사하고 쑤웨蘇越가 작곡한 이 노래는 중국해방군 병사를 주인공으로 한 내용으로 1986년에 중국에서 대히트했다. 그 후 톈안먼 사태 당시 나라의 민주화를 위하여 목숨을 건 자신들에 투영시켜 학생들 사이에서 널리 불려졌다. 홍콩에서는 1989년부터 1990년에 걸쳐 유행했다.

也許我告別 將不再回來
你是否理解 你是否明白
也許我倒下 將不再起來
你是否還要 永久的期待
如果是這樣 你不要悲哀
共和國的旗幟上有我們血染的風采

也許我的眼睛 再不能睜開
你是否理解 我沉默的情懷
也許我長眠 再不能醒來

你是否相信 我化作了山脈

如果是這樣 你不要悲哀

共和國的土壤上有我們付出的愛

난 떠난다면 아마도 다시는 돌아오지 않을지도 모릅니다

당신은 이해할 수 있나요, 알 수 있나요?

난 쓰러진다면 아마도 다시는 일어나지 않을지도 모릅니다

당신은 나를 영원히 기다리고 싶은가요?

만약 그렇다면 슬퍼하지 마세요

공화국의 깃발에 나의 피가 물든 모습이 있어요

내 눈은 아마도 다시는 뜨지 못할지도 모릅니다

당신은 침묵하고 있는 내 심정을 이해할 수 있나요?

나는 아마도 영원히 고이 잠들어서 다시는 깨어나지 못할지도 모릅니다

당신은 내가 이미 산으로 변해 버렸다는 걸 믿을 수 있나요?

만약 그렇다면 슬퍼하지 마세요

공화국의 땅 위에 우리가 바치는 사랑이 있으니…

프랑스의 '민주중국진선'은 6월 4일에는 타이밍이 맞지 않았지만 곧 펼쳐질 테레사 덩의 콘서트는 비디오로 녹화하여 홍콩에서 판매할 계획을 세웠다. 비디오가 홍콩에서 중국으로 들어간다면 정치적으로도 커다란 영향을 미칠 것임에 분명했다. 한편으로는 테레사를 전면에 내세워 민주화 지원기금을 모금하려는 계획도 세웠다.

그러나 차이총꾸어가 콘서트 개최에 대해 자세한 논의를 하고 싶다고 테레사에게 팩스로 연락을 취해도 결국 응답은 오지 않았다. 그것

을 마지막으로 교류는 두절된다. 톈안먼 사태에 항의하는 콘서트 구상
은 덧없이 끝나버렸다.

　테레사가 파리를 거점으로 하는 중국 민주화운동을 떠난 데는 몇 가
지 이유가 있었다. 테레사에게는 '콘서트 개최는 물론이고, 중국 민중
을 위하여 뭔가를 하고 싶다.'는 강한 마음이 있었다. 그 '뭔가'를 생각
했을 때에 '가수이니까 콘서트밖에 할 수 없다.'는 결론만이 남았다.
그런데도 콘서트를 구체적으로 계획하고 있을 때에 '왜 그런지 나쁜
일이다.'라는 감정이 떠나지 않았다. 수많은 사망자가 발생했던 사태
에 대해 노래하는 행위로 항의하는 일이 과연 허용될지 테레사는 괴로
워했다.
　그러나 차이총꾸어 일행은 콘서트 개최를 서둘렀다. 옥외에서 할 것
인가, 옥내에서 할 것인가. 팔레 데 콩그레를 회장으로 하자는 제안에
대해 테레사는 야외 콘서트를 희망했다. 에펠탑 근처에 있는 트로카데
로 광장으로 하고 입장은 무료로 한다. "무료로 하는 쪽이 의미가 있어
요."라고 테레사가 말한 이유는 요금을 받는 것은 상업주의이고 죽은
사람들을 이용하는 것이 된다고 생각했기 때문이다. 차이총꾸어 일행
과 마지막까지 의견이 일치하지 않은 문제였다.
　홍콩이나 파리에서도 테레사는 신화사와 중국대사관 앞에서 농성하
는 활동가들에게 운동자금을 기부했다. 그러나 그들과 아주 가깝게 접
촉하게 된 다음부터는 자금을 모금하는 일은 한 번도 없었다. 차이총
꾸어는 테레사 덩에게 '유명인 특유의 차가움'을 느꼈다. 활동가와 가
수와의 사이에 뛰어넘을 수 없는 감각感覺의 차이였다.
　톈안먼 사태 직후의 열광적인 지원 여론은 '민주중국진선'의 내분,

프랑스 정부의 중국 정부에 대한 접근 등이 원인이 되어 급속히 식어 갔다. 60명에 가까웠던 망명자도 대부분은 미국으로 건너갔다. 고립되어 있는 활동가들의 초조함이 테레사의 순수한 마음과는 어울리지 않았다.

"그럼 내년에 할까요?"

테레사가 차이총꾸어 일행에게 전한 마지막 말이었다.

5

테레사 덩은 NHK홍백전 출전 여부에 따라 사회적 지위가 달라진다고 느꼈다. 스태프와의 대화 속에서 자주 "나가고 싶다."고 말했던 이유는 그 때문이었다. NHK는 출연 공헌도와 시청자에 대한 샘플조사 결과 등을 총합하여 출전자를 결정했다.

파리를 거점으로 하게 된 테레사의 음악 활동은 홍콩이나 대만에서도 1년에 몇 번만 텔레비전에 출연하여 노래하는 정도였다. 일본에서의 활동도 비슷해져서 1년에 한 번 일본을 방문하는 정도였다. 토러스 레코드사가 콘서트 개최를 원해도 테레사는 그에 응하지 않았다.

그래도 1년에 한두 곡의 신곡은 계속 냈다. 그러나 판매가 예전만큼의 위력이 없었다. 싱글로 말하면 1990년에 나왔던 〈눈물의 조건〉이 15만 장에도 미치지 못했다. 〈시간의 흐름에 몸을 내맡겨라〉의 2백만 장과 비할 바가 아니었다. 그래서 검토된 것이 CM과 제휴하는 전략이었다. 〈시간의 흐름에 몸을 내맡겨라〉급의 신곡을 찾아서 광고 대리점 하쿠호도博報堂에 협력을 요청하기로 했다.

CM과 제휴하기 위해 우선 녹음한 노래는 〈하일군재래〉였다. 새롭게 중국어와 일본어로 녹음했고, '긴초金鳥의 모기향' CM에서는 중국어와 영어(미발매) 두 가지 버전이 사용되었다.

신곡은 메나도 화장품의 CM으로 사용되는 것이 결정되었다. 누가 작사와 작곡을 담당할 것인가. 검토한 결과, 지금까지 히트곡을 만들어냈던 아키라 도요히사, 미키 다카시 콤비가 아니고 작사를 ZARD의 사카이 이즈미坂井泉水, 작곡을 오다 데쓰로織田哲郎에게 의뢰하기로 했다. 사카이가 다른 아티스트를 위하여 작품을 만드는 것은 이번이 처음이었다.

이렇게 하여 완성한 노래가 대만에서 녹음된 〈당신과 함께 살아간다あなたと共に生きてゆく〉이다. 발매는 1993년 5월 12일. 그러나 이 작품도 히트곡이라고 할 수 있을 정도의 반응은 보이지 않았다. 오리콘 차트에 등장한 것은 한 번뿐이었고, 더구나 순위는 97위에 머물렀다. 판매도 5만 장 정도로 그쳤다. 기대했던 홍백전 선발에서도 빠져 버렸다. 이 〈당신과 함께 살아간다〉가 결과적으로 오리지널 곡으로서는 생전 최후의 싱글이 되어 버린다.

1994년 10월 23일, 테레사 덩은 다시 일본을 방문했다. 그 목적은 NHK홍백전 출전을 확실하게 하기 위해서였다. 1985년에 히트했던 〈애인〉으로 처음 출전하는 성과를 거두었고 이듬해인 1986년과 1991년에는 〈시간의 흐름에 몸을 내맡겨라〉로 세 번 홍백전에 출전했던 그녀는 홍백전 출전 여부에 대단히 집착했다. 일본에서 가수로서 활동하기 위해서는 홍백전에 특별한 의미가 있다고 생각했기 때문이다.

파리를 거점으로 살고 있던 테레사는 추위지면 따뜻한 태국으로 이동하여 휴양하는 것이 습관이 되어 있었다. 그러나 NHK에서는 홍백전 출전 조건으로 연간 방송 공헌도를 요구했다. 그 때문에 3월에는 《가요콘서트》의 특별 프로그램 '가족이 뽑은 일본의 노래'를 위하여 일본을 방문했다. 센다이에서 10월에 예정되어 있던 《가요 채리티(Charity) 콘서트》에 출연하는 이유도 그러한 맥락이었다. 그런데 담당자가 파리에 팩스를 보내서 의사 타진을 했지만 좀처럼 회신이 오지 않았다. 그래서 후나키 미노루가 대만에 있는 테레사의 어머니에게 설득을 해달라고 전화를 했다. 후나키는 또한 테레사 본인에게도 연락을 취했다. 그 결과, 간신히 10월 일본 방문을 하겠다는 허락을 받아냈지만 센다이의 일 이외는 아무것도 하지 않겠다는 조건을 내걸었다.

일본에서의 전속 계약선이었던 토러스 레코드사의 스태프는 이런 계획을 세웠다. 10월 20일에 홍보과장인 다나카 가즈키田中─樹가 홍콩에 들어간다. 22일 오후 4시 25분발 CX(캐세이 퍼시픽 항공) 500편으로 홍콩을 떠나서 나리타 도착이 오후 9시 15분. 마중 나온 스태프와 자동차로 호텔 오쿠라로 향한다. 1박하고 23일 오후 4시 도쿄발 '야마비코 21호기'를 타고 센다이로 가서 고요江陽 그랜드 호텔에 숙박하고 24일 오후 1시에 미야기 현민회관에 들어가는 일정이다.

그런데 방콕에서 홍콩에 있는 자택으로 돌아가 있던 테레사는 몸 상태가 좋지 않았다. 그래서 홍콩으로 맞이하러 온 다나카에게 그녀는 콘서트 전날에 센다이까지 직행 편으로 가고 싶다고 요청했다. 도쿄에 잠시 들르는 것은 싫다는 것이었다. 센다이에는 드래곤 에어가 직행 편을 운항하고 있었다. 그러나 빈자리가 없었다. 홍콩 폴리돌의 스태프는 온갖 수단을 동원하여 간신히 티켓을 확보할 수 있었다.

23일 오전 10시경, 공항 1등석 카운터에 테레사가 도착한 것은 출발 20분전쯤이었다. 밍크 모자에 펜디 코트, 엷은 핑크빛 차이나 드레스에 선글라스를 낀 차림으로 손에는 루이비통 보스턴백과 작은 화장품 가방을 들고 있었다. 담당자에게 재촉을 받은 테레사는 종종걸음으로 비행기로 향했다. 그런데 거친 숨을 몰아쉬며 막 탑승구까지 왔을 때에는 이미 비행기가 이륙한 뒤였다. 테레사의 화가 폭발했다.

"나는 가수입니다. 일본에서 콘서트가 있는데 어떻게 할 거예요."

5분 정도 광둥어로 강한 어조로 말했지만 어찌할 도리가 없었다. 드래곤 에어는 일요일과 목요일에 하루 1회만 운행했다. 다음날 비행기는 없었다. 남아 있는 것은 캐세이 퍼시픽 항공으로 나고야로 떠나는 방법뿐이었다. 다나카에게는 테레사가 도쿄를 경유하는 것은 싫다고 했을 때 이미 예약을 해놓은 티켓이 있었다. 그것이 CX532편이고 오전 10시 반에 출발했다. 이제 와서는 이 비행기를 타는 것 이외에는 선택의 여지가 없었다. 테레사는 이 편으로 일본으로 떠나게 되었다. 기내 서비스로 오렌지 주스를 부탁한 테레사의 모습은 피곤해 보였지만 특별히 달라진 점은 찾아볼 수 없었다.

오후 3시, 나고야공항에 도착한 테레사는 국제선에서 국내선 터미널까지 셔틀버스로 이동했다. 그 거리는 겨우 4분 정도였지만 "택시는 없나요?"라고 보기 드물게 불편한 심기를 드러내 보였다. 센다이 행 일본에어 시스템 편을 기다릴 때까지의 시간은 커피숍에서 보냈다. 기내에서 테레사는 오렌지 주스를 마셨고, 여기에서도 특별히 다른 모습은 볼 수 없었다.

센다이에 도착한 것은 오후 6시 10분. 공항에는 토러스 레코드사의 후나키 미노루 사장 이하 4명의 스태프가 마중을 나와 있었다. 일행은 공항에서 택시를 타고 아오바靑葉 구 혼마치本町에 있는 고요 그랜드 호텔로 향했다. 동승했던 스즈키 후미요는 테레사가 비행기를 몇 번 갈

아팠기 때문인지 피곤해 보인다고 생각했다. 평소와 같으면 트러블이 있을 때 "죄송합니다."라고 사과하는 그녀가 이날은 얼굴도 보려고 하지 않았기 때문이다.

호텔에 도착한 것은 오후 7시가 지나서였다. 별관에 있는 룽톈장龍天江이라는 중화 레스토랑에서 8시부터 식사 예약이 되어 있었다. 그런데 10층에 있는 스위트룸에 들어간 테레사가 스태프에게 이렇게 말했다.

"몸 상태가 안 좋습니다. 피곤하니까 룸서비스를 받겠습니다. 그리고 자겠습니다. 걱정하지 마세요."

이후 테레사는 상어 지느러미 조림, 여러 종류의 냉채冷菜에 라이스를 주문했다. 그 다음에 테레사는 말다툼을 해서 홍콩에 남겨두고 온 스테판에게 국제전화를 했다. 이날 테레사의 기분이 나빴던 것은 그와의 말다툼이 원인이었다.

스테판을 만나서 개인적인 교제가 시작된 이후 테레사는 미지의 땅을 여행하는 일에서 즐거움과 평온함을 느꼈다. 그러나 시간이 지남에 따라 가치관이나 생활습관의 차이로 자주 싸움이 벌어졌다. "3일이나 양식을 계속 먹었으니 오늘은 중화요리로 하자."고 테레사가 말하면 스테판은 노골적으로 싫은 표정을 지었다. "유럽의 오페라와 발레가 멋지다."고 자랑하는 그에게는 "경극京劇(노래와 춤과 연극이 혼합되어 있는 중국의 전통극—옮긴이)과 공자의 철학은 대단하다."라고 말하는 테레사를 이해하는 마음이 그다지 없었다. 테레사의 스트레스는 행동으로 나타나기 시작했다.

어느 텔레비전 방송국의 대기실에서 의자에 앉아 있는 스테판과 그 옆에 서 있던 테레사가 영어로 말다툼을 한 일이 있었다. 티격태격하는 중에 테레사가 스테판의 발을 느닷없이 걷어찼다. 테레사가 신고 있던 구두가 벗겨져 나뒹굴었다. 스테판은 일어나서 구두를 주워 테레사의 발밑에 들고 가서 신겨주었다.

홍콩 자택에서의 일이다. 어느 날 밤, 대판 싸움을 벌인 두 사람이 2층에서 내려왔다. 테레사는 울면서 "나가버려!"라고 소리쳤다. 스테판은 집을 나갔지만 10분쯤 뒤에 차임이 울렸다. 밖에는 많은 비가 내렸기 때문에 온몸이 흠뻑 젖어 있었다. 그 모습을 본 테레사는 더 이상 화를 낼 수가 없었다. 심한 싸움이 반복되면서도 헤어지지 않은 이유는 테레사의 마음이 약했기 때문이다.

이번의 일본 방문도 스테판이 동행할 예정이었고, 비행기 티켓도 준비되어 있었다. 그런데 당일에 사소한 일로 싸움이 벌어져 테레사는 그를 놔두고 오게 되었다.

다음날인 24일, 호텔 1층의 레스토랑 '롱샹'에서 프레시 오렌지 주스와 샌드위치를 먹은 그녀는 오후 1시에 미야기 현민회관으로 들어갔다. 여느 때의 테레사라면 양장도 갖고 왔을 텐데 이번에는 웬일인지 핑크빛을 기조로 한 비슷해 보이는 차이나 드레스 세 벌밖에 지참하지 않았다. 스즈키가 "일본어 코멘트를 생각해 주세요."라고 말하자 "생각하겠습니다. 괜찮습니다."라고 대답은 했지만 기력이 없었다. 곧 "안 됩니다. 생각 좀 해주세요."라고 도움을 요청하러 왔다. 다다미 여덟 장 정도 크기의 대기실에 들어가서는 거울 앞 테이블에 타월을 놓고 화장품을 늘어놓기 시작했다. 유키 사오리由紀さおり, 오쓰키 미야코大月みやこ와 같은 방이었다.

"춥네."

여느 때라면 자주 농담을 했을 테레사가 그런 것도 없이 투덜대듯 툭 한마디 내던졌다. 겹쳐 놓은 2장의 방석에 앉은 채 코트를 뒤집어쓰고 꼼짝 않고 앉아 있었다. 몸 상태가 나쁘다는 것을 알고 있던 오쓰키 미야코가 걱정이 되어 "방에 좀 누우세요."라고 말을 걸었다. 그래서 다다미방에 방석을 나란히 깔고 불은 끈 다음 1시간 정도 쉬기로 했다. "망고나 포도가 먹고 싶다." 그때 테레사는 이렇게 말했다. 스태프는 센다이 시내의 과일가게에 찾으러 나갔지만 계절이 맞지 않았다. 그래서 그 대신에 그레이프 프루트(포멜로), 귤, 바나나를 사가지고 왔다. 그러나 테레사는 그 어느 것에도 손을 대지 않았다.

첫 번째 리허설 시간이 다가왔다. 하지만 몸 상태가 회복되지 않음이 분명했다. 어쩔 수 없어 일단 호텔로 돌아가서 휴식을 취하기로 했다. 회장에서 준비한 도시락에도 전혀 손을 대지 않았다. 프루트를 호텔로 가지고 갔지만 이것도 아주 조금 입에 대었을 뿐이었다.

막이 오르기 전 마지막 리허설 때 돌아온 테레사는 화장도 하지 않고 루즈만을 발랐으며, 잠을 자는 바람에 흐트러져 버린 세 갈래로 땋은 머리를 다시 손질하고 밍크 모자를 뒤집어 쓴 채로 〈야래향夜來香〉을 불렀다. 그 이상을 할 정도의 기력이 솟아나지 않았다. 마지막으로 전원이 무대에 오를 때에도 역시 몸이 말을 듣지 않았다. 그래서 다나카가 의상을 손에 들고 대역을 맡았다. 온몸이 나른하고 오한이 가시지 않았다. 다이어트를 위하여 오렌지 주스를 주식으로 하는 생활을 2개월 정도 계속했기 때문에 체중은 10킬로그램 정도 줄었다. 그 뒤 몸 상태가 좋지 않게 된 것이었다.

본 프로그램의 시간이 다가왔다. 핑크빛 차이나 드레스에 핑크빛의 두껍게 짠 스톨을 걸쳐 입은 테레사는 지하에 있는 대기실을 나오자 몹시 초췌한 모습으로 천천히 계단을 올라갔다.

〈야래향〉, 〈시간의 흐름에 몸을 내맡겨라〉 두 곡을 부르는 테레사는 대단히 괴로워 보였다. 가끔 눈썹을 찌푸린 이유는 여느 때라면 매끄럽게 나오는 목소리에 전혀 탄력이 없다는 것을 스스로 느꼈기 때문이었을 것이다. 안색도 창백했다. 노래를 부르면서도 가끔 눈을 감는 모습은 뭔가로부터 자신을 지키려고 하는 듯도 보였다. 최악의 상태에서 간신히 노래를 마친 테레사는 곧바로 호텔로 돌아갔다.

본래는 프로그램 수록이 끝나면 도쿄로 돌아갈 예정이었다. 센다이 발 오후 9시 26분 '야마비코 56호'를 타면 도쿄에 도착하는 시간은 11시 32분이었다. 호텔 오쿠라에 숙박하고 다음날인 10월 25일 오후 6시 10분발 CX505편으로 나리타에서 홍콩으로 돌아간다는 스케줄이 정해져 있었다. 하지만 그날 밤 테레사에게는 도쿄에 돌아갈 만한 기력이 남아있지 않았다. 그래서 고요 그랜드 호텔에서 다시 1박하기로 했다.

다음날은 아침 7시가 지나서 '롱샹'에서 식사를 하고 9시쯤에 체크아웃했다. 도쿄로 돌아오는 신칸센의 그린차에서 창쪽에 앉은 테레사는 선글라스를 낀 채 모피코트를 온몸에 걸치고 쭉 웅크린 듯한 모습을 하고 있었다. 도쿄 역에 도착하자 나리타까지는 전세자동차로 이동하기로 되어 있었다. 토러스 레코드사의 후나키 미노루 사장, 10년 가까이 테레사를 담당한 스즈키 후미요가 동승했다. 차 안에서는 쭉 눈을 감고 누워있는 듯한 상태였다.

실은 이때 테레사는 계약 갱신을 앞두고 있었다. 1년 반 전 갱신 시에 테레사의 관계자로부터 갱신료로서 3억 엔의 요구가 있었다. 후나키는 테레사 본인이 구체적으로 요구한 것이 아니었기 때문에 교섭에서는 1년간의 자동적인 계약 갱신을 하는 것으로 합의했다. 그 갱신이 다시 다가와 있었다. 스테판이 나타난 이후에는 여행 등이 늘어나서 나가는 돈도 많아졌다. 그 때문에 테레사의 신용카드를 사용할 수 없는 상태가 몇 번이나 발생했다. 테레사가 후나키에게 연락을 취하여 회사에서 은행에 돈을 보낸 적도 있었다. 업계에서는 테레사가 다른 레코드사로 이적할지도 모른다는 소문까지 흘러나왔다. 후나키는 "정말 끊어질 것인가?"라고 불안해했지만 결국 테레사의 몸 상태가 나빠서 계약과 관련된 이야기를 할 수 있는 정황이 못 되었다.

센다이에서 도쿄로 가는 신칸센 안에서도, 나리타로 가는 자동차 안에서도 테레사가 이따금 이야기한 것은 다음에 나올 신곡뿐이었다. 테레사는 지금까지 작사가 아키라 도요히사, 작곡가 미키 다카시를 통해 히트곡을 만들어냈다. 싱글의 판매가 2백만 장을 넘었던 〈시간의 흐름에 몸을 내맡겨라〉를 시작으로 〈속죄〉, 〈애인〉, 〈이별의 예감〉(모두 150만 장) 등 대부분이 두 사람의 손을 거친 작품이었다.

그러나 파리에서 새로운 자극을 받은 테레사는 재즈나 레게 등에도 관심이 깊어졌고, 향후는 '엔카'라는 일본에서의 이미지를 불식하고 더욱더 전 세계적인 분야로 진출하고 싶어 했다.

자신이 작사한 작품을 노래하고 싶어 했고, 실제로 그 일에 몰두하기도 했다. 그런 마음이 있었기 때문에 아키라, 미키 콤비로부터 독립할 심산이었다. 하지만 이때 테레사는 "한 번 더 아키라 씨, 미키 씨의 작품으로 히트곡을 내고 싶다."라고 말했다.

신곡은 1995년에 들어섰을 때 최종적인 의논을 하기로 했다. 그리

고 다음해인 1995년 5월 8일, 테레사가 세상을 떠난 그날에 완성한 노래가 〈울지 말아요泣かないで〉라는 작품이었다.

공항에 도착한 테레사는 발이 휘청거릴 만큼 몸 상태가 악화되어 있었다. 캐세이 퍼시픽 항공의 카운터에서 수속을 마친 다음 대합실로 들어간 테레사는 오렌지 주스를 마셨다. 여기에서 라디오 프로그램용 코멘트를 녹음하기로 되어 있었다. 계획대로라면 센다이에서 수록할 예정이었으나 도저히 그럴만한 몸 상태가 아니었다. 연말과 신년에 방송할 40초 정도의 원고에는 홍콩과 일본 정월의 차이점이 쓰여 있었다.

"일본에 다시 오고 싶습니다. 테레사 덩이었습니다."

이렇게 이야기를 매듭지었으나 목소리가 아주 미약했다. 결국 이 녹음은 사용하지 않았다.

"좀 더 빠른 비행기는 없습니까?"

"춥다."고 하소연하던 테레사가 갑자기 말을 꺼냈다. 어쨌든 빨리 홍콩에 돌아가고 싶다고 했다. 탑승 예정인 CX505편은 오후 6시 10분 발이었다. 알아보았더니 일본항공의 경우는 오후 4시 55분발 735편이 있었다. 급히 탑승편을 변경하기로 했다. 터미널이 다르기 때문에 서둘러 이동했지만 테레사의 발걸음은 아직도 불안했다.

"조심해서 돌아가요. 홍콩공항에 스테판이 마중 나오도록 팩스를 보내 놓을게요."

스즈키 후미요가 말하자 거우 안심하는 듯한 표정을 보였다.

"고맙습니다. 다녀오겠습니다."

중얼거리듯이 말을 한 그녀는 탑승구로 사라졌다.

제5장

겨울의 해바라기

1

　테레사 덩은 1993년 10월 24일에 프랑스를 떠나 홍콩으로 간 이후 파리의 자택에 두 번 다시 돌아가지 않았다. 홍콩을 거점으로 한 생활이 바빴고, '돌아갈까.'라고 생각했을 때 파리는 이미 추운 계절로 접어들었기 때문이다. 테레사는 추위가 딱 질색이었다. 그 때문에 겨울철이 되면 태국의 푸껫에서 보양保養하는 경우가 많았는데 그곳에는 몬순(동남아시아에 부는 계절풍—옮긴이)의 영향으로 자주 비가 내렸다. 그것이 언제나 마음에 걸렸다. 어느 날, 태국의 가이드북을 읽던 테레사는 북부의 치앙마이 쪽이 살기 좋다는 사실을 알게 되어 한번 가봐야겠다고 생각했다. 1994년 8월, 처음 방문한 치앙마이 거리는 기후도 온화하고 공기도 깨끗하고 주변의 언덕도 초록빛을 띠고 있었다. 테레사는 금세 그곳이 마음에 들어 치앙마이를 정양지로 결정했다.

　테레사는 1994년 12월 18일에 홍콩에서 치앙마이로 가서 그곳에서 크리스마스와 신년을 맞이했다. 1995년 1월 11일, 한 번 홍콩으로 돌아왔고, 2월에는 타이베이에서 어머니 자오쑤구이를 비롯한 가족들과 음력설을 함께 지냈다. 1주일 정도 머문 테레사는 대만에서 홍콩으로 다시 돌아갔고, 3월 14일에 태국영사관에 가서 60일간 체재가 가능한 관광 비자를 신청했다. 태국항공 TG605편으로 치앙마이로 떠난 것은 4월 2일로 세상을 떠나기 약 1개월 전의 일이었다.

스탠리의 자택으로 택시를 부른 테레사는 오우리밍에게 '바이바이'라고 인사를 하고 스테판과 함께 공항으로 향했다. 조용하고 자연이 아름다운 치앙마이가 맘에 든 테레사는 5월말까지 머물 예정이었다.

치앙마이는 방콕에서 710킬로미터 정도 북쪽에 위치하고 있는 태국 북부의 중심도시이다. 비행기를 타면 약 1시간에 도착하지만 육로로 이동하면 약 10시간이 걸린다. 시내에 성벽이 남아 있는 것은 13세기에 란나 태국 왕국의 왕도로서 번영을 누렸던 흔적이다. 사원은 3백 개가 넘는다. 예전에는 도기, 우산, 직물, 은세공, 목각제품의 생산지였지만 이제는 관광이 가장 큰 수입원이다. 거리를 걸으면 민예품 등을 파는 토산물 가게가 모여 있는 야간노천시장이나 자전거 택시라고도 말할 수 있는 삼로 등이 눈에 뜨인다.

테레사 덩이 숙박한 곳은 치앙마이 중심부의 칸펜딩 거리를 따라서 있는 15층의 임페리얼 매핑 호텔이었다. 그녀는 1994년에서 1995년 사이에 이 호텔을 세 번 이용했다. 호텔의 이용자는 태국인이 70퍼센트, 일본인과 유럽 각국의 관광객이 각각 15퍼센트의 비율을 차지했다.

14층과 15층은 익제큐티브 플로어(Executive Floor)이고, 엘리베이터에서 내리는 위치에 카운터가 있다. 직원이 있어서 체크인이나 체크아

웃도 여기에서 처리할 수 있도록 되어 있다.

테레사 덩이 태국을 방문할 때는 언제나 프랑스인 연인 스테판 퓨엘이 함께 했다. 치앙마이에 처음 왔을 때에는 야간노천시장의 바로 맞은편에 있는 로열 프린세스에 숙박했다. 그런데 어느 날 산보하고 있을 때에 마음이 편안하게 느껴지는 안뜰이 있는 매핑 호텔을 발견했다. 여기가 마음에 든 테레사는 다음날 호텔을 옮겼다. 그것을 알리기 위하여 테레사는 홍콩 자택의 일을 맡고 있는 오우리밍에게 매핑 호텔의 용지로 팩스를 보냈다. 거기에는 "안녕하신지요. 우리들은 태국에서의 스케줄을 연장하기로 했습니다. 모두 잘 지내고 있으니 염려하지 마세요. 건강하세요. 아래는 호텔 전화번호입니다."라고 쓰여 있었다. 1994년 8월 25일의 일이었다.

테레사의 일상은 호텔에서 비디오를 보는 일이 많았고, 그것이 싫증이 나면 산보나 조깅, 심야까지 영업을 하는 야간노천시장 구경 등을 반복했다. 언제나 얼굴을 내미는 비디오 가게에서는 주인 부부와 함께 사진을 찍는 등, 대단히 친숙한 관계가 되었다. 이 가게에서 판매하는 「테레사 덩 전곡집」을 가리키며 "이건 내가 어렸을 때의 작품이에요."라고 말한 적도 있고 "일본에서 유행했던 노래를 중국어로 내고 싶다."고도 말했다.

외출 시 복장은 핑크빛 탱크톱에 표범 무늬 바지, 핑크빛 조깅 슈즈와 같이 마음에 드는 색조와 디자인이 많았다. 시내의 커피숍에서 레몬주스나 망고와 찹쌀을 함께한 디저트를 먹는 것도 좋아했다.

호텔을 체크아웃할 때의 일이었다. 태국인으로 일본어를 할 줄 아는 여성 스태프가 "저 사람은 가수 테레사 덩이네요."라고 총지배인 프로판에게 말을 했다. 그때까지 어느 누구도 테레사라는 걸 눈치 채지 못한 것이었다. 매니저는 테레사에게 "이번에 스위트룸을 개조하니 다시 와주세요."라고 인사했다. 테레사는 "연말에 또 오겠습니다."라고 대답했다. 그리고 약속대로 12월 18일에 다시 호텔을 방문했다.

테레사가 숙박한 곳은 15층에 있는 '로열 그랜드 스위트'라는 최고급 방이었다. 1994년 8월에 머물렀을 때에는 일반 스위트 1515실에 숙박했지만 이때부터 프린세스룸(1501호실)과 프린스룸(1502호실)을 연결하여 이용하게 되었다. 1박이 1만5천 바트. 엔으로 치면 6만 엔 정도의 가격이었다. 그러나 호텔 측은 테레사가 장기체재 고객이었기 때문에 숙박비를 반액으로 인하해 주었다.

카운터에서 수속을 마치고 베이지색의 카펫이 깔려있는 복도에서 오른쪽으로 돌아가면 왼쪽에 1506호실, 오른쪽에 1507호실, 1505호실이 있고 맨 끝에 목재 여닫이문이 있다. 1502호실의 입구다. 문을 열면 곧장 복도가 계속되고, 바로 왼쪽에는 방으로 들어가기 위한 도어가 붙어 있다. 첫 번째 방은 큰 테이블을 둘러싸고 있는 8개의 의자가 있고 그 안에는 텔레비전과 소파가 놓여 있다. 벽에는 직물이 장식되어 있고, 양초 모양의 전등이 풍아한 정취를 자아내고 있다. 옆방이 침실, 그 안이 커다란 욕실이다. 방의 창에서는 1,676미터 높이의 수텝산에 세운 사원의 빨강색 지붕이나 야간노천시장 등이 시야에 들어온다.

12월 24일 크리스마스이브가 찾아왔다. 이날이 되면 호텔의 스태프가 산타클로스 등으로 분장하고 호텔의 여기저기를 돌아다니면서 손님들에게 '메리 크리스마스'라는 인사를 하고 작은 선물을 건네주었다. 호텔 안이 유쾌해지는 하루였다. 방에 있는 테레사에게 총지배인으로부터 저녁식사에 초대하고 싶다는 전화가 걸려왔다. 약속시간이 되자 총지배인 부부가 15층까지 마중을 와서 함께 '밍밍明明'이라는 중국식 레스토랑에서 식사를 했다. 한창 대화를 나누는 중에 매싸롱이라는 곳에 국민당 촌村이 있다는 사실이 화제로 나왔다. 테레사의 양친이 국민당과 함께 중국에서 대만으로 피난을 온 것처럼 태국으로 온 사람들도 있다는 것이었다. 그 마을의 수는 60개를 넘었고 인구는 7만 명이라고 했다. 매싸롱은 그 가운데 하나로 치앙마이에서 자동차로 6시간 정도의 거리에 있고 인구는 8천 명 정도였다.

1949년 혁명 시에 중국에서 미얀마로 도망 온 사람들은 위난雲南 성 출신의 국민당 제93연대였다. 그러나 미얀마 정부는 자기 나라의 북부에 그들이 눌러 앉는 것을 1961년에 금지했다. 그래서 국경을 넘어서 태국 북부로 이동했다. 태국 정부는 그들을 난민으로 인정하고 동화하여 살도록 요구했다.

국민당의 혈통을 이어받은 마을이 있다는 사실에 테레사는 놀랐고 총지배인에게 가보고 싶다고 말했다. 며칠 후 그녀는 치앙라이와 매싸롱에 안내받았다. 확실히 국민당의 본래 병사와 가족들이 사는 마을이 그곳에 있었고 중국어로 대화를 주고받았다. 테레사는 이 여행을 할 때 어떤 초등학교에 들렀다. 천진난만한 표정을 한 아이들에게 공감을 느끼면서도 학교 건물이 노후된 것이 마음에 걸렸다. 테레사는 나중에 이 학교 지붕의 보수비용을 냈을 뿐만 아니라 고아원에 급수탑을 설치하기 위한 비용도 부담했다.

매핑 호텔의 앞뜰을 지나서 도로에 나가면 바로 눈앞에 '라타나'라는 라면가게가 있었다. 테레사는 거의 매일, 저녁 5시쯤이 되면 이 가게에 들렀다. 앉는 장소는 비어있으면 왼쪽 구석의 테이블로 정해져 있었다. 주문하는 것은 대개 한 그릇에 30바트(약120엔)하는 '쾻티오가 이'라는 새고기가 들어간 흰 국수였다. 작은 그릇이라 꼭 두세 그릇은 먹었다. 이 가게의 단골손님이 된 테레사는 가게 주인으로부터 사인을 요청받은 일이 있었다. 지정석처럼 앉았던 테이블의 의자에 올라선 그녀는 천장에 이렇게 썼다.

With the best wishes!
恭禧發財!('부자 되세요.'라는 뜻—옮긴이)

'덩리쥔'이란 이름 옆에는 '1 · 1 · 95'라고 쓰여 있다. 1995년 1월 1일이다. 그 전날인 1994년 12월 31일 섣달 그믐날은 가수 테레사 덩에게 있어 특별한 날이었다. 이날 호텔의 안뜰에 설치된 회장에서는 3백 명 정도의 투숙객들이 카운트다운을 기다렸다. 저녁식사가 끝나자 1시간 정도는 디스코로 분위기가 고조되었고 곧 불꽃놀이가 벌어졌다. 테레사가 "멋지다, 멋져."라고 환성을 지르는 모습에 스테판은 비디오를 돌렸다. 그 뒤 호텔의 커피숍으로 이동했을 때 술에 취한 총지배인이 다가와서 말했다.

"노래를 불러주시지 않겠습니까?"

"앗, 목소리가 나올지 모르겠네요."

그렇게 말한 테레사는 꿀이 들어 있는 따뜻한 레몬차를 주문했다. 누워있던 스테판은 노래를 불러달라는 요청에 귀찮은 듯한 모습이었다. 무슨 노래를 부를까. 잠시 생각한 끝에 정한 곡은 〈시간의 흐름에 몸을 내맡겨라〉였다. 그런데 밴드에 물어보니 이 노래를 모른다고 했다. 그래서 〈매화梅花〉를 부르기로 했다. 리우자창劉家昌이 작사 · 작곡한 이 노래에는 대만의 역사와 결부된 깊은 의미가 담겨져 있다.

1971년 7월 15일, 미국 닉슨 대통령은 다음해인 1972년 5월 이내에 중국을 방문할 예정이라고 발표했다. 키신저 국가안전보장 담당보좌관의 비밀 중국 방문을 시인했던 소위 '닉슨 쇼크'였다. 베트남 전쟁을 배경으로 한 국제정세의 변화를 받아들여서 가을에 열린 UN총회에서는 중국의 UN가입과 대만의 탈퇴가 결정되었다. 다음해인 1972년 2월 21일, 닉슨이 중국을 방문하여 마오쩌둥 주석과 회담을 하고 카터 정권 시대인 1979년에 국교를 수립하게 되었다. 미국은 대만과의 관계를 단절했다.

국제적으로 고립된 대만에서는 시민의 일상생활 속에서도 침체 분위기가 확산되어 갔다. 그러한 사회풍조 속에서 사람들을 격려하기 위한 노래가 계속 만들어졌다. 그 가운데 가장 널리 불린 노래가 〈매화〉였다. 아직 중국에서는 방송 금지된 이 노래를 테레사는 1980년에 내놓은 「원향정농」이란 앨범에 수록했고 그 무렵부터 자주 불렀다.

푸른 바탕에 꽃무늬 도안이 들어간 차이나 드레스, 그 위에 핑크빛 스톨을 걸친 테레사는 오른손에는 팔찌를 했고 목에는 진주목걸이를 했다. 등까지 늘어뜨린 머리칼은 핑크빛 고무줄로 묶었고, 오른쪽 귀에는 드링크제에 딸려있던 짙은 핑크빛 부겐빌리아 꽃을 끼웠다.

"여러분, 새해 복 많이 받으세요. 익사이팅한 순간이네요. 함께 불러 주세요."

무대에서 그렇게 말을 꺼내고 누긋한 연주에 목소리를 실었다.

梅花梅花滿天下
愈冷它愈開花

梅花堅忍象徵我們巍巍的大中華
看婀! 遍地開了梅花有土地就有它
冰雪風雨它都不怕
它是我的國花

매화, 매화, 이 세상에 가득하네
추우면 추울수록 꽃이 핀다
매화의 참을성은 광대한 우리 중화민국을 상징한다
보라! 땅이 있는 곳곳에 매화가 피어있다
사나운 추위와 모진 비바람도 두렵지 않아
매화는 우리나라 꽃이다

매화는 추우면 추울수록 꽃이 어우러져 핀다는 내용의 이 노래는 대만 사람들에게 오랜 세월에 걸쳐 용기를 북돋아 주었다. 카운트다운을 기다리는 손님들이 그런 의미를 알리는 없었다. 그렇지만 부드러운 노래에 회장에서는 열렬한 박수와 환호성이 터져 나왔다. 노래를 마친 테레사의 볼은 홍조를 띠었다. 자신의 테이블로 돌아오자 그녀는 주위에 있는 사람들에게 이렇게 말을 꺼냈다.

"오랜만에 사람들 앞에서 노래를 불렀습니다."

카운트다운에 신이 나서 떠들고 노래를 부르는 모습은 건강함 그 자체로 보였다. 테레사와 대화를 주고받은 사람들은 그녀가 정말 건강하다고 생각했다. 호텔 종업원들도 그렇게 생각한 이유는 람병원에서 건강관리를 위한 검진을 받았다고 전해 들었기 때문이었다. 그런데 병원에 갔던 것은 실은 건강진단 때문이 아니었다.

타나딥 클리닉의 의사인 누아딥 니핏칸은 매핑 호텔의 계약의사이기도 했다. 1994년 12월 30일 오전 9시경, 호텔로부터 테레사 덩의 몸이 불편하니 진찰을 바란다는 의뢰가 왔다. 누아딥은 호텔 15층의 방으로 서둘러 갔다. 차임을 누르자 스테판이 문을 열었다. 안으로 들어갔을 때 방은 어두웠고 에어컨으로 한기를 느낄 정도였다. 더구나 담배 연기가 방 안에 꽉 차있었다. 스테판이 피다만 담배를 손에 들고 있었기에 "빨리 꺼주세요."라고 엄하게 주의를 주었다. 테레사는 안쪽 방의 침대에 길게 누워있었다. 누아딥이 "당신도 담배를 피웁니까?"라고 묻자 "가끔 핍니다."라고 대답한 뒤 "골초는 아녜요."라고 덧붙였다.

스테판의 설명에 따르면 29일 밤중에 천식으로 인한 발작을 했고, 호흡이 곤란할 정도였다고 한다. 테레사는 항상 사용하던 스프레이식 천식약으로 그 자리를 참고 견디어냈다.

"지난달 일본에 갔을 때부터 몸 상태가 좋지 않아서 약을 복용하는 일이 많아졌습니다."

테레사는 그렇게 말했다. 센다이에서 건강이 악화되었을 때의 일이었다. 그 증상이 이번 밤에는 거듭 계속되었다. 누아딥이 청진기를 대었을 때 '휴, 휴.'하는 괴로운 듯한 숨소리가 들렸다. 스테판은 천식으로 인한 발작을 멈추는 주사를 놓아달라고 부탁했다. 누아딥은 기관지를 확장시키기 위해 강한 약이니 산소 흡입을 하기 위하여 병원에 가는 게 좋겠다고 충고했다.

테레사는 호텔차로 시내에서 설비가 가장 잘 구비된 람병원으로 향했다. 우선 건강체크를 끝마치고 산소흡입을 했고, 항생물질 점적 주사를 맞았다. 처방된 것은 '페로도알'이라는 약이었다. 1102호실에 입원한 테레사는 전날 밤 잠을 잘 수가 없었기에 가벼운 수면제를 먹고 오래간만에 깊이 잠들었다. 반나절 정도 지나서 몸 상태가 회복되었을 때 테레사는 의사에게 "죽을 만큼 괴로웠다."고 말했다. "어째서 병원에 오지 않았습니까?"라고 묻자 "가고 싶지 않았습니다."라고 했다.

31일 섣달 그믐날이 되었다. 테레사는 "퇴원하고 싶다."고 요청했다. 의사는 오줌 속에 적혈구가 많으니 "서두르지 말고 당분간 여기에서 검사를 받으면 어떻겠습니까?"라고 권유했지만 테레사는 "호텔로 돌아가고 싶다."고 강하게 요구했다. 오후가 되어 테레사는 병원을 나와 매핑 호텔로 향했다. 그로부터 몇 시간 뒤, 커피숍에 있던 2백 명 정도의 숙박객 앞에서 〈매화〉를 부른 것이 가수 테레사 덩의 인생에서 최후의 무대가 되어버렸다.

2

새해를 맞이한 테레사는 방에서 영화를 보거나 음악을 들으며 조용한 시간을 보냈다. 하루 중에 16시간은 방에 있는 나날이 계속되었고, 문손잡이에는 'Don't disturb(깨우지 마세요)' 라는 팻말이 내걸려 있었다. 종업원이 방청소를 하는 것도 3일에 1회 정도였다.

1월 5일에는 누아딥 의사에게 전화를 걸어 "대단히 좋아졌습니다."라고 전했다. 그때 "자주 홍콩에 가시네요."라는 말을 들은 테레사는 "아직 제가 누군지 모르시죠."라고 누아딥에게 농담처럼 말했다. "모르겠는데요."라는 대답에 테레사는 "저는 홍콩의 저널리스트예요. 그래서 대만이나 일본에 갈 기회도 많습니다."라고 웃으면서 대답했다.

9일에 "약을 처방하여 주세요."라는 전화를 받은 누아딥이 호텔을 방문하자 웃는 얼굴로 맞이하며 "홍콩에서도 이 약을 계속 먹고 싶다."고 처방전을 의뢰했다. 누아딥은 감기가 악화되어 폐렴이 되고 천식을 일으킨 것이라고 판단했다. 카르테(진료기록카드—옮긴이)에는 '기관지 천식'이라고 기입했다. "이상이 있으므로 병원에 가지 않으면 안 된다."고도 충고했다. 이틀 후 테레사는 홍콩으로 돌아갔다. 테레사로부터 "건강해졌습니다. 이 다음에 그곳에 가게 되면 다시 진찰해 주세요."라는 전화를 받은 것은 18일 오후 3시가 지났을 때였다.

테레사는 4월에 들어서 다시 치앙마이를 방문했다. 4월 12일에는 시내를 걷고 있을 때에 치킨 라이스, 칩스, 망고를 먹었고, 약국에서 약을 샀기 때문에 카르티에 수첩에 그 가격을 영어로 메모했다. 테레사는 문뜩 생각이 났을 때에 구입한 내용과 가격을 기록하는 일이 있었다. 이 수첩은 1979년용으로 날짜란이 공백으로 되어 있었다. 거기에 빨강색 볼펜으로 날짜를 기입하고 1994년부터 1995년에 걸쳐 사용했다.

4월 17일, 매핑 호텔에 있는 테레사로부터 누아딥에게 왕진을 바라는 전화가 걸려왔다. 방에 들어가서 "언제 왔습니까?"라고 묻자 "2주일쯤 전입니다."라고 했다. 스테판은 외출하여 부재중이었다. 테레사는 "3, 4일이나 기침이 계속 나와서 걱정입니다."라고 증상을 알렸다. 이야기를 듣자니 홍콩에서도 병원에 가서 약을 받았다고 했다. 홍콩에 있는 의사의 처방전을 보고 다른 약을 먹었다는 것을 알았다. 그 약을 갖고 오지 않았다고 해서 발작이 일어났을 때를 대비하여 5종류의 약을 내밀었다. 심한 천식 발작은 숨을 들이마시거나 내쉴 수 없게 된다. 주의해야 한다고 말하자 "괜찮습니다."라고 대답했다. 이때는 천식이 만성화되어 있었기 때문에 "담배는 피지 않겠지요?"라고 묻자 "피지 않습니다."라고 대답했다. 누아딥은 테레사의 천식이 악화되었을 때도 스테판이 무신경하게 담배를 많이 피우는 것이 마음에 걸렸다. 방에서 나오려고 할 때 테레사가 말했다.

"상태가 나빠지면 다시 와주세요."

그것이 누아딥이 들은 최후의 말이 되었다.

4월 30일 밤, 테레사는 대만에 있는 동생 창시와 1시간 정도 통화를 했다. 몸 상태를 묻는 동생에게 "응, 많이 좋아졌어."라고 그녀는 대답했다. 전화 목소리는 정말 건강한 것 같았다. 테레사가 전화한 이유는 앞으로의 일에 대한 구상을 전하고 싶었기 때문이었다. 두 사람은 이런 대화를 주고받았다. "다시 한번 처음부터 출발할 생각이야. 우선은 내가 작사한 노래를 베이징어로 내려고 해."

"준비는 되었어?"

"됐어."

테레사는 새로운 앨범을 낼 계획이 있으므로 완성하면 홍보용 비디오를 만들어 선전할 예정이라고 말했다. 그런 내용을 홍콩 폴리돌에 전해달라고 부탁했다. 3개월 전 쯤에 싱어송라이터인 뤄다유羅大佑에게 몇 곡의 가사를 썼으니 조만간 작곡을 맡아 달라고 전화로 의뢰했다고도 말했다. '처음부터 출발'이라고 말한 이유는 가수로서의 활동을 거의 중지하고 있었기 때문이었다. 언젠가 방콕, 푸껫, 치앙마이 어딘가에 스튜디오를 만들고 싶다는 꿈도 꾸고 있었다.

기침이 계속되고 있다는 것이 걱정이 되어 상태를 물어 보았더니 "응, 좋아졌어."라고 했다. "건조한 나라가 좋으니 치앙마이가 아니라 프랑스가 좋지 않겠어?"라고 창시는 어드바이스했다. 통화가 길어졌기 때문에 "국제전화니 홍콩에 돌아가면 천천히 애기하는 게 좋겠어."

라고 말하자 테레사는 "태국에서 바로 홍콩으로 가지는 않을 거야. 파리에서 잠시 쉬고 나서 홍콩으로 돌아갈 예정이야."라고 대답했다.

테레사는 다음날 저녁 때, 일본 토러스 레코드사에 연락을 했다. 5월말로 예정된 인세가 어느 정도인지 알고 싶었기 때문이다. 치앙마이에 장기간 머물고 있기 때문에 나가는 돈이 많아서 앞으로의 수입이 염려되었다. 전화를 받은 후나키 미노루는 신곡 제작이 스톱되어 있으니 의논하자고 제의했다. 테레사는 "그렇게 하죠."라고 말하고 "다음 주라도 홍콩에서 만나죠."라고 덧붙였다.

5월 4일 오후 5시가 지났을 무렵, 호텔 앞에 있는 '라타나'에서 여느 때처럼 '퀏티오가이'라는 국수를 다 먹었을 때였다. 가게 주인의 아내는 기침을 하는 테레사가 흰색 용기의 작은 스프레이를 입 안으로 분무하는 것을 보았다. "무슨 일인가요?"라고 묻자 테레사는 "천식입니다."라고 대답했다. 심한 기침도 아니고, 오래 계속되는 것도 아니었기에 피로가 쌓인 탓일 거라고 생각했지만 이 가게에 오고 나서 처음 있는 일이라 대단히 인상에 남았다고 한다. 이 무렵이 되면 화장도 하지 않고 호텔에서 외출하는 일도 있었다.

5월 5일 오후 12시가 지났을 무렵 14층, 15층을 담당하는 메이드인 안퐁 통촉은 테레사로부터 전화를 받았다. 물을 갖다 달라는 전화였다. 방에 들어갔을 때는 옷을 세탁소에 맡겨달라는 부탁을 받았다. 타이트한 스커트와 긴 소매의 핑크빛 니트웨어였다. 화장을 하지 않은 채로 약간 기침을 하고 있던 테레사는 "생큐"라고 인사를 했다. 테레사는 이날 오후 카운터에 부탁하여 핑크빛 장미꽃을 주문했다. 호텔 측에서는 흰 국화 무늬가 들어 있는 꽃병을 준비했다. 아메리칸 익스프레스 카드로 4개월분의 숙박비를 지불한 테레사는 나머지는 5월말에 체크아웃할 때 지불하겠다고 담당자에게 전했다. 수첩에는 '칩스(룸서비스) 80·00'이라고만 영어로 적었다. 그녀는 이 수첩에 그 이후 아무것도 기입하지 않았다.

5월 6일 오후 6시 무렵, 티셔츠 위에 엷은 핑크빛 블라우스를 입은 반바지 차림의 테레사가 '라타나'에 얼굴을 내밀었다. 가게 주인이 "전부 팔렸습니다."라고 하자 "유감이네요. 너무 배가 고픈데."라고 말했다. "야간노천시장에 가보면 어떻겠습니까?"라고 권하자 "여기 것이 맛있어서 먹고 싶었는데."라고 말하고 호텔로 돌아갔다. 테레사는 요이틀 사이에 홀쭉해진 것 같았다. 언젠가 가게 주인이 국수를 내밀었을 때 "부인께서 만든 것이 맛있어요."라고 말했기 때문에 다음에 왔을 때 "이제 나는 만들지 않아요."라고 말했더니 "그건 농담이었어요."라며 웃었던 일도 있었다. 이날, 여느 때라면 자주했을 농담을 입에 담을 만한 여유가 전혀 없어 보였다.

5월 8일이 찾아왔다. 오전 6시 20분, 15층의 집사인 위롯 수쿠솜폰은 테레사로부터 전화를 받았다. 아침식사를 갖다 달라는 연락은 언제나 '잭'이란 단 한마디였다. '잭'이란 수쿠솜폰의 별명이었다. 5분 후에 방에 가자 여느 때처럼 문이 열려 있었다.

테레사는 호텔이 준비한 'Teresa Teng'이라고 수를 놓은 특제 실내복을 입었고, 목에는 짙은 오렌지색의 차이니즈 실크를 두르고 기다리고 있었다. 테레사가 언제나 부탁하던 메뉴가 있었다. 호텔에서 매일 아침 굽는 버터케이크를 큰 접시에 수북이 담고, 구아바, 바나나, 오렌지, 포멜로(크기가 큰 자몽)와 같은 과일을 반드시 준비했다. 음료는 우유, 오렌지 주스, 커피. 그리고 토스트, 젤리, 코코아 맛의 콘플레이크를 더했다.

테이블에 식사를 차리면서 "오늘은 어떻습니까?"라고 수쿠솜폰이 영어로 말하자 테레사는 "싸바이디."라고 태국어로 대답했다. 몸의 컨디션이 좋다는 의미이다. 그러나 수쿠솜폰은 창백한 표정의 테레사로부터 단지 화장을 하지 않았기 때문만은 아닌, 정말로 몸 상태가 좋지 않다는 것을 느꼈다. 2, 3일 전부터 콜록거리는 모습이긴 했지만 이때의 기침은 여느 때보다 심했다. 오른손으로 목을 누르고, 왼손으로 식사를 놓는 위치를 가리키면서 내는 목소리는 여느 때와 다르게 쉬어 있었다. 커튼도 닫힌 채였고 냉방이 센 것도 인상적이었다.

테레사는 테이블 옆에 있는 안락의자에 앉아서 오토만(Ottoman : 등받이나 팔걸이가 없는 긴 의자의 일종. 쿠션 달린 발판―옮긴이)에 발을 뻗었다. 그 맞은편에 있는 텔레비전에서 음악 소리가 들렸다. "이렇게 에어컨을 세게 하면 춥지 않습니까?" 수쿠솜폰이 그렇게 말하자 "추운 것이 좋아요."라고 대답했다.

여느 때라면 테레사와 스테판은 함께 야간노천시장에 갔을 것이다. 그런데 이날은 저녁때가 되어 스테판이 혼자서 외출했다. 호텔 앞에 있는 '라타나' 가게 주인이 "어디 가요?"라고 말을 걸자 스테판은 말보로 라이트 담배를 손에 들고 "비디오 돌려주러 갑니다."라고 대답했다. 그 뒤 1시간쯤 지나 변고가 일어났다.

오후 5시 15분 무렵, 15층 입구의 카운터에 있던 여성 담당자가 우연히 시선을 왼쪽으로 돌렸을 때 테레사 덩이 방에서 약 20미터 거리에 있는 복도를 비틀비틀 거리며 걸어왔다. 심각한 사태가 벌어졌다는 것은 그 모습만 봐도 분명히 알 수 있었다. 당황한 담당자는 일어난 곳에서 카운터에 기대고 있던 테레사의 몸을 떠받쳤다.

"엄마……, 엄마……."

'엄마'라는 말을 중얼거리며 테레사는 괴로운 듯이 숨을 쉬었다. 변고를 전해 듣고 급히 달려온 남자종업원은 혀를 깨물지 못하도록 테레사의 입 안에 스푼을 밀어 넣었다. 구급차를 부를 시간이 없었다. 그렇게 판단하고 호텔의 미니버스를 준비했다. 15층에서 1층까지 휠체어에 실려서 이동한 테레사는 호텔을 나올 때에는 숨을 쉬고 있는 것이 확인되었다. 병원까지 보통은 자동차로 10분 정도의 거리였지만 그날은 지체되어 30분 정도 걸려 도착한 시각은 오후 6시 전이었다.

치앙마이 람병원에 호텔에서 전화가 걸려온 시간은 오후 5시 반경. 손님 한 사람이 방에서 나왔는데 쓰러져서 수송한다, 이미 중태라는 내용이었다. 들것에 실린 테레사는 2번 응급실로 후송되었다. 긴급 상황을 알리는 방송이 나왔고, 의사와 간호원들이 소집되었다. 테레사는 자신의 방을 나올 때 제대로 옷을 입고 있지 않았기 때문에 병원의 들것에 실릴 때 하반신을 천으로 덮었다.

내과의사인 피닛이 봤을 때 테레사의 상태는 이미 육안으로도 사망이라고 느껴질 정도였다. 몸에 손을 대자 차가웠고, 얼굴과 손발이 파랗게 변해 있었다. 몸을 일으켜서 동공의 반응을 보았지만 그것도 없었다. 뇌파도 심전도도 멈춘 상태였다. 입가에서는 침이 흘러 나왔다. CPR(심폐소생법)로써 인공호흡과 심장 마사지를 하고, 심장에 아드레날린을 주사했지만 생명은 다시 돌아오지 않았다. 이후 한 명의 의사가 여기에서 사망을 확인했다.

외출했던 스테판이 호텔로 돌아온 시간은 오후 6시 반 무렵이었다. 소설 매니저인 파라차야가 긴장한 표정으로 말을 꺼냈다.

"테레사 씨는 지금 병원에 있습니다."

"무슨 일이 있었습니까?"

깜짝 놀란 스테판에게 파라차야가 말했다.

"병세가 좋지 않은 것 같습니다. 의사가 이야기를 나누고 싶어 합니다."

도저히 세상을 떠났다는 말은 전할 수가 없었다. 스테판은 "또 그런가?"라고 말하고 황급히 15층 방으로 돌아갔다. 그런데 1시간 정도가 지나도 스테판이 방에서 나오지 않았다. 병원에 전화를 했는지 어떤지도 알 수 없었다. 하여튼 서둘러 병원에 갈 기미는 보이지 않았다. 그래서 어쩔 수 없이 로열 스위트의 매니저인 프라차용이 스테판에게 전화를 걸었다.

"빨리 병원으로 가세요. 위독합니다."

걸핏하면 화를 내는 성질인 스테판은 느닷없이 고함을 질렀다.

"위독이란 어떤 의미지? 거짓말하지 마."

일방적으로 전화를 끊은 스테판은 그래도 방을 나오려고 하지 않았다. 그래서 어쩔 수 없이 프라차용이 방으로 가서 위독한 상태이니 병원으로 가라고 강하게 요구했다. 당황한 스테판이 치앙마이 람병원에 도착한 것은 오후 8시가 지나서였다. 울부짖는 목소리가 너무 커서 병원 직원들이 모두 놀랄 정도였다. 시신이 안치된 방으로 안내되자 더욱더 큰 목소리가 울려 퍼졌다.

테레사의 주치의인 누아딥도 호텔로부터 연락을 받고 오후 7시 반쯤 병원으로 급히 달려갔다. 이성을 잃은 스테판은 "아직 죽지 않았어."라고 부르짖었고, 누아딥을 불러달라고 소리쳤다. 누아딥이 방으로 들어가자 스테판은 "이 병원은 새로 생긴 곳이라 좋지 않다."라고 큰 목소리로 고함을 쳤다. "아녜요, 가장 좋은 병원입니다."라고 누아딥은 조용히 그렇게 중얼거렸다.

스테판은 유체 해부 동의서에 '해부하지 말 것'이라고 써넣고 호텔로 돌아왔다. 지금 해야 할 일은 테레사의 가족에게 알리는 것이었다. 짐 속에서 검은색 표지의 주소록을 끄집어내기는 했지만 스테판은 중국어를 몰랐다. 그래서 우선 '라타나'에 전화를 하여 가게 주인에게 "중국어를 읽을 줄 아는가?"라고 묻자 "테레사 씨가 읽을 줄 알지 않나?"라고 말했다. 스테판은 "그녀는 아프다."고 무뚝뚝하게 말하고 일방적으로 전화를 끊었다. 그래서 호텔 종업원에게 안뜰에서 손금을 보는 중국인 점쟁이를 불러달라고 하여 적혀 있는 한 사람 한 사람의 이름을 소리 내어 읽도록 했다. 거기에서 대만의 전화번호 2건, 홍콩의 전화번호 1건을 골라내어 호텔 메모 용지에 적었다.

치앙마이와 타이베이의 시차는 1시간, 치앙마이 쪽이 시간이 빠르다. 그날, 테레사 덩의 가족은 모두 타이베이에 있었다. 다음날인 5월 9일이 1990년에 세상을 떠난 덩수웨이의 기일이라 성묘 갈 예정이었다. 오후 10시경, 타이베이 교외에 있는 셋째 아들의 자택에 전화벨이 울렸다. 아내 주롄朱蓮이 전화를 받자 상대는 스테판이라고 자기 이름을 댔다.

"큰일이 났다. 짐 덩(창시)을 찾고 싶다."

"무슨 일인가요?"

그렇게 묻자 "당신에게는 말할 수 없다. 전화해 달라."라고 화가 난 듯이 말했다.

《중앙일보中央日報》에서 일하는 장남은 휴가를 내고 가오슝에서 타이베이시 광푸난루光復南路에 있는 어머니의 자택에 돌아와 있었다. 주렌은 장남에게 전화를 하여 창시가 있는지를 물었더니 외출했다고 했다. 그래서 장남이 포켓벨로 호출하게 되었다. 연락을 받은 창시는 집으로 곧 전화를 했다. 형과의 대화도 스테판에게 연락을 해보라고 말한 것뿐으로 특별히 다른 분위기는 없었다. 창시는 스테판의 일인 것을 보니 마약 복용으로 체포된 정도의 일이거니 생각했다. 가족은 스테판에게 그런 의심을 강하게 품고 있었다.

자택으로 돌아온 창시가 알려준 번호로 국제전화를 하자 스테판이 나왔고, 그는 느닷없이 이렇게 말했다.

"No more, teresa, no more, teresa."

창시는 스테판이 이성을 잃고 있었기 때문에 의미를 잘 이해할 수가 없었다. 반복하여 확인해 보았더니 테레사가 심장에 이상을 일으켜 괴로워하여 병원에 갔다고 설명하고 있다는 것을 알았다. 스테판은 마지막으로 이렇게 말했다.

"She's gone."

놀란 창시는 셋째 창푸에게 전화를 하여 사정을 알렸다. 그러나 시신을 본 것도 아니라 누이의 죽음을 믿을 수가 없었다. 테레사의 형제들은 치앙마이 호텔과 병원으로 전화를 걸었다. 그 결과는 끔찍했다. 하지만 이 사실을 어머니에게 알리지 않을 수가 없었다. 창시는 침통한 심정으로 고통스러운 소식을 알렸다.

자오쑤구이는 이야기를 다 듣고 나서도 눈물 한 방울 나오지 않았다. 딸의 죽음 따위는 절대로 있을 수 없다고 믿었기 때문이었다. 자리에서 일어선 자오쑤구이는 발소리가 울릴 만큼 힘을 주고 마루청을 디디면서 자기 방으로 돌아갔다. 투덜투덜 거리며 몇 번이나 중얼거린 말은 "믿을 수 없다."였다.

9일로 날짜가 넘어간 오전 1시 무렵, '라타나'에 찾아온 스테판은 천장에 적힌 테레사의 사인을 응시하다가 갑자기 울기 시작했다. 놀란 가게 주인이 이유를 물어도 아무런 대답도 없었다. 잠시 멈춰 서 있던 스테판은 의기소침한 모습으로 호텔로 돌아갔다.

9일 아침, 한잠도 잘 수 없었던 창시와 창푸의 아내가 태국영사관에 가서 비자를 입수했다. 통상은 2, 3일 걸리지만 긴급사태라는 것이 인정되었다. 창시는 어머니에게 전화를 했다. "비자를 받았으니 이대로 태국으로 떠나겠습니다. 다시 연락드리겠습니다."

자오쑤구이는 아직도 도저히 믿을 수가 없었다. 멍한 기분이 계속되었기 때문에 특별히 할 말도 없었다.

창시 일행이 '불교자제공덕회佛敎慈濟功德會'의 두 사람과 함께 오후 비행기 편으로 태국으로 떠날 때 타이베이공항에서는 텔레비전 방송국 직원과 신문기자들이 기다리고 있었다. 홍콩에서 비행기를 갈아탈 때도 방콕의 돈무앙 공항에 도착했을 때도 취재진이 쇄도했다. 치앙마이에 도착했을 때에는 오후 9시를 지나고 있었다. 매핑 호텔에서는 초췌한 모습의 스테판이 기다리고 있었다. 인사할 겨를도 없이 어제의 정황을 묻자 이렇게 설명했다.

"과일을 사러 외출했다가 호텔로 돌아왔을 때 병원으로 옮겼다는 것을 알았다. 곧 급히 달려갔지만 의사로부터 힘들겠다는 말을 들었다. 살려달라고 했지만……."

창시 일행은 병원으로 향했다. 영안실은 꽃으로 장식되어 있었고, 향이 피어오르고 있었다. 테레사의 사진도 놓여 있었다. 그곳에 가로 놓여 있는 사진은 틀림없는 누이의 모습이었다. 의사에게 사인을 묻자 '천식 악화에 의한 호흡 부전'이라고 설명했다. 만성 천식이라면 유전자를 물려받는 일도 있지만 감기가 악화되어 천식이 되는 일도 있다고 했다. 의심스러운 부분이 있다면 해부를 해보라는 말도 들었다. 이때 이미 '유체 해부 동의서'에는 '시신에는 손대지 말 것, 해부는 하지 말 것, 그녀는 영안실에 하룻밤 안치할 것.'이라고 스테판이 적어 놓았다. 창시도 해부를 거부했다. 사인을 확실히 알았기 때문이고, 상처 하나 없이 누이를 데리고 돌아가고 싶었기 때문이었다.

다음날 창시는 람병원을 관할하고 있는 치앙마이 푸핑 지구 경찰서로 갔다. 9일자 기록에는 사인이 '심장 정지'였고 '람병원에서 천식 치료를 받았다.'고 적혀 있었다. 여기에서 유체 이송 수속을 밟고, 항공사에도 연락을 취했다.

창시는 타이베이에서 기다리는 어머니에게 '자세한 것은 치망마이에서 돌아가서 말씀드리겠습니다.'라고 전화를 했다. 자오쑤구이는 슬픔보다도 분함으로 가득했다. 어째서 딸아이는 건강에 유의하지 않았던 것인가, 스테판은 어째서 옆에 없었던 것인가…….

3

3개월 전 음력 설날의 일이었다. 대만으로 돌아온 테레사는 그랜드 하얏트 호텔에 숙박했다. 집에 갔을 때 기침을 많이 하는 것이 가족 사이에서도 화제가 되었다. 테레사는 차분하게 이렇게 설명했다.

"작년 10월에 일본 센다이에 갔을 때 감기에 걸렸어. 그 뒤 홍콩에 돌아갔는데 에어컨이 효과가 없어서. 습기가 높은 곳에서 살았더니 기침이 많이 나오게 되어버렸어."

그런 말을 들었을 때도 어머니 자오쑤구이나 오빠들이나 동생은 그다지 걱정하지 않았다. 천식을 앓는 집안도 아니었다. 크리스마스이브나 파티 등에서 담배를 입에 대는 일은 있어도 보통은 절대로 피지 않기 때문에 얼마 안 있어 가라앉을 거라고 생각했다.

그런데 천식이 악화되어 테레사는 세상을 떠나버렸다. 자오쑤구이는 "딸을 맡겼는데 어째서 쓰러졌을 때 없었는가?"라고 스테판에 대한 불신감으로 가득 찼다. 스테판은 테레사가 그랜드 하얏트 호텔에서 열이 나고, 구토와 설사가 계속되고, 침대에서 일어날 기력이 없을 만큼 몸 상태가 좋지 않을 때도 담배를 피워댔다. 레코딩 중에 스태프가 담배를 피우지 않았던 이유는 테레사를 염려했기 때문이었다. 그런데 스테판에게는 그러한 배려가 전혀 없었다. 테레사는 스테판이 무슨 짓을 해도 넘어갔다. 그러한 관계를 알고 있더라도 가족의 노여움은 스테판에게로 향했다.

매니저 역할을 했던 창시가 슬픔에 빠진 이유는 천식을 제때 치료했다면 생명을 잃지는 않았을 거라고 생각했기 때문이었다. 곁에 있지 않았던 것을 아무리 후회해도 소용이 없었다. 그것은 가족들이 공통적으로 느끼는 아쉬움이기도 했다.

테레사가 치앙마이에서 하루 입원했을 때, 진료기록카드에는 '기관지 천식'이라는 진단이 기입되었다. 천식 발작이 일어났을 때 조치가

늦어지면 사망하는 일도 있다. 그러나 그것은 만성인 경우가 많다. 람병원의 피닛 의사는 테레사의 죽음은 천식뿐만 아니라 약의 부작용도 있었을 것이라고 판단했다.

테레사가 자주 다녔던 '라타나'의 가게 주인은 기침이 나올 때 스프레이식의 3센티미터 정도 크기의 흰 병을 사용하는 모습을 보았다. 그것은 1994년 말 이전에는 볼 수 없는 광경이었다.

흡입식 기관지 확장 약은 사용할 때에 입을 벌리고, 목구멍 안쪽을 향해 분무한다. 이 과잉 투여가 심장에 큰 부담을 주게 되어 천식사하는 일이 있다는 것은 각국 의료기관의 조사에서도 밝혀졌다. 테레사의 시신을 검안한 의사는 약물의 과잉 투여를 의심했다. 뉴질랜드에서 천식사가 격감한 것은 흡입식 천식 치료약 사용이 금지된 1990년 8월부터였다. 일본에서도 '사용상의 주의사항'에서 '과도한 사용 방지'라는 내용이 강조된 것은 1997년 3월부터다.

4

테레사 덩의 죽음은 전 세계로 보도되었다. 아시아 각국은 물론 《뉴욕타임스》 등도 '아시아의 가희歌姬'의 서거를 아쉬워했다. 한때는 '정신오염'이라고 테레사의 노래를 금지했던 중국에서도 《중국청년보》가 1면으로 보도했고, 이어서 베이징 대학에서도 테레사를 추도하는 간판이 세워졌다. 중국 최대 레코드점인 상하이 음악도서공사의 시짱루西藏路 점에서는 사망 뉴스가 흘러나온 직후부터 시민들이 모여들었고, 10시 개점과 함께 재고로 있던 400장의 CD가 전부 팔렸다. 11일까지 추가 주문한 CD 1천 장, 카세트테이프가 약 6천 개 판매되어 품절이 되었다.

치앙마이로부터 TG636편으로 유체가 대만으로 돌아오는 것은 5월 11일 오후 10시 50분 예정이었다. 그런데 비행기 지연으로 중정 국제공항에 도착한 것은 12일 날이 채 밝기 전이었다. 공항에서는 약 200명의 보도진이 기다렸고, 육해공 3군의 의장대가 영접을 나왔다. 격납고로 옮겨진 작은 관은 새하얀 천으로 씌워져 있었다. 가족과 정부 관계자들의 예배가 끝난 후 유체는 공항에서 중화텔레비전 방송국의 임시 안치소로 운구되었다. 자오쑤구이를 비롯한 가족들은 침묵을 지킨 채 말도 거의 없었다. 이날 대만 정부 장례위원회가 발족되었다.

타이베이에 있는 중화텔레비전 방송국에는 5월 13일부터 사당이 마련되었다. 이 텔레비전 방송국은 국방부의 영향력이 강했기 때문에 군위문에 공헌했던 테레사를 위해 예배소를 마련한 것이었다. 제단은 테레사가 좋아했던 보랏빛 천으로 덮여 있었다. 거기에는 테레사의 젊은 시절의 초상이 내걸렸고, 많은 과일이 올려졌다. 실내에는 그녀의 노래가 끊임없이 흘러나왔다. 여기에는 첫날만도 2천 명의 팬들이 찾아왔다. '저 하늘에 가더라도 더 행복한 인생이 기다리고 있다.' 어떤 초로의 남성은 미소를 지으면서 테레사의 초상에 몇 번이나 고개를 끄덕이면서 그렇게 말을 했다. 젊은이들부터 나이 지긋한 이들까지, 그 표정에는 만감이 교차하는 듯했다.

5월 22일에는 '등려군소저부고鄧麗君小姐訃告'가 공표되었고, 장례는 5월 28일 이른 아침에 민취안둥루民權東路에 있는 제1빈의관·경행청에서 거행되는 것으로 밝혀졌다. 대만 정부가 전면적으로 집행하는 장례는 국가주석이었던 장제스 총통이 세상을 떠났을 때와 버금가는 규모가 될 거라고 알려졌다. 정부에서는 국민영예상 격인 '화하일등장장華夏一等獎章', 군에서는 '육해공장상陸海空襄狀'이 수여되었다. '화하일등장장'이 연예인에게 수여되는 것은 처음 있는 일이었다. 그 외에도 교무위원회로부터 '화광일등장장華光一等獎章', 총통으로부터 '포양영포장襄揚슦襄章'이 수여되었다. 장례위원회의 명예주임위원에는 쑹추위 대만성장이 취임했다.

장례일이 찾아왔다. 타이베이 거리는 아침부터 무더웠고, 비가 내릴 거라는 전날의 예보는 빗나가고 하늘에는 약한 햇살이 비쳤다. 회장 주변에는 이른 아침부터 많은 팬들이 몰려들어 몇 시간 후로 예정되어 있는 일반인 대상의 장례식을 기다렸다.

자오쑤구이가 회장에 도착한 시간은 오전 6시였다. 딸이 급작스럽게 세상을 떠난 이후 꿋꿋하게 행동하고 사람들 앞에서 눈물을 보이지 않던 그녀였지만 식장의 장식이나 유영遺影(고인의 초상이나 사진—옮긴이)을 두른 흰 국화꽃을 보았을 때는 이제 현실을 인정하지 않을 수 없었다. 그 뒤 1시간, 관에 누워있는 딸을 향해 큰 소리를 내며 울기 시작했다.

오전 7시 반부터 시작된 것은 가족들만의 고별식이었다. 식장 주변은 테레사의 사진 4장으로 장식되었다. 관 위에 장식된 유영은 기도하는 듯이 두 손을 포개고 미소 짓고 있었다. 자오쑤구이가 선택한 초상 사진이었다. 그 위에는 수정으로 조각된 불상이 빛에 비쳐졌다. 핑크빛 차이나 드레스를 몸에 걸친 유체의 오른쪽에는 상장과 훈장이 놓였다.

8시부터는 친구들과 장례위원들에 의한 추도회가 거행되었다. 오전

8시 15분, 회장에는 〈아지재호니〉(〈시간의 흐름에 몸을 내맡겨라〉의 중국어 버전)가 흘러나왔다. 친족이 유영을 향해 합장을 했고, 이어서 국민당의 렌잔連戰 행정원원장(수상에 상당), 공군참모장, 친구 허리리, 테레사가 소속되어 있던 토러스 레코드사의 후나키 미노루 사장 등이 조사를 읽었다. 조문객들 중에는 테레사의 영향을 받고 가수가 된 베이징 출신의 왕페이王菲(일본에서 부른 이름은 페이 윙)와 테레사의 노래를 많이 만들어낸 작사가 아키라 도요히사, 작곡가 미키 다카시의 모습도 보였다.

이 추도회의 마지막에는 테레사가 남긴 가사에 곡을 붙인 〈성원〉이 소개되었다. 〈성원〉이라고 이름을 붙인 것은 작곡가 리지아찬李嘉全, 퉁안거童安格, 리즈헝李子恒 세 사람이고, 곡은 장례식 이틀 전에 완성했다. 노래를 부른 사람은 테레사의 목소리와 비슷한 리바오치李寶埼라는 여가수였다. 이 테이프는 관 속에 넣어졌다.

9시부터 11시까지의 장례식에는 대만뿐만 아니라 홍콩, 일본, 동남아시아 각지에서 3만 명을 넘는 팬들이 행렬을 이루었다. 그 중에는 체포될 각오를 하고 몰래 베이징에서 급히 달려온 이들도 있었다. 장례식에 모인 사람들에게는 『회념특집懷念特輯』이 3천 부 배부되었다. 그 추도문집의 표지 디자인은 유영에 사용된 초상과 테레사의 사인이었다. 1만 개 이상 준비된 공화供花가 없어진 시점에 입구가 폐쇄되었기 때문에 늘어서 있던 팬들은 "왜 들어갈 수 없냐."고 화가 나서 고함을 쳤다. 장례식에 모인 사람들은 열을 이루고 묵묵히 걸어갔다. 눈물짓는 이도 많았고, 노상에 주저 앉아 흐느껴 우는 모습도 볼 수 있었다.

오전 11시가 지나서 '복기전례覆旗展例'가 시작되었다. 총통부 비서장, 국민당 중앙위원회 비서장 등의 손에 의해 관이 닫혀졌고, 중화민

국기(청천백일만지홍기靑天白日滿地紅旗), 국민당기(청천백일기靑天白日旗)
가 올려졌다. 연예인으로서는 처음 있는 일이었다. 애도하는 연주가
흐르는 가운데 롄잔 행정원원장, 쑹추위 대만성장 등이 분향하고 헌화
했다.

오전 11시 반, 군인들에 의해 짊어진 관은 영구차에 실렸고, 타이베
이 시내에서 50킬로미터 북쪽에 위치한 해변이 내려다보이는 진바오
산링위안金寶山靈園으로 향했다. 시간으로는 약 2시간의 거리로 그곳은
대만에서 가장 일본과 가까운 장소이다. 묘의 옆에 있는 큰 비석은 대
만성장이 헌납한 것으로 테레사의 본명과 함께 거기에서 한 글자를 딴
'균원筠園'이란 문자가 금빛으로 새겨졌다. 묘비명에는 '애국예인등려
균소저묘비명愛國藝人鄧麗筠小姐墓碑銘'이란 글이 금빛으로 새겨졌다.

오후 2시가 지나서 약 3천 명이 지켜보는 가운데 테레사의 관은 공
묘에 매장되었다. 화장이 아니라 매장하기 위해서는 수속이 번거롭고
엄격했고, 토지 취득이 필요하기 때문에 특별한 공적이 있는 사람이나
재계인 등에 국한되어 있었다. 하지만 테레사의 매장은 국민당이 즉시
허가를 내주었다.

이 장례식 광경을 중화텔레비전은 오전 11시부터 12시까지 중계했
다. 대만텔레비전은 오후 12시 50분부터 3시 10분까지 특별 프로그램
을 방영했다. 연도에서 지켜본 시민은 3만 명에 이르렀다.

장례 3일 전에 타이베이로 향했던 스테판은 공항에서 테레사의 친
구인 장위링의 마중을 받았다. 그날 밤, 중화텔레비전 방송국의 예배
소를 방문하여 새빨간 장미꽃 100송이를 헌화했다. 관계자가 스테판
을 대기실로 데리고 갔을 때 테레사의 셋째 오빠 창푸와 딱 마주쳤다.

창푸는 왼손으로 스테판의 멱살을 잡고 오른손을 들어올려 주먹으로 한 대 후려치려고 했다. 스테판에게서 저항하는 모습은 볼 수 없었다. 당황한 관계자가 끼어들어서 말린 덕분에 아무 일도 벌어지지 않았다.

그랜드 하얏트 타이베이에 숙박한 스테판은 창시에게 연락을 하여 장례식에 참석하고 싶다고 전했다. 창시는 "셋째형이 오는 걸 원치 않으니 가족들과 상의한 후 연락하겠다."라고 대답했다. 스테판은 호텔에서 대소동을 일으켜 주의를 받을 만큼 제정신이 아니었다.

어머니 자오쑤구이도 스테판이 장례식에 참석하는 것을 반대했다. 창시는 "죽은 누이가 가장 중요하니 그 마음을 존중해야 한다."고 장례식에 참석하는 것을 인정하도록 모두를 설득했다. 쑤구이는 그 의견을 받아들였다.

그런데 장례식 당일, 스테판은 결국 모습을 보이지 않았다. 감정의 기복이 심한 스테판이 자살이라도 한 것은 아닌지 불안했던 창시는 호텔에 전화를 하여 방을 확인해 달라고 부탁했다. 매니저가 방에 가서 차임을 눌러도 응답이 없었다. 마스터키로 열고 들어갔더니 스테판은 술에 취하여 곤드라져 세상모르고 자고 있었다.

테레사 덩이 파리에서 스테판을 알게 되어 동거를 하는 것에 대해 가족들은 탐탁치 않게 생각했다. 깊은 애정을 갖고 테레사를 보살펴 주기보다 경제적으로 종속되어 있다고밖에 볼 수 없었기 때문이다. 1992년 정월에 테레사가 스테판을 데리고 대만에 돌아왔을 때의 일이다. 자오쑤구이가 "저 사람과는 어쩔 셈이냐?"고 결혼할 뜻이 있는지 물었을 때 테레사는 "절대로 그런 일은 없습니다."라고 대답했다. 테레사는 스테판과 몇 번이나 헤어지려고 했다. 그런데 그때마다 심하게 울면서 매달렸기 때문에 결국 관계를 끊을 수가 없었다.

테레사가 텔레비전 프로듀서인 앤젤라 맥과 홍콩에 TNT프로덕션을 만든 것은 1981년으로, 스탠리에 자택을 마련하기 6년 전의 일이었다. 테레사의 스케줄은 앤젤라 맥이 관리했다. 그러나 스테판과 사귀게 된 테레사는 그녀와의 관계를 일방적으로 끊었다. 일보다는 스테판과의 여행을 우선으로 하는 것을 비난했기 때문이었다. 스테판의 존재는 긴 세월의 우정도 깨뜨렸다.

테레사가 자칭 카메라맨이라는 스테판에게 일 좀 맡겨 달라고 레코드사에 요청한 일이 있었다. 그래서 그가 찍은 차이나 드레스를 입은 사진이 1994년 11월에 발매된 〈야래향〉 싱글 재킷에 사용되었다. 첫 번째 일본어 버전이었고, 최후로 일본을 방문했을 때 부른 곡이기도 했다. 그러나 스테판의 그 정도의 실력으로는 상업용에는 어림도 없다고 판단되었기 때문에 테레사의 무리한 요청을 들어준 것은 단지 이 한 번으로 끝났다. 토러스 레코드사의 스태프는 테레사의 스케줄에 스테판이 끼지 못하도록 했다. 스테판과의 여행을 우선하는 것이 원인이 되어 경제적으로도 심각한 상황에 빠졌다. 파리에서 쇼핑을 하려고 했을 때는 10장 정도 갖고 있던 신용카드를 대부분 사용조차 할 수 없었다.

스테판과의 교제는 테레사를 일에서 멀어지게 했고, 경제적으로도 파탄으로 몰고 갔다. 그뿐만 아니라 대마 흡입의 의심조차 생겨났다. 배우인 가쓰 신타로勝新太郎가 대마 소지 혐의를 받고 현행범으로 체포된 것은 1990년 1월 16일의 일이었다. 그 화제가 아직 사라지지 않은 무렵, 토러스 레코드사의 후나키 미노루의 집에 '테레사가 대마를 피고 있다.'는 정보가 전해졌다. 프랑스인 스테판과 친하다는 것을 알고 있던 후나키는 의심을 품고 파리로 향했다. 개선문 근처에 있는 유명한 카페 '후케'에서 만난 두 사람은 2층에 있는 독실에서 서로 이야기를 나누었다. 후나키가 대마에 대해 캐묻자 테레사는 "절대로 피지 않습니다.", "나를 믿어 주세요. 믿지 못합니까?"라는 말을 되풀이했고, "누가 그런 말을 했습니까?"라고 여러 번 물었다. 강하게 부정하는 테레사의 말을 후나키는 믿을 수밖에 없었다. 이때 테레사와 함께 일을 했던 앤젤라 맥도 걱정이 되어 홍콩에서 파리로 달려왔다. 그러나 테레사는 그녀가 동석하는 것을 거부했다.

테레사 덩이 태국의 치앙마이에서 세상을 떠났을 때, 현지의 텔레비전 방송국은 들것에 실린 유체의 모습을 무신경하게 방송했다. 영국의 로이터 통신사까지도 유체 사진을 전 세계로 전했다. 클로즈업된 상반신의 왼쪽 귀 아래에 붉은 반점이 있었다. 그 영상이 억측을 불러일으켰다. 테레사의 사인은 '에이즈 아닌가?', '마약이었다.'라는 식으로 대만이나 홍콩에서 보도되었다. 대만의 정계 등에서는 '모살설'까지 흘러나왔다.

람병원에서 열린 기자회견에는 약 50명의 보도진이 몰려들었고, 소문의 진위를 확인하는 질문이 몇 번이나 나왔다. 스맷 행크턴 박사는 "범죄에 연루된 가능성은 없다. 100퍼센트 기관지 천식의 발작이 원인이다."라고 명확히 답변했다. 왼쪽 귀 아래의 붉은 반점은 유체 보존을 위해 포르말린을 주사한 것으로 생긴 것이었다. 1994년 12월 30일에 입원했을 때의 진료기록카드에도 에이즈 검사란에 '음성(Negative)'이라고 기록되어 있었다. 검사는 이 병원에 있는 환자라면 누구라도 요구받는 일로 별로 특별한 일이 아니었다.

호텔에 남아 있던 여권도 의혹을 불러일으켰다. 국적이 'BELIZE(벨리즈 : 중앙아메리카의 카리브해에 면한 독립국—옮긴이)'로 되어 있었기 때문이었다. 직업란에는 'ARTIST(예술가)'라고 되어 있었다. 출생지는 'TAIWAN'이고 주거는 'HONG KONG', 이름은 'TENG LI YUN'으로 쓰여 있었고, 신장은 '165㎝'로 적혀 있었다. 벨리즈는 카리브해에 면한 서반구 최대의 산호초와 마야 유적으로 알려져 있는 인구 약 23만 명의 작은 나라다. 테레사는 'A000374'번의 여권을 1991년 7월 25일에 입수했다.

벨리즈의 여권을 사용한 것은 이전의 '여권 사건'과 같은 성질의 문제였다. 국제 비즈니스맨이 출입국할 때마다 대사관에서 비자를 신청하는 시간을 줄이기 위하여 중남미 몇 나라의 '국적'을 입수하는 것은 이제는 특별한 일이 아니었다. 약 1만 달러의 수수료로 얻을 수 있는 '국적시장'이 존재하는 것이다. 테레사가 벨리즈의 여권을 손에 넣은 것은 대만까지 일일이 돌아가서 비자를 입수하는 시간을 줄이기 위해 '합법적'으로 얻은 것이었다. 영국연방의 가맹국인 벨리즈의 여권은 마찬가지로 영국의 식민지인 홍콩에 출입하기 위해서는 특히 편리했다.

모두 흥미 본위이거나 무지에 의한 소문이었다. 그러나 국제적인 가수였던 테레사 덩에게는 사후에도 '스파이설' 등이 항상 따라 다녔다. 그것은 군에 협력했다는 경력뿐만 아니라 장례 그 자체가 정치적인 도구로 이용되어 버렸기 때문이기도 했다. 그러한 의혹 보도를 가장 많이 흘린 것은 일본의 매스컴이었다.

제6장

봄을 기다리는 꽃

1

1995년 5월 8일에 테레사 덩이 세상을 떠난 직후, 대만에서 발행되고 있는 《독가보도》지가 그녀는 군의 스파이였다고 보도했다. 정보국 고관이었던 구정원이 '테레사 = 슈퍼 첩보원'이라고 증언한 것이었다. 이 보도는 특히 아시아 각국에서 화제가 되어 일본에서도 《마이니치 신문》이 국제면에서 보도했을 뿐만 아니라 《주간보석》이 '테레사 덩은 20년간 비밀 첩보원이었다!!'라고 단정적인 기사를 게재했다. 구에 의하면 국가안전국의 '제3처'에 소속되어 있었다고 했다.

보도가 사실이라면 충격적이다. 테레사 덩에 대한 평가도 크게 달라질 것이다. 그녀는 정말로 스파이였는가. 나는 구정원을 만나기 위하여 1995년 7월 24일에 대만으로 향했다.

타이베이 시 융캉제永康街. 주소를 더듬어 가보니 건물이 금방 눈에

떤다. 오래된 집합주택이다. 1층에 있는 인터폰을 누르자 큰 소리로 응답이 있다. 구정원 본인이다. 계단을 오르자 입구가 많다. 망설이고 있자니 하나의 문이 열리며 이쪽이라고 구가 얼굴을 내민다. 딱 벌어진 몸매로, 도저히 여든네 살로는 보이지 않는다. 정보국에 근무했다는 경력을 듣고 상상했던 용모와는 전혀 다르고, 호호야好好爺(인품이 훌륭한 늙은이—옮긴이)의 온화함이 감돈다.

1911년 5월생인 구는 1935년 스물네 살에 정보국에 들어가서 예순 살에 퇴직할 때는 소장의 지위에 있었다. 구가 근무한 정보국에는 오랜 역사가 있다. 장제스가 '국민혁명군' 총사령관이던 1928년에 '밀사조'를 설립하여 북벌전선의 군사정보를 수집한 것이 그 시초다. 일본군이 상하이를 침략한 1932년에는 '특무처'가 조직되었고, 1937년에는 군통국(군사위원회 조사통계국)이 된다. 전면적인 항일작전을 위하여 정보공작이 중시된 것은 이때부터다. 그 후, 보밀국(1946년), 정보국(1955년)으로 명칭이 달라졌고 1985년에 군사정보국이 된다.

국가안전국은 1955년에 설립된 국방회의에 소속되었고, 해외 정보, 중국 본토 정보, 대첩보, 정보 분석, 통신방수傍受 등 5개의 섹션으로 나뉜다. 그 뒤 1967년 2월 1일에 발족한 총통 직할인 국가안전회의의 하부기관이 된다. 국내의 정보기관, 치안기관을 지도, 조정한 것이 국가안전국이다. 역대 국장은 모두 군인, 더구나 대장이 그 자리를 차지했기에 '대만의 CIA(미국의 중앙정보국)', 즉 'TCIA'라고 불려지기도 한다. 그러나 CIA와 다른 것은 집행권한이 없다는 것이다. 《독가보도》에서 보도된 구의 증언에 의하면 '대첩보'를 임무로 하는 세 번째 부서에 테레사가 소속되어 있었다고 한다.

구는 항일전쟁 시에는 산둥 성에서 게릴라 부대의 일원으로 싸웠고, 1941년에는 일본군의 포로가 된 경험도 있다. 장제스군이 중국 본토에서 쫓겨 대만으로 옮긴 후에는 국방부 보밀국의 정방조장으로 공산주의자를 잡는 일에 15년간 종사한다. 대만에서는 1928년에 대만 공산당이 결성되는데 전쟁 후에도 탄압에 시달리면서 활동이 계속된다. 정보국이 되고나서 구는 감찰실 주임이 된다.

구는 테레사 덩이 '스파이로서 스카우트'되었고, '국가안전국 제3처의 관리 하에 있었다.'고 명확히 증언했다. 소파의 맞은편에 앉은 구에게 즉시 물었다. 내가 테레사 본인에게도 취재해 왔던 과정을 전하자 구는 "아, 그렇습니까?"라고 약간 놀란 듯한 반응을 나타냈다. 우선 《주간보석》에 적힌 내용을 전하고 어떤 취재가 있었는가를 물었다.

"중국인에게 전화가 와서 20분 정도 이야기를 했습니다. 그것뿐입니다."

"겨우 20분? 그럼 테레사 덩이 국가안전국 제3처의 관리 하에 있는 스파이라고 말한 근거는 있습니까?"

느닷없이 문제의 핵심을 묻자, 구는 약간 얼굴을 일그러뜨리면서도 태연하게 말했다.

"그런 것은 말하지 않았습니다. 스파이라는 기사가 있다면 누군가가 그렇게 말했겠지요."

아연한 나는 "어느 정도의 임무였습니까?"라고 물었다. 그러자 구는 "모르겠습니다."라고 말했다. "그러나 기사를 보면 당신께서 군사통치국에서 일하고 있을 때에 테레사가 스파이로 스카우트되었다고 스스로 증언하지 않았습니까? 본인도 만났다고 했고요." 거듭 그렇게 물었다. 잠시 잠자코 있던 구는 부루퉁한 표정으로 입을 열었다.

"통치국 따윈 없고, 나는 테레사를 만난 적도 없습니다."

이야기가 전혀 달랐다. 기사가 '정보국'을 '통치국'이라고 잘못 썼다는 지적은 그와 같았다.

"만났다고 기사에 쓰여 있지 않습니까? 그럼 정보국에서 테레사를 본 적은 있습니까?"

그렇게 질문하자 뜻밖의 대답이 돌아왔다.

"그녀를 텔레비전에서 본 적은 있지만 가까이서 보았다고 한다면 1960년 10월경에 등팡반점이라고 하는 레스토랑의 무대에서 노래하는 것을 한 번 본 적이 있을 뿐입니다."

1960년이라면 테레사는 일곱 살로 구가 증언했다고 하는 '열세 살'과도 어긋났다.

"하지만 당신은 테레사의 아버지와 면식이 있다고 말했습니다. 어떤 일로 서로 알게 되었습니까?"

"아니오, 나는 그녀의 아버지를 만난 일 따윈 없습니다."

도대체 어떻게 된 것일까. 《주간보석》에는 '대만의 자택에서 구씨는 말을 꺼냈다.'라는 내용이 있기 때문이다. 그대로 솔직하게 읽으면 기자가 직접 인터뷰하여 구가 구체적으로 증언했다고밖에 생각할 수 없다. 이 점을 다시 한 번 묻자 그는 취재 경위를 더욱더 자세하게 알려 주었다.

"어느 날, 중국인이 그 잡지 이름을 대며 전화를 했기에 20분 정도 이야기를 했습니다. 《독가보도》는 더욱 짧은 전화 취재였습니다."

"하지만 구 선생의 사진도 나오지 않았습니까?" 그렇게 물었더니 "집에 오지도 않은 기자가 사진을 찍었을 리 없습니다. 어딘가의 잡지에 실렸던 사진을 입수했겠죠."라고 했다.

구의 표정은 때때로 웃는 얼굴을 하면서도 대체로 담담했다. 이야기를 할 때 뭔가를 숨기는 것 같은 분위기도 없었다. 거듭 물었다.

"그럼 왜 테레사가 스파이라고 하는 증언이 당신의 이름으로 기사가 되어 나온 겁니까?"

"그것은 그녀의 장례식에서 관에 중화민국기와 국민당기가 걸려진 것을 보고 생전에 역할이 있었을 거라고 판단했기 때문입니다."

"그러나 그 근거는 없다는 것이네요. 스파이로 스카우트했다고 하는데 그것을 증명할 내부문서 등을 본 적은 있습니까? 기사에서는 문서가 있었다고 당신이 말했다는데요."

구는 난처한 표정이 되었고, 잠시 말을 멈췄다가 입을 열었다.

"그런 문서를 본 적도 없고 연락원을 보냈느니 하는 따위의 말을 한 기억도 없습니다. 기사로 나왔다면 기자가 제멋대로 썼겠지요."

실은 구의 자택을 방문하기 이틀 전, '테레사 딩 = 스파이 설'의 발신원이었던 《독가보도》의 편집장과의 사이에 어떤 복잡한 사정이 있었다. 구의 자택은 전화번호 안내에 등록되어 있지 않았다. 그래서 편집부에 전화를 했더니 편집장이 나왔다. 기사와 관련된 일로 구의 이야기를 듣고 싶다는 용건을 전하자 소개는 할 수 있으나 취재에 동석하고 싶다고 했다. 그 대응에 미심쩍은 생각이 들었지만 그래도 좋다고 하자 내일 전화를 달라고 했다.

다음날, 약속시간에 편집장에게 전화를 했더니 구는 여든네 살의 고령이라 낮잠을 잘 거라고 했다. 그러니 저녁때가 되어 전화를 달라고 했다. 단, 일이 바쁘기 때문에 자신은 동석할 수가 없다고 했다. 저녁때가 되서 연락을 하자 내일 오전 10시 반에 구의 자택을 방문해 달라고 했다. 편집장은 다시 동석하고 싶다는 말을 꺼냈다.

그러나 당일이 되어도 편집장은 전혀 모습을 보이지 않았다. 취재가 일단락되었을 때, 구에게 《독가보도》 편집장과의 일을 이야기하고 다시 한 번 연락을 하기로 했다. 전화를 받은 편집장에게 취재가 끝날 때가 되었으니 빨리 오라고 하자 "알겠습니다."라고 했다. 구의 옛날이야기를 들으면서 기다렸지만 30분이 지나고 1시간이 지나도 편집장은 나타나지 않았다. 그래서 다시 연락을 했더니 "지금 바꿔드릴 테니 기다리세요."라고 전화를 받은 여성이 대답했다. 잠시 후 돌아온 말은 "부재중이라 없습니다."였다. 그런 대화를 주고받는 것을 듣고 있던 구는 복잡한 표정을 지었다. 나는 다시 물었다.

"테레사 덩이 스파이였다는 증거는 있습니까?"

"증거는 없다."

구는 쓴웃음을 지으면서 그렇게 대답했다. 이것이 '전부'였다. 《독가보도》 편집장은 결국 모습을 보이지 않았다.

일본의 텔레비전 방송국은 그 후에도 '테레사 = 스파이설'을 보도했다. 문의하러 온 텔레비전 방송국 관계자에게 나의 취재 내용을 알려주었는데도 불구하고 말이다. 예를 들어 1995년 10월 11일에 TBS에서 방영된 《정보 스페이스 J》는 '테레사 덩 괴사怪死의 진상'을 특집으로 내보내 20퍼센트에 가까운 시청률을 올렸다. 그 뒤, 프로그램의 취재를 맡았던 우자키 마코토宇崎眞가 《아사히 예능(1995년 12월 7일호)》에 등장한다. 「테레사 덩은 국제스파이로서 일본, 홍콩, 프랑스에서 암약했다!」는 선정적인 타이틀의 기사는, 우자키를 '과거 장군이었던 구와의 단독 인터뷰를 시도하여 테레사 덩 스파이설의 중요한 뒷받침이 되는 증언을 끌어내는데 성공했다.'고 소개했다.

구는 "(여권 발행의) 교환 조건이 특무 공작 활동이네요."라는 우자키의 질문에 "바로 그대로다. 사람과 사람을 연결시키거나, 친서를 부탁하는 일을 했다."고 말했다. 또한 1979년에 일어났던 "여권 사건"에 대해 구는 단언했다. "인도네시아 건도 국가안전국은 처음부터 모두 알고 있었다. 그 여권 자체, 국가안전국이 수배한 것이니까."라고 완전히 거짓말을 했다.

1996년 1월에는 텔레비전으로 방영된 '테레사 덩 괴사의 진상을 토대로 보충 취재하여 완결했다.'라고 하는 우자키 마코토·와타나베 야스시渡辺也寸志에 의한 『테레사 덩의 진실』(도쿠마서점德間書店)이 발매되었다. 여기에서도 다시 구가 증언자였다. '대만의 노장군의 중대 증언 '테레사는 30년 가까이 첩보원이었다!?"라고 장章의 첫머리에서 소개한 내용은 다시 《독가보도》의 기사였다. 그 내용으로 촉발된 우자키가 구를 만났다고 쓰여 있었다.

"테레사 덩은 정말로 첩보원이었습니까?"
그렇게 묻는 우자키에게 구는 말했다.
"그렇습니다. 틀림없습니다. 그녀는 국가안전국의 첩보원이었습니다."

《독가보도》와 같은 설명이었다. 여기에 나오는 구의 발언에 따르면 첩보원이 된 동기는 대만에서 해외로 진출하기 위해서는 국가안전국의 허가가 필요했기 때문이라고 했다. "테레사 덩은 쓸만하다고 생각했습니다." 책임자가 그녀의 가정을 조사했기 때문에 "테레사 덩에 관한 파일도 있었습니다."라고 했다. 구의 결론은 이랬다.

"자신 있게 테레사 덩은 첩보원이었다고 말할 수 있습니다. 사실이니까요. 만일 누군가가 그것은 거짓말이다, 그러니 고발하겠다고 한다 해도 아무 상관없습니다."

이것이 구 인터뷰의 핵심이다. 취재의 결론을 필자는 이렇게 썼다.

구의 증언은 상당히 구체성을 포함하고 있어서 그 자리에 있던 사람이 아니라면 알 수 없는 내용도 많다.

알아보면 알아볼수록 테레사 덩의 첩보원설은 충분히 있을 수 있다는 생각이 든다.

증언에 구체성이 있더라도 근거가 없다면 '있을 수 있다.', '생각이 든다.'라는 말을 아무리 거듭해서 하더라도 그것이 해내는 역할은 일방적인 인상을 나타낼 뿐이다. 구는 그 인터뷰에서 '(테레사는) 해외에 나가기 위하여 첩보원 입장의 이점을 원했다.'고 말했고, 처음 출국한 나라는 홍콩인데 그 시기는 1967년이나 1968년이었다고 했다.

그러나 테레사 덩이 대만에서 처음 해외에 나간 것은 1967년으로 행선지는 싱가포르였다. 홍콩을 처음 방문한 것은 1970년의 일이다. 이것은 테레사의 역사에 있어서는 기초적인 데이터이다. 사실과 다른 지적을 '구체적'이라고 무비판적으로 기술하는 것은 완전히 설득력이 없다.

'테레사 덩 괴사의 진상'이라는 선정적인 타이틀이 텔레비전에 방영되었고, 2개월 후에 단행본이 나오자 다시 구의 증언을 유일한 근거로 삼은 ‘테레사 덩 = 첩보원설’이 널리 퍼져나갔다. 구가 스스로 부정한 ‘스파이설’을 다시 문제 삼았던 이유는 왜일까? 나는 다시 타이베이에 있는 구를 방문하기로 했다. 1996년 4월 29일의 일이다.

구는 지난번 취재 시와 마찬가지로 웃는 얼굴로 맞아주었다. 우선 질문한 것은 『테레사 덩의 진실』에 쓰인 내용을 언제 이야기했는가 하는 시기의 문제다. 구의 얘기에 따르면 이 취재는 1995년 7월 23일에 전화가 와서 다음날 24일에 타이베이 시내의 호텔에서 했다고 한다. 내가 구를 취재하기 3일 전의 일이다. 동일한 인물을 동일한 테마로 취재했는데 그 결론이 며칠 내 180도 다르다는 것은 이해할 수 없는 일이었다. 구는 『테레사 덩의 진실』의 저자에게 《독가보도》와 같은 설명을 한 것이다. 하지만 내가 취재했을 때 구가 며칠 전에 말한 내용 따위 알 방법이 없었다.

내 질문은 거의 같은 것을 되풀이했다. 핵심은 단 한 가지, ‘테레사 덩은 스파이였다는 구체적인 근거가 있는가?’라는 질문이었다. 예상대로 대답도 또한 같았다. “아무것도 없습니다.”라는 말을 구는 반복할 뿐이다. 새로운 내용이라고 하면 “국가안전국의 지인으로부터 테레사 덩을 알고 있는가라고 질문을 받은 일이 있습니다. 하지만 진지하게 질문을 받은 것은 아닙니다. 군에 협력을 했다고 스파이라고는 말할 수 없습니다.”라고 대답한 정도였다.

『테레사 덩의 진실』에서는 국가안전국 제3처 우某 소장이 테레사가 쓸만한지 어떤지 상담하러 온 적이 있었다고 구는 말했다. 이 내용으로는 구가 소속된 정보국과 국가안전국이 협력하여 테레사를 관리했다는 것이 된다. 그러나 국가안전국은 정보국을 지휘하는 관계는 아니다. 더구나 제3처는 스파이를 파견하는 부서도 아니고 그 임무는 제2처가 담당한다. '어디까지나 해외에 나가기 위해 첩보원 입장의 이점을 원했다.'는 것도 사실과 다르다. 비자는 교육부와 신문국에 신청하여 계엄령 총사령부에서 사상을 확인하고, 외교부에서 허가를 내고, 법무부의 출입국 관리국이 발행했다. 구가 증언한 것과 같이 "출국하기 위해서는 절대적으로 국가안전국의 허가가 필요했다."라는 사실도 없다. 하물며 테레사 덩이 첩보원이라면 '여권 사건' 따위가 일어날 리도 없다.

구는 텔레비전에서도 '정보국에서 첩보활동을 해달라고 요청했다.', '그녀는 단순한 첩보원이 아니었다.'고 단언했다. 그러나 구의 임무는 대만에서 공산당원의 검거와 정보수집이었다. 애초부터 첩보활동을 의뢰할 입장이 아니었다. 왜 텔레비전에서도 근거가 없는 증언을 했는가. 쓴웃음을 지으면서 구는 대답했다.

"스파이였다고 말해 달라고 텔레비전 방송국 사람에게 부탁을 받았습니다."

정말로 그런 부탁을 받았는지 어떤지는 알 수 없다. 그러나 이것이 '스파이설'의 진상이다. 그런데 한 번 퍼진 정보는 인상으로서 사람들의 기억에 각인된다. '망령亡靈'은 때로는 난폭하고 도리에 어긋나는 포악무도한 모습으로 나타나는 일이 있다. 구가 처음에 말했던 《독가보도》의 기사가 그 후에도 '테레사 덩 = 스파이설'의 유일한 근거가 되어 유포되었기 때문이다. 예를 들어 홍콩에서 발행된 《명보월간明報月刊》은 1999년 4월호에서 막 출판된 「일대가후등려군一代歌后鄧麗君」이란 단행본을 인용하여 '테레사 = 첩보원설'을 소개했다. 근거는 《독가보도》에 기술되어 있는 구의 이전의 증언이었다. 사정은 일본에서도 같다.

2004년 2월 6일, 후지 텔레비전에서는 '사람들에게 말할 수 없는 인생 내막'이란 프로그램에서 테레사를 화제로 삼았다. 거기에서는 테레사의 일기라는 것을 소개했고, 그녀가 썼다는 내용을 낭독했다. 예를 들면 이러한 내용이다.

'1981년 11월 7일, 조금 전부터 내게 온 반지만 보고 있다. 그래, 오늘 밤 그에게 프러포즈를 받았다.'

테레사의 일기에서는 톈안먼 사태에 대한 노여움이나 당일의 상황까지 소개된다.

그러나 테레사 덩은 일기 따위는 남기지 않았다. 존재하지 않는 '일기'가 당연한 일이지만 필적도 다른 내용으로 소개된 일에 대해 후지 텔레비전 홍보부장은 뭐라고 대답했는가.

"1996년에 나온 『테레사 덩의 진실』이란 신빙성이 높은 평전이 있는데 그 중에서 그녀의 말을 연계시켰습니다. 허용 범위 내의 연출이라고 생각할 수 있습니다."(《주간신조週刊新潮》2004년 2월 19일호)

『테레사 덩의 진실』에는 보도된 내용과 같은 테레사의 말 따위는 없다. 프로그램이 십수 군데에서 분명하게 사실을 오인한 것보다도 더욱 놀란 일은 그녀가 세상을 떠난 지 10년이나 지나고 있는 시점에 아직도 이 책이 '신빙성이 높은 평전' 따위로 불려진다는 것이다.

대만의 대중지를 발신원으로 하여 홍콩이나 일본으로도 비화된 '테레사 덩 = 첩보원설'. 그 유일한 근거가 되었던 구정원의 발언은 실은 완전한 억측이었다고 본인이 인정했다.

또한 '테레사 덩 = 스파이설'을 열심히 증언했던 구정원은 《독가보

도》에 2년 정도 연재한 정치권력에 의한 '백색 테러'와 관련한 증언을
『백색공포비밀당안白色恐怖秘密檔案』이란 타이틀의 단행본으로 묶어서
1995년 9월에 독가출판사에서 발매했다. 이 출판사는 《독가보도》를
발행하고 있는 독가보도 주간잡지사와 같은 계열이다.

2

몇 번인가 수군거렸던 첩보원설에 대해 생전의 테레사는 조금도 짐
작 가는 곳이 없을 뿐만 아니라 매스컴의 날조라고 생각했기 때문에
별로 신경 쓰지 않았다. 물론 가족이나 친구들도 귀찮게는 여겼지만
대수롭지 않게 생각했다. 자오쑤구이는 테레사의 사후에 느닷없이 보
도된 구정원의 증언에 대해 이렇게 말했다.

"만일 첩보원이라고 한다면 30년간이나 어미인 내가 몰랐다는 것이
됩니다. 해외공연도 내가 모두 주선했습니다. 국가안전국과의 접촉은
일절 없었습니다."

그러나 테레사도 모르는 '스파이 사건'이 현실로 일어났다. 그것은
중국에서 처음 테레사 덩을 취재한 일로 화제가 되었던 《베이징청년
보》의 관젠 기자와 관련된 사건이었다.

1985년 1월 29일에 관젠 기자는 싱가포르에 머물고 있던 테레사 덩
과 약 1시간 동안 전화 인터뷰를 했다. 그 내용이 《중국청년보》에 게
재되면서 국제적으로 알려짐에 따라 관젠 기자는 중국 매스컴계에서
일약 이름을 떨치게 되었다. '월양전화越洋電話'라는 말은 관젠 기자의
대명사가 되었다. '월양전화'란 해외에 전화를 하는 것을 말하는데 당
시 중국에서는 전화를 사용한 해외 취재는 드문 일이었다. 하물며 국

민 대부분이 관심을 갖고 있는 테레사 덩을 취재한 일로 매스컴뿐만 아니라 사회적으로도 널리 주목을 받게 된 것이었다.

관젠은 1947년 6월 17일에 베이징에서 태어났다. 아버지 관쥔잉關俊英은 베이징 시 차오양 구의 시정국장을 역임한 공산당원이었다. 관젠은 초급중학교를 나와서 군의 통신원을 경험한 뒤에 1972년에 베이징 시 건재공업국의 선전과로 배속되었다. 다시 베이징 시 수선재료회사의 노동자 이론그룹으로 자리를 옮겼고, 1980년 2월에 《베이징청년보》의 기자가 되었다. 유명인을 좇는 일을 하는 중에 테레사 덩과 인터뷰를 하는데 성공한 것은 기자가 되고나서 5년째, 서른일곱 살 때에 터뜨린 특종이었다. 관젠은 이 성공에 의해 '선진기자', '우수청년기자'라는 평가를 받았다.

1986년 초 무렵부터 관젠은 일본에 유학을 가고 싶다는 생각을 했다. 일본에 가면 학위를 받을 수 있을 뿐만 아니라 테레사 덩에게 직접 연락도 할 수 있다고 생각했기 때문이다. 그해 여름, 알고 지내는 일본인 신문기자의 소개로 중국을 여행 중인 한 일본인을 알게 되었다. 일본에 자비 유학할 때 그 남성에게 일본에서의 신원보증인이 되어달라고 부탁하기 위해서였다.

'스파이설'을 널리 퍼지게 한 『테레사 덩의 진실』은 관젠 기자에 대해서도 언급했고 몇 가지 허위를 기술했다. 예를 들어 이 신원인수인이 '일본에 귀화한 인물로 실은 대만의 정보부원이고 이 대만 출신의 정보부원을 관젠 기자에게 대면시킨 사람이 테레사 덩이었다.'라고 단정했다. 이 또한 완전한 거짓이다.

관젠은 1987년 1월 23일에 중국 민항기로 나리타에 도착, 마중 나온 보증인을 따라서 도쿄 랭귀지 스쿨의 신주쿠 본교에 입학했다. 그날 밤은 요코하마에 사는 보증인의 자택에서 환영회가 열렸다. 처음에는 신주쿠에 있는 학교 기숙사에서 살았으나 같은 방에 사는 사람이 다른 국적이라 학업이 잘 되지 않자 스기나미杉並 구 혼텐누마本天沼에 있는 아파트에서 중국인과 살기 시작했다. 그러나 '어떤 이유'로 인해 다시 이사를 가지 않을 수 없게 되어 조후調布 시 와카바若葉 조町로 옮겼다. 관젠은 얼마 안 있어 서른여섯 살의 아내와 열한 살의 딸을 불러들였다.

1988년에 접어들어 관젠은 상반기는 일본어 공부로 보냈으나 하반기가 되자 몇 가지 선택의 기로에서 하나를 정해야겠다고 생각했다. 그것은 저널리즘 전문학교에 들어가든가, 대학에 진학하든가, 또는 가능하다면 미국에 가고 싶다는 희망이었다.

1988년 10월, 도쿄지구 중국유학생 학우회가 잡지《신대륙新大陸》을 창간했다. 편집부는 도쿄 이이다바시飯田橋에 있는 일중우호회관의 고라쿠료後楽寮 168호실에 마련되었다. 관젠은 1989년 1월호부터 편집에 관계하여 매호 원고를 썼다. 이 잡지는 유학생을 대상으로 중국을 선전하는 일을 목적으로 했기 때문에 출판 경비는 중국대사관 교육부가 지원했다.

1989년 4월, 중국 본토에서는 후야오방의 사망을 계기로 학생들에 의한 민주화운동이 세력을 늘려 나갔다. 이 시기에 도쿄 랭귀지 스쿨을 졸업한 관젠은 다쿠쇼쿠拓殖 대학의 청강생이 되었다. 본국에 호응하여 일본 유학생 사이에서도 여러 가지 운동이 전개되었다. 고라쿠료에서도 20명 정도가 참가하는 토론회가 열렸고, 민주화운동을 지지하는 성명이 나왔다. 관젠은 거기에 이름을 내지는 않았지만 중심 멤버 중의 한 사람이었다. 이 무렵 유학생들과 학자들이 참가하여 열린 '양안의 통일을 위하여'라는 토론회에도 참석했다.

5월 18일에는 재일 중국인 유학생의 민주화운동 지원조직인 '유일학생단결연합회留日學生團結連合會'가 결성되었고, 21일에는 도쿄 미나토 구에 있는 미카와다이三河台 공원에서 민주화 연대집회가 열렸다. 슬로건은 '리펑 수상은 사퇴하라.', '민주주의 만세', '계엄령 단호 반대'와 같은 내용이었다. 당초는 100명 정도만 모이면 성공이라고 생각한 집회에 실제로는 2천 5백 명이 참가했다. 이날은 오사카, 나고야, 센다이 등에서도 집회가 열렸고, 전국적으로 4천 명이 참가했다. 유학생 단체의 대부분이 반정부 입장에 서는 특이한 상황이 전개되었다. 그 중에서도 톈안먼 학생들을 지지하는 과격한 문서를 작성하여 삐라로 만들어 배포한 사람이 관젠이었다. 어느 활동가는 데모 중에 만난 그와 이야기를 하면서 '사상적으로 해방되어 있다.'고 느꼈다고 한다. 그때 "중국 본토에서 테레사 덩과 처음으로 이야기를 나누었다."고 기쁜 듯이 말했다고 한다. 긴 머리, 여윈 몸에 과묵한 타입의 관젠은 이 데모에 참가한 이후 민주화운동의 현장에서 웬일인지 모습이 사라져 버렸다.

6월 4일, 톈안먼 사태가 일어난다. 그 직후부터 7월에 걸쳐 유학생들의 동향을 중국 공안당국 관계자가 노골적으로 살피기 시작했다. 관젠은 일본에 처음 왔을 때 이케부쿠로, 신주쿠의 영화관에서 청소 일을 했다. 그 뒤 히가시나카노東中野에 있는 파친코 가게에서 아르바이트를 했던 시기도 있으나 얼마 안 있어 매주 홍콩의 잡지 《쟁명爭鳴》,

《동향動向》, 《경보鏡報》 등에서 원고를 쓰는 일로 생활비를 벌게 된다. 내용은 베이징의 정치 등의 내막 물이었고, '뤄융羅泳' 등 몇 가지 펜네임을 가지고 있었다. 조후 시로 이사를 간 '어떤 이유'라는 것은 홍콩에 대량의 원고를 팩스로 보내는 모습을 동거인에게 보이고 싶지 않았기 때문이다.

관젠은 단 한 번 테레사 덩을 만났다. TBS텔레비전에서 《테레사 덩 15주년 스페셜》을 수록한 것은 1989년 10월 28일로 관젠은 관객 중에서 취재자로서 회장에 들어와 있었다. 일본에 온 이후에는 '관민난關敏南'이란 이름으로 레코드사에 접촉을 시도한 일도 있었다. 이 새로운 이름은 중국에 있는 《인민일보》의 해설원에게도 알려 주었다.

관젠은 싱가포르의 테레사가 사는 곳에 편지를 보낸 적이 있었다. 일본에 유학을 갔지만 경제적으로 어려우니 도움을 바란다고 의뢰한 것이었다. 테레사는 동생 창시에게 "'관젠'이란 기자를 기억하니? 어떻게 할까?"라고 상의하고 미화 2백 달러를 송금했다.

그 관젠이 테레사 앞에 갑자기 모습을 나타낸 것이었다. 녹화가 끝날 때를 맞춰 다가온 관젠이 말을 걸었다. 테레사는 그 이름만 듣고도 기억이 되살아났다. 당황하는 테레사를 본 관계자가 가로막자 관젠은 "함께 사진 촬영만이라도 부탁합니다."라고 말했다. 테레사는 그 의뢰를 거절하고 빠른 걸음으로 그 자리를 떠났다. 톈안먼 사태 직후라 어떤 식이든 정치적으로 이용될지 모른다는 불안감이 있었기 때문이었다. 잠깐 동안의 접촉을 강하게 거부당한 관젠은 테레사 덩에 대한 관심이 급속히 식어갔다.

관젠은 1988년에서 1991년 사이에 '친족 방문'을 위해 총 4회 베이징에 돌아갔고, 베이징 시 부시장이나 사법부 부부장과의 인터뷰 등, 많은 취재 활동을 펼쳤다.

네 번째로 베이징에 들어간 것은 1991년 9월 8일 밤이었다. 관젠은 9월 11일 오전, 《인민일보》 대중공작부에서 일하는 누이동생의 사무실에서 파일을 열람하고 그 가운데 5백 장 남짓한 당내 문서를 가지고 나갈 수 있게 해달라고 부탁했다. 차오양 구 시내에 있는 자택으로 보내진 자료는 두께로 치면 20센티미터 정도의 양이었다. 13일 오전, 누이동생은 다시 몇 가지의 '비밀 레벨'의 자료를 보냈다. 오후가 되자 관젠은 시창안제西長安街에 있는 호텔에서 만나기로 한 일본인 기자를 자택으로 안내하여 자료를 건넸고, 안전한 방법으로 국외로 가지고 나갈 수 있게 해달라고 부탁했다. 자료는 종이상자에 넣고 스카프로 쌌다. 기자는 밤늦게 그 자료를 복사했다. 전력 사용량을 보고 수상히 여긴 베이징 시 국가안전국은 기자의 방을 덮쳤다. 복사는 이미 284장까지 끝나 있었다.

관젠은 9월 16일 낮에 어떤 국가기관에서 일하는 아는 여성으로부터 10점 남짓한 기밀문서를 입수하고 오후 10시경, 머물고 있던 호텔로 돌아왔다. 다음날에는 일본으로 돌아갈 예정이었다. 오후 11시가 지나서 심하게 문을 두드리는 소리가 났다. 문을 열자 베이징 시 국가안전국의 수사관이 갑자기 방으로 들어왔다. 수사관은 종이에 적힌 문장을 소리 내어 읽었다.

"베이징 시 인민검찰분원의 비준을 거쳐 베이징 시 국가안전국은 법에 의거하여 관젠에 대해 구류를 집행한다."

수사관은 수사영장을 제시했고, '기밀 클래스', '비밀 클래스' 자료를 찾기 위해 실내를 수색하기 시작했다. 관젠은 겁에 질려 떨었다. '외국인을 위해 불법으로 국가기밀을 제공한 죄', '스파이죄'로 체포된 것이었다. 압수된 기밀문서는 전부 543건이었다.

일본에서 네 번째로 베이징에 돌아오는 일에 불안감이 없었던 것은 아니었다. 관젠은 일본을 방문한 왕다오한王道涵을 호텔 뉴오타니 도쿄에서 만났을 때 "돌아가도 괜찮을까요?"라고 상의했다. 대답은 "당신은 아무런 문제가 되지 않지요."였다. 관젠은 이 말에 안도했다. 어쨌든 왕다오한은 나중에 당, 정, 군의 톱이 되는 장쩌민의 전임 상하이 시장이었고, 장의 후견자적인 존재이기도 했다. 대對 대만 창구기관인 해협양안관계협회의 회장이기도 했다. 그런 거물이 안전을 보장하여 주었다. 관젠은 그렇게 믿었다.

체포되었을 때 관젠은 마흔네 살이었다. 내부 자료를 건네주었던 누이동생도 동시에 체포되었다. 1993년 4월 29일, 베이징 시 중급 인민법원에서 판결이 내려졌다. 불법으로 국가기밀을 국외의 인물에게 제공한 죄로 징역 15년, 정치 권리 박탈 3년, 스파이죄로 징역 10년, 정치 권리 박탈 2년, 복수형에 따라 징역 20년, 정치 권리 박탈 5년의 형이 확정되었다. 관젠은 베이징 시 베이징 제1감옥으로 송치되어 10인용 방에 수감되었다.

유명 기자의 체포는 여러 가지 억측을 불러일으켰다. 중국 공산당 베이징 시 위원회는 그 소문에 대응하여 국가안전의식을 높이기 위해 《베이징일보》(1993년 5월 15일자)에서 사건을 상세히 보도하지 않을 수 없었다. 그가 체포되어 수감되었는데도 여전히 상당히 많은 사람들이 그 이유를 몰라서 어찌할 바를 몰라 하고, 이런저런 억측을 불러일으키고 있기 때문이었다. 중국 국내에서는 '일본의 스파이였다.', '아니 대만의 스파이였다.'고 수군거렸다. 기사에는 관젠이 '대만 국민당의 주일 스파이 조직의 의뢰를 받고 귀국했다.'라고 보도되었다. 관젠은 대만의 《중앙일보》 기자와 서로 알고 지냈고, 그 소개로 국민당 해외공작위원회의 주일대표와 만났다. 베이징에 돌아오기 전날, 도쿄 신주쿠의 백화점 2층에 있는 커피숍에서 만났을 때에는 5만 엔을 받았다. 이 사실 때문에 '스파이 조직'의 의뢰를 받고 정보 수집을 했다는 것이었다.

물론 이 베이징 시 국가안전국이 제공한 '자백'에는 과장도 있었다. 예를 들어, 도쿄 유학생조직의 지도자였다는 등의 5가지 직함이 밝혀졌지만 《신대륙》의 편집자라는 것 이외에는 사실이 아니었다. 《베이징일보》 1면에는 왼손에 1만 엔 지폐를 많이 들고 웃고 있는 관젠의 사진이 게재되었다. 체포된 이후에 촬영한 것이었다. 돈을 목적으로 '스파이'가 되었다는 인상을 강하게 심어 주기 위한 캠페인이었다.

'죄상' 중에는 테레사 덩과의 접촉도 언급되었다. '지명도를 올리기 위해 유명인을 뒤쫓는 것'이 목적이었다는 것이다.

관젠은 그해 9월 17일 베이징 시 교외에 있는 베이징 제2감옥으로 옮겨졌다. 그는 거기에서 아래턱에 악성종양을 앓았고, 나중에 신병치료를 위해 석방되었다. 완치가 어렵다는 진단을 받고 치료를 받기 위하여 보석이 허용된 것이었다.

사회에 복귀한 관젠에게 안정적인 일은 없었다. 치료비 마련이 어려웠던 그는 일본의 지인에게도 송금을 의뢰했다. 폐품 수집을 생활수단으로 삼아 일을 하던 어느 날, 쓰레기 속에서 공산당 중앙의 자료가 섞여 있는 것을 발견했다. 관젠은 그것을 예전의 상사에게 보고했다.

당에 대한 공순恭順의 뜻을 전달하기 위함이었다. 상사는 말했다. "생각이 많이 달라진 것 같다." 그 뒤 얼마 안 있어 관젠은 세상을 떠났다.

관젠의 직장이었던《베이징청년보》에서는 아직도 이 '사건'을 말하는 것이 금기로 되어 있다. 베이징 시내에 사는 관젠의 아내도 또한 일절 입을 다문 상태이다. 물론 생전의 테레사 덩은 관젠의 정치적 역할이나 '그 후'를 알지 못했다.

3

테레사 덩과 약혼을 했지만 결혼까지는 이르지 못했던 궈쿵청은 1986년 7월 22일에 홍콩의 샹그릴라 호텔에서 결혼식을 올렸다. 상대는 긴자에 있는 고급 클럽 '피로포(Piropo)'에서 일하던 일본인 여성이었다.

최후의 연인이었던 스테판 퓨엘은 테레사가 세상을 떠나고 2년 후인 1997년에 태국의 치앙마이에서 반년 정도 시간을 보냈다. 등짐을 멘 도보여행가로서 값싼 여관에 숙박한 스테판은 현지 여성을 모터바이크에 태우고 돌아다니는 모습이 목격되었다. 1998년에는 홍콩의 TVB에 테레사의 사적인 비디오를 강매하여《덩리쥔 최후의 비밀생활》이라는 15분 프로그램이 9회에 걸쳐 방영되었다. 1998년, 1999년에 홍콩에 있는 테레사 덩의 집에서 살았던 스테판은 반년 정도 행방을 알 수 없게 되었고, 2000년에는 4개월 정도 프랑스에 머물렀다는 것까지 확인되었다. 테레사의 유족과는 그 뒤 연락이 끊어진 상태다.

테레사 초빙 계획에 처음부터 관여했던 왕자오궈는 1990년 11월에 중국공산당 중앙대만 공작변공실 주임, 국무원대만 사무변공실 주임으로 취임하여 당과 정부의 대 대만 정책의 책임자가 되었다. 2003년에는 전인대 부위원장으로 취임, 다음 해인 2004년에는 '헌법 개정안 보고'를 했다. 찌아춘왕은 1998년 3월에 공안부장, 2003년 3월에는 전 인대에서 최고인민검찰원장으로 선출되었다.

4

1989년 8월말의 홍콩은 예년과 같이 더운 날이 계속되었다. 2개월 전에 일어난 톈안먼 사태는 가수인 테레사 덩의 정신에 깊은 상처를 남겼다. 한 번 결정했던 중국에서의 콘서트. 톈안먼 광장에 모인 100만 명의 청중이 환호하는 모습이 그곳에서 펼쳐질 예정이었다. 몇 번이나 되풀이해서 상상하던 꿈은 깨졌다.

"노래할 마음이 없어졌습니다."

스태프에게 말한 이 한마디에 '모든 것'이 표현되어 있었다.

"리펄스 베이 쪽에서 많은 탱크가 밀려오는 꿈을 자주 꾸게 되었습니다."

자신이 살고 있는 스탠리를 향하여 중국 인민해방군의 탱크가 소리를 내며 진격해 온다는 것이었다. "두렵습니다. 틀림없이 당국에 의해 감시받고 있을 거라 생각합니다." 그렇게 말하는 테레사에게 중국에서 일어난 사건은 남의 일이 아니었다. 민주화 지원 콘서트에 참가했고, 톈안먼 사태가 일어난 다음에는 쭉 팔에 상장을 달았던 테레사의 존재가, 중국의 입장에서 보면 감시의 대상이 되었다고 해도 하나도 이상할 것이 없었다.

6월로 예정되어 있던 일본에서의 캠페인을 중지한 이유도 불안정한 정신상태였기 때문이다. 그래도 시간의 흐름은 테레사의 마음을 조금은 진정시켜 주었던 것 같다. 토러스 레코드사에서는 10월로 예정된 일본 방문 전에 매스컴 관계자들을 홍콩으로 초대하고, 그곳에서 테레사를 취재할 계획을 세웠다.

　텔레비전이나 잡지사 취재진 앞에 모습을 드러낸 테레사는 여느 때와 마찬가지로 온화한 표정을 지었다. 사진 촬영과 텔레비전 녹화가 끝난 어느 날 밤의 일이었다. 작은 배를 전세 내어 갑판에서 식사를 했을 때 해물요리나 생선요리에 입맛을 다시면서 여느 때보다 와인을 많이 마셔버렸다. 처음에는 선글라스를 낀 채로 식사를 하던 테레사는 취기가 돌자 그것도 벗고 다시 마셨다.
　그러던 중 누군가로부터 "노래를 불러 주세요."라는 요청을 받았다. 자리에서 일어난 테레사는 웃는 얼굴로 양손으로 뺨을 감싸며 말했다.
　"〈홍콩〉을 부르겠습니다."
　이 곡은 러브송임과 동시에 테레사의 홍콩에 대한 메시지가 담겨있는 노래였다. 아카펠라로 노래를 부르기 시작한 그녀는 양손의 집게손가락을 세워서 높이 쳐들었고, 때때로 가슴이나 얼굴에 손을 얹으면서 쾌활하게 노래를 불렀다. 여느 때처럼 양손으로 V자 사인을 하는 모양에서 특별히 달라진 모습은 볼 수 없었다.

　그 다음날, 리펄스 베이에서 촬영이 있을 때의 일이다. 검은 원피스 위에 흰 재킷을 입은 테레사는 검은 테두리가 있는 밀짚모자를 쓰고 흰 레이스가 달린 스톨을 손에 들었다. 요청에 응하여 때때로 웃는 표정을 지은 것은 예전부터 그곳에 있던 리펄스 베이 호텔의 현관 주변에서였다. 프랑스의 리비에라 스타일이라 불리는 건축물에 이태리풍의 정원이 특징이었던 호텔 자리에서는 레스토랑 등이 운영되고 있어 홍콩의 관광지라는 것에는 변함이 없다. 고급스러운 공간은 테레사의 우아함과 융합되는 장소이기도 했다.

페닌슐라 호텔이 경영하는 유럽풍의 '더 베란다 레스토랑'이나 그 배경에 있는 고층 맨션을 등지고 촬영이 계속되었다.

"나는 지금의 기분을 쭉 잊지 않을 거야."

그녀는 혼잣말로 그렇게 중얼거렸다. 슬픔의 추억으로서의 톈안먼 사태, 그것이 나중에 파리의 침실에 붙게 되는 한 장의 사진에 담겨진 의미이다(5페이지의 사진은 이때 촬영된 다른 것). 파리에 살게 된 테레사는, 리펄스 베이에서 찍은 사진을 볼 때마다 톈안먼에서 100만 명이 모인 가운데 콘서트를 열고자 했던 자신의 꿈이 도중에 깨져버린 것에 대한 분함과 분노가 동시에 떠오르게 되었다.

테레사는 리펄스 베이의 바다가 멀리 바라다 보이는 베란다로 이동했다. 해변에서는 잔잔한 물결이 쉬지 않고 밀려왔다 밀려갔다. 평온한 미소를 짓던 그녀는, 이윽고 재킷을 벗더니 천천히 레이스가 달린 스톨을 왼쪽 어깨에 걸쳤다. 셔터를 누르는 소리가 연속적으로 터져 나왔고, 그때마다 시간이 멈췄다. 1989년의 테레사 덩이 영원히 기록되는 순간이었다.

장위링張玉玲 씨는 1995년 11월에 발매된 테레사 덩의 「성원成願」이란 타이틀이 붙은 앨범 중에서 그녀의 유작이 된 시를 낭독했다. 그 맑은 목소리를 듣고 있으면 테레사에 대한 깊은 우정이 확실하게 전해져 온다. 장 씨에게 '가장 좋은 추억은?'이라고 물었을 때 "정말이지 그리움은 없습니다."라는 뜻밖의 답변이 돌아왔다. "어떤 사람인지 잘 모른다."라고도 대답했다. "지금까지 죽었다는 사실을 믿을 수 없기에 음악도 듣지 않고 사진도 보지 않는다."라고 했다. 감정에 복받친 낙담의 표현일 것이다. 장 씨가 그렇게 말하는 것은 테레사가 본심을 말하는 일이 없었기에 어디까지나 마음속을 추측하는 수밖에 없었기 때문이다. 장 씨는 생각한다. "어릴 때부터 유명해진 그녀는 정신적으로는 고독한 생활을 했을 겁니다. 하지만 약하거나 슬픈 마음을 드러내지 않고 언제나 즐거운 듯이 행동했을 거예요." 스튜어디스였던 동세대의 장에게도 똑같은 마음의 궤적이 있었다고 한다. 1996년 4월에 타이베이에서 대화를 나누었을 때의 일이다.

많은 사람들에게 이야기를 들었지만 테레사 덩을 나쁘게 말하는 사람은 한 사람도 없었다. 테레사의 인품을 엿볼 수 있는 일일 것이다. 그 반면에 상대가 업무상의 관계자라도 언제나 거리를 두는 그녀의 모습이 인상적이었다. 장위링 씨가 말했듯이 친구에게조차 그다지 본심을 보이지 않았던 것이 테레사 덩이었다. 그러한 그녀의 심정은 도대체 어떤 것이었을까. 그것을 중국, 대만의 현대사 속에서 찾아가는 것이 내 취재의 중심이 되었다.

　테레사 덩에 대한 글을 쓰겠다고 생각한 것은 「노래꾼 미야코 하루미歌屋 都はるみ」(분슌文春문고) 집필 목표가 서기 시작했던 무렵이니까 1992년으로 거슬러 올라간다. 오모테산도表参道에 있던 토러스 레코드에서 담당자에게 물어 보았더니 일본에도 거의 오지 않으니 취재는 어렵다고 했다. 그것이 출발점이었다. 그로부터 13년의 시간이 지났다. "내년에는 홍콩 같은 곳에서 시간을 내어 이야기를 나누시죠." 테레사가 그렇게 약속한 것은 1994년 10월 24일. 결과적으로 마지막 일본 방문이 되었을 때의 짧은 대화이다.

　1995년에 접어들어 기초적인 자료를 모으고 있을 때에 지하철 사린(Sarin) 사건이 일어났다. 테레사 덩의 취재를 일단 접어두지 않을 수 없는 매우 바쁜 나날이 시작되었다. 5월 9일 저녁 무렵 니혼 텔레비전에서 아카사카에 있는 TBS(도쿄방송)로 향하고 있을 때였다. 지인으로부터 '테레사 덩이 세상을 떠났다고 합니다.'라는 전화가 걸려왔다. '무슨, 거짓말이지'라고 말하자 '유체의 영상도 보도가 되었습니다.'라고 했다. 나는 텔레비전 방송국에 도착하자마자 외신을 확인하고 테레사의 유체 영상도 보게 되었다. 너무 가혹하다고 생각하면서도 사실을 받아들이지 않을 수 없었다. 분주한 나날이 계속되었지만 5월 28일에 타이베이에서 거행된 장례식에는 물론 참석했다. 맨 뒷자리에 가수 왕페이王菲가 슬픈 얼굴을 하고 앉아 있던 모습이 강하게 인상에 남아있다.

관에 헌화할 때가 왔다. 그곳에 누워있는 테레사의 얼굴을 응시하고 있자니 눈물이 흘러나왔다. 테레사의 큰오빠의 따님과 대화를 나누었을 때 "일본에 나에 대한 책을 써주겠다는 사람이 있어."라고 말했다는 것을 듣고 기쁘기보다는 슬프게 느껴졌다. "나의 지금부터의 인생 테마는 중국과 싸우는 것입니다."라고 말했던 테레사의 진지한 생각을 충분한 시간을 갖고 들어볼 수 없었기 때문이다. 테레사로서는 그때까지 무수한 취재를 받았겠지만 중국 정치와 관련된 테마를 듣고 싶다는 인터뷰는 틀림없이 신선하고 본의이기도 했을 것이다. 그러나 그녀는 급작스러운 죽음을 맞이했다. 내 마음속에는 상실감이 넓게 자리 잡았다. '쓸 수 없는 건 아닐까.'라고 생각한 적도 있었다. 그러나 테레사가 "영광입니다."라고 말해준 일은 그만두지 않는다면 조금씩이라도 앞으로 나아갈 수밖에 없었다. 테레사 덩과의 약속이기 때문이다.

테레사가 세상을 떠난 1995년에 토러스 레코드사는 컬러 인쇄된 그녀의 바이오그래피(연표)를 작성했다. 거기에는 내가 쓴 테레사의 책이 '근일 발매 예정'이라고 적혀있었다. 또한 테레사가 일본에 데뷔한 지 25주년에 해당하는 1999년 폴리돌에서 발매된 베스트 앨범의 종이띠에는 '아리타 요시후 지음 「덩리쥔 두 개의 조국(가제)」 1999년 발매 예정'이라고 공표되었다. 단숨에 써내려갈 작정이었다. 그것이 구상에서 완성까지 13년이나 걸려버린 것은 전체 틀이 정해지지 않았기 때문이었다. 테레사 덩이란 그만큼 커다란 존재였다. 쓰지 않은 것이 아니라 쓸 수가 없었다. 그럴 때마다 작가인 핫토리 마스미服部真澄 씨에게 구성 등에 대해 여러 번 어드바이스를 받은 것이 자극이 되었고, 또한 의욕을 불러 일으켰다.

테레사 덩의 원고를 쓰면서 눈앞의 서가를 본다. 거기에 장식되어 있는 사진은 어린 시절부터 성숙기, 그리고 멍한 얼굴을 한 것도 있지만 파리의 침실에 붙어있던 귀중한 한 장의 사진도 있다. 그녀의 사인이랑 사진, 비디오 등등, 책상의 전후좌우에 자료나 사진 등이 여러 겹으로 쌓여있다. 이런 생활이 벌써 몇 년이나 계속되었다. 미야코 하루미 씨의 책을 쓸 때, 하루에 몇 시간씩 그 노랫소리를 들었던 것처럼 테레사의 평온한 목소리를 역시 몇 시간씩 듣는 생활이 계속되었다.

후회가 있는가라고 자문한다면 '있다.' 테레사 덩에게 이 저작물을 직접 건넬 수가 없다. 테레사를 낳아 기른 그녀를 가장 잘 아는 사람인 자오쑤구이 씨에게도 일이 완성되었다는 것을 이제는 전할 수 없다. 2004년 12월 18일에 78세로 세상을 떠났기 때문이다. 매우 조용하고 다정한 사람이었다. '가장 존경하는 사람'이라고 테레사가 거리낌 없이 말했던 이 어머니가 없었다면 '가수 테레사 덩'은 존재하지 않았을 것이다. 자오쑤구이 씨와는 1998년 7월 18일, 2001년 8월 28일, 2002년 6월 24일 타이베이에서 만나 대화를 나누었다. 총 10시간이 넘는 시간을 내주었다. 최종 확인을 위해 2004년 11월 3일에 타이베이에서 만날 예정이었으나 건강이 악화되어 단념하지 않을 수 없었다.

테레사의 비서를 맡았던 남동생 덩창시 씨는 취재하는 동안 처음부터 끝까지 모든 협력을 아끼지 않았다. 일본에서 '양부모' 역할을 했던 후나키 미노루 씨와 테레사를 도와주었던 모든 스태프 분들의 증언도 또한 취재의 출발점이 되었다는 것에 감사드리고 싶다. 특히 후나키 씨에게는 여러 가지 취재상의 편의를 제공받았다.

2000년 7월에 베이징에서 취재했을 때 《베이징청년보》의 관젠 기자를 만나고 싶었다. 중국에서 처음으로 테레사 덩을 인터뷰했던 기자였기 때문이다. 하지만 관계자의 반응에는 도저히 이해할 수 없는 점이 있었다. "관젠 기자의 일은 알아보지 않는 편이 좋습니다.", "무엇을 취재하려고 하는 겁니까?"라는 것이다. 중국 공산당 중앙선전부에서는 간접적이었지만 '이젠 그만 두세요.'라는 충고까지 있었다. 그렇게는 안 된다. 이 책의 취재에서 가장 곤란했던 점 하나가 이 관젠 기자와 관련한 사건이었다. 일본에 유학했던 관젠 기자도 만나보고 싶었지만 이제 와서 그것은 아무리 원해도 소용없는 일이다. '테레사 덩은 스파이였다'라고 말했던 구정원 씨도 건강이 안 좋기 때문에 이제는 대화를 주고받을 수 없다. 테레사의 마지막 연인이었던 스테판 퓨엘 씨도 홍콩에서 만났지만 파리로 돌아간 이후에는 행방도 모르는 상태다. 테레사 덩뿐만 아니라 그녀의 주변에 있던 개성이 풍부한 사람들의 궤적도 또한 아득하게 멀어진 상태가 되어버렸다. 각 장의 타이틀은 테레사 덩이 노래한 곡 중에서 선정한 것이다. 등장인물 각각의 '인생의 계절'이 거기에 표현되어 있다.

집필 과정에서는 국회도서관 간사이關西관에서 중국어 자료를 찾아주신 오무라 사에코大村紗惠子 씨, 해외항공편 기록 등을 조사해주신 다케다 준코武田純子 씨의 협력을 받았다. 중국어 자료의 번역에는 다테노 마사코館野雅子 씨에게 언제나 급작스럽게 무리한 부탁을 드렸다. 통역은 후지아원胡家雯 씨, 궈리란郭麗蘭 씨에게 10년간이나 도움을 받았다. 니혼 텔레비전의 『THE SUNDAY』에서 홍콩, 대만, 치앙마이를 취재했을 때에는 아이카와 히로타카相川弘隆 씨, 나메카타 히사시行方久

司 씨, 야라 도모타케屋良朝建 씨에게 많은 신세를 졌다. 편집 과정에서는 문예춘추 제2출판국장 마쓰이 기욘도松井淸人 씨, 차장 요시나가 류타吉永龍太 씨, 교열 담당 사카모토 아야坂本文 씨가 지원해주셨다. 많은 분들의 장기간에 걸친 협력이 없었다면 이 책을 완성시킬 수 없었을 것이다. 약간 소리를 크게 하여 지금의 마음을 전하고 싶다. 고마웠습니다.

　나는 5월 8일에 대만에서 거행되는 테레사 사후 10주년 제반 행사에 참가한다. 묘 앞에 이 책을 바친 그길로 가까이에 있는 테레사의 양친, 덩수웨이 씨와 자오쑤구이 씨의 묘 앞에서도 보고드릴 예정이다. 울창하게 자란 진바오산의 나무들은 테레사 덩 가족들의 안식의 땅을 감싸주고 더욱더 푸르게 비치고 있을 것이다.

2005년 2월 22일

아리타 요시후

나는 덩리쥔, 아니 등려군을 잘 모른다. 물론 앎에 대한 기준 자체가 사람마다 다르겠지만 내 기준으로는 그렇다는 말이다. 해협을 사이에 두고 양안兩岸에 사는 중국인들은 물론이거니와 전 세계에 널리 퍼져 살고 있는 화교들의 '영원한 연인'이라고 불리는 등려군.

그런 그녀가 이상하리만치 오랜 세월 우리나라에서는 무명가수 축에도 들지 못했으니 대중음악에 그다지 폭넓은 지식이 없는 내가 등려군을 잘 모른다고 하는 건 어쩌면 당연한 일인지도 모른다.

내가 등려군의 음악을 처음 접한 것은 불과 4년 전의 일이다. 물론 등려군을 우리나라에 본격적으로 소개했다고 알려진 《첨밀밀》이란 영화에 실려 있는 몇 곡의 노래를 통해 그녀의 존재감은 막연하게나마 느끼고 있었지만 단 한 번도 그녀의 음악을 제대로 들어본 적이 없었다.

그러던 2004년 5월, 일본 모회사 출신의 한 일본인이 기술고문이라는 직책으로 내가 근무하는 팀에서 함께 일을 하게 되었다. 팀 내에서 외국인이 근무하는 건 처음이라 팀장인 나로서는 여간 신경 쓰이는 일이 아니었다. 다행히 서툴지만 그래도 일본어를 조금 할줄 알았던 나는 자연스럽게 그 일본인과 많은 대화를 나누게 되었다. 더욱 다행스러웠던 일은 그 일본인이 술을 ─나만큼─ 좋아한다는 사실이었다. 우리는 함께 어울리는 시간이 점점 더 늘어나면서 서로 개인적인 이야기까지 나누는 사이가 되었다. 특히 그분은 팝, 재즈 등 거의 모든 장르의 음악에 조예가 깊어 나는 업무 이외 취미 생활에서도 많은 영향을 받기 시작했다.

그해 가을, 회식으로 간단히 소주 한잔을 한 후 여러 명이 어울려 노래방에 가게 되었다. 서로 돌아가면서 자신의 레퍼토리를 한창 뽐내고 있을 때 그 일본인이 어떤 노래를 불렀다. 가사가 일본어라 처음에는 무슨 뜻인지 분명치 않았지만 그 노래는 순식간에 내 귀를 사로잡았다. 그 다음날 나는 그분에게 어제 불렀던 노래가 어떤 가수의 무슨 곡인지 물었다. 그러자 테레사 덩テレサ·テン이라는 대만 출신 가수의 〈쯔구나이つぐない〉라고 대답했다. 나는 등려군을 그런 인연으로 처음 만났다.

그 후 잠시 공백 기간이 있었지만 나는 그녀의 음악에 빠져들기 시작했다. 2005년과 2006년은 −물론 요즘도− 주말이면 등려군의 노래가 집안 전체에 울려 퍼졌다. 그런데 그 정도로는 만족할 수가 없었다. '이 세상에서 가장 아름다운 목소리를 가진 여인'이라고 누구에게건 주저 없이 말할 수 있게 된 이 여가수를 우리나라에 제대로 소개하고 싶은 욕심이 발동했다. 누가 부탁하거나 시킨 적도 없는데 내가 아니면 우리나라에서 이 일을 할 사람이 아무도 없을 거라고 착각하는 고질병이 이번에도 재발한 것이었다. 일천한 일본어 실력이지만 이 일을 하지 않으면 안 된다는 투철한(?) 사명감을 갖고 주말이면 이 일에 조금씩 발을 담그기 시작했다.

그즈음 눈에 뜨인 책이 바로 아리타 요시후有田芳生라는 일본인이 집필한 『우리 집은 저 산 너머私の家は山の向こう』이다. 물론 이 책은 등려

군과 관련된 수많은 책 중의 하나에 지나지 않을지도 모른다. 그러나 내게 이 책은 단지 인기가수 등려군에 대한 관심이 아니라 인간 등려군에 대한 애정, 아니 그녀에 대한 강한 집착이 없는 한 그 누구도 해낼 수 없는 대단한 성과물로 보였다. 한 장씩 책장을 넘길 때마다 진한 감동으로 밀려오는 그녀의 인생 스토리가 단숨에 내 마음을 사로잡았다. "나의 지금부터의 인생 테마는 중국과 싸우는 것입니다."라는 일개 가수의 발언이라고는 믿기 어려운 등려군의 말 한마디에 숨어있는 진정한 의미를 캐내기 위해 중국과 대만의 현대사를 헤집고 다닌 저자의 열정에 절로 감탄이 나온다. 이 책은 만인으로부터 사랑을 받고 있는 전설적인 여가수 등려군의 성공담을 단순하게 연대기 순으로 나열한 것이 아니라 그녀가 살아온 삶의 단편 하나하나를 집요하게 추적하여 끄집어 낸 후 그 본질을 철저하게 파헤친 한 편의 완벽한 드라마이다.

아무튼 나의 다소 무모해 보이는 열성 덕분에 이 책을 우리나라에 어렵사리 소개할 수 있게 되어 그 기쁨이란 말로 표현할 수 없다. 그러나 이 세상에 나온 모든 책들에는 숨겨진 사연이 있듯이 이 책 역시 이렇게 출간되기까지 정말 여러 고초를 겪었다. 의례적인 인사말이 아니라 어문학사가 아니었다면 나의 이 번역물은 영원히 빛을 보지 못했을 것이다. 원고를 송부한 후 단 하루 만에 출간을 결정해주신 어문학사 대표 윤석전 님께 이 기회를 빌어 진심으로 감사드린다.

또한 꼭 인사를 드려야 하는 일본인 두 분이 있다. 우선 등려군이란 가수를 어느 날 갑자기 내게 보내준 우탄 다이지宇丹大二 님이다. 이분이 없었다면 난 영원히 등려군이란 가수를 알지 못했을 것이다. 이곳에서 3년 동안의 일을 마친 후 작년 7월에 다시 일본으로 돌아가셨지만 영원히 잊을 수 없는 분이다. 또 다른 일본인은 이시이 히로코石井弘子 님이다. 2005년부터 이곳 천안공장 직원들의 일본어 수업을 담당하고 계신 분이다. 이분의 지도가 없었다면 나의 번역물은 여전히 오류투성이였을 것이다. 두 분 모두 늘 건강하시고 행복하시기를 기원한다.

마지막으로 수년간 비틀즈로 집안을 시끄럽게 하더니 이번에는 느닷없이 등려군으로 수선을 떨고 있는 나를 묵묵히 지켜봐주고 있는 아내에게 다시 한 번 고마운 마음과 미안한 마음을 함께 전한다.

2008년 6월 28일

한 경 식

| 도와주신 분들

鄧麗君, 趙素桂, 鄧長禧, 鄧銘玉, 舟木稔, 佐々木幸男, 福住哲弥, 桜井五郎, 鈴木章代, 田中一樹, 根岸徹次, 佐井芳男, 細田葉子, 中村とうよう, 篠崎弘, 矢澤敬一郎, 梁德森, 陳欣健, 歐麗明, 비비안 초, 鄧錫泉, 侯傑輝, 劉邦奴, 素霞張, 張海芳, 丁傳毅, 陳玲純, 장루 모렛, 古月, 紀惶林, 張綱, 富坂聰, 加藤茶, 森進一, 矢嶋満寿美, 謝偉, 王進忠, 谷正文, 張玉玲, 孫雪華, 簡麗紅, 神谷まり子, 車淑梅, 松崎有里子, 細川清文, 丸山尚, 蔡崇國, 마이클 원, 서니 찬, 鐘肇峯, 辻康吾, 崔健勳, 三木たかし, 荒木とよひさ, 朱文清, 林維聰, 岡田充, 田邊奈津子, 中村智之, 岩佐萬平, 松本文男, 薛永祥, 曾永賢, 渡邊和昭, 田原陽介, 皿井靖長, 須藤実, 티라닛 치납타쿤, 파라차야 피차이삿, 누아딥 니핏칸, 월롯 수쿠솜폰, 안퐁 통촉

※ 이외에도 사정상 명기하지 않은 많은 분들의 협조를 받았습니다.

| 주요 참고 문헌

1. 現代中国事典, 岩波書店, 一九九九年
2. 鄧小平文選, テン・ブックス, 一九九五年
3. 岩波日本史辞典, 岩波書店, 一九九九年
4. 現代史資料 台湾(二), みすず書房, 一九七一年
5. 台湾総覧 一九七六年版, 台湾問題研究所, 一九七五年
6. 中華民国総覧, 台湾研究所, 一九九三年
7. 吉田富夫・萩野脩二編, 原典中国現代史 思想・文学, 岩波書店, 一九九四年
8. 岡部達味・安藤正士編, 原典中国現代史 中国研究ハンドブック, 岩波書店, 一九九六年
9. 高新, 中国高級幹部人脈・経歴事典, 田口佐紀子訳, 講談社, 二〇〇一年
10. 稲垣清, 中国のニューリーダー, 弘文社, 二〇〇三年
11. 決定版 20世紀年表, 小学館, 二〇〇一年
12. 週刊朝日編, 戦後値段史年表, 朝日文庫, 一九九五年
13. 朱建栄, 中国 第三の革命, 中公新書, 二〇〇二年
14. 山本勲, 中台関係史, 藤原書店, 一九九九年
15. 伊藤潔, 台湾, 中公新書, 一九九三年
16. 喜安幸夫, 台湾の歴史, 原書房, 一九九七年
17. 若林正丈, 台湾, ちくま新書, 二〇〇一年
18. 岡田充, 中国と台湾, 講談社現代新書, 二〇〇三年

19. 矢吹晋, 鄧小平, 講談社現代新書, 一九九三年

20. 矢吹晋編著, 天安門事件の真相, 蒼蒼社, 一九九〇年

21. 矢吹晋編訳, チャイナ・クライシス重要文献 第1券、第2券、第3券, 蒼蒼社, 一九八九年

22. 張良編, 天安門文書, 山田耕介/高岡正展訳, 文藝春秋, 二〇〇一年

23. 譚璐美, '天安門'十年の夢, 新潮社, 一九九九年

24. 張超英, 台湾をもっと知ってほしい日本の友へ, 中央公論社, 一九九八年

25. 鈴木明, 誰も書かなかった台湾, サンケイドラマブックス, 一九七四年

26. 鈴木明, 波, 三才ブックス, 一九九九年

27. 陳明通, 台湾現代政治と派閥主義, 若林正丈監訳, 東洋経済新報社, 一九九八年

28. 松野仁貞, 毛沢東を超えたかった女, 新潮社, 二〇〇三年

29. 馬立誠・凌志軍, 交鋒, 伏見茂訳, 中央公論新社, 一九九九年

30. 富坂聰, 龍の伝人たち, 小学館, 一九九四年

31. 天児慧, 巨龍の胎動, 講談社, 二〇〇四年

32. 何清漣, 中国の嘘, 中川友訳, 扶桑社, 二〇〇五年

33. NHK取材班, かくして革命は国境を超えた, 日本放送出版協会, 一九九〇年

34. 山口正之, 社会主義の崩壊と資本主義のゆくえ, 大月書店, 一九九六年

35. 日本経済新聞社編, われら地球人, 日本経済新聞社, 二〇〇

○年

36. 中国現代戯曲集 第二集, 晩成書房, 一九九五年

37. 池上正治, 龍の百科, 新潮選書, 二○○○年

38. 栗田亘, 漢文を学ぶ(二), 童話屋, 二○○三年

39. 中村とうよう, 鄧麗君 淡淡幽情, ミュージック・マガジン 一九八七年四月号, 五月号, 六月号

40. 中村とうよう, 地球が回る音, 筑摩書房, 一九九一年

41. 中村とうよう, テレサ・テン, ミュージック・マガジン 一九九五年七月号

42. 中村とうよう, ポピュラー音楽の世紀, 岩波新書, 一九九九年

43. 中薗英助, 何日君再來物語, 河出文庫, 一九九三年

44. 山口淑子・藤原作弥, 李香蘭 私の半生, 新潮社, 一九八七年

45. 平野久美子, テレサ・テンが見た夢, 晶文社, 一九九六年

45. 西田裕司, 追憶のテレサ・テン, サンマーク出版, 一九九六年

46. テレサ・テン 没後一周年追悼展, 朝日新聞社, 一九九六年

47. 其中 世紀的懐念－鄧麗君, 吉林撮影出版社, 一九九九年

48. 中国青年報, 北京青年報, 北京日報

49. ランボー全詩集, 宇佐美斉訳, ちくま文庫, 一九九六年

50. 陳舜臣, 香港, 文藝春秋, 一九九七年

51. 浅野素女, パリ二十区の素顔, 集英社新書, 二○○○年

52. タイ, メディアファクトリー, 二○○三年

53. わがまま歩き パリ, 実業之日本社, 一九九九年

54. 街物語 パリ, JTB, 二○○一年

55. パリ, 昭文社, 二○○四年

우리 집은 저 산 너머

초판 1쇄 발행일 ㅣ 2008년 9월 16일

지은이 ㅣ 아리타 요시후
옮긴이 ㅣ 한경식
펴낸이 ㅣ 박영희
표   지 ㅣ 정지영
편   집 ㅣ 정지영·허선주
펴낸곳 ㅣ 도서출판 어문학사
       132-891 서울특별시 도봉구 쌍문동 525-13
       전화: 02-998-0094 / 팩스: 02-998-2268
       홈페이지: www.amhbook.com
       e-mail: am@amhbook.com
       등록: 2004년 4월 6일 제7-276호

ISBN 978-89-6184-053-8 03830
정   가 ㅣ 13,000원
※ 잘못 만들어진 책은 교환해 드립니다.

인지는
저자와의
합의하에
생략함